黑頭

竹篙

项国光 著

谨以此书献给做哥哥、姐姐的人们。

山东友谊出版社·济南

图书在版编目（CIP）数据

黑头·竹笆 / 项国光著 . — 济南：山东友谊出版社，
2023.8
ISBN 978-7-5516-2793-1

Ⅰ．①黑…　Ⅱ．①项…　Ⅲ．①长篇小说－中国－
当代　Ⅳ．① I247.5

中国国家版本馆 CIP 数据核字 (2023) 第 153663 号

黑头·竹笆
HEITOU ZHUPA

责任编辑：肖　静
装帧设计：刘一凡

主管单位：山东出版传媒股份有限公司
出版发行：山东友谊出版社
　　　　　地址：济南市英雄山路 189 号　邮政编码：250002
　　　　　电话：出版管理部（0531）82098756
　　　　　　　　发行综合部（0531）82705187
　　　　　网址：www.sdyouyi.com.cn
印　　刷：济南乾丰云印刷科技有限公司

开本：710 mm × 1000 mm　　1/16
印张：15.75　　　　　　　字数：230 千字
版次：2023 年 8 月第 1 版　印次：2023 年 8 月第 1 次印刷
定价：78.00 元

目录

黑头·竹苞

引 子

一九七〇年夏季，十七岁的他下学了。不是他想下学，是生产队告诉他，不能再上学了。他家有十口人，爷爷、爹娘和七个孩子，却只有爹爹一个拖着一条瘸腿的半劳力。家里欠生产队太多的口粮钱，初中毕业，读完普及教育，该下学的当然首先是他。作为家里的长子，不是他不想下学，不想帮助爹娘担起这个家，是他下了学，对这个家的困境也于事无补。他后背上背着一个足有半个足球大的包，被医生确诊为脊椎结核。这是死不了人的癌症，意味着他终身残疾。

他记得，那是自己十三岁的时候，小伙伴们在一块作狂，看谁能用担杖挑起两个人。他把担杖放到肩上，当两个小伙伴坠在担杖两头时，他腰一软，直接瘫坐在地上。小伙伴们帮忙把他抬回家，他在家躺了两个月，后背上长出了这个包。这包像座山，压得他再也直不起腰。此时十七岁的他，站相、走相像八十多岁的老人。以前，兄弟姐妹按长幼站成一排，形态像个立起的直角三角形。现在，他的腰弯下了，给这个三角形折去了尖角。

他还记得，自己八九岁的时候，爹爹在采石场采石，一块巨石滚落，砸在

爹爹右腿上。爹爹右膝关节粉碎性骨折，从此成了瘸子，这个家也塌了天。

生产队按照政策分配粮食，人七劳三。家里靠着七分人口粮和兄弟姐妹去山里挖来的野菜度日。家里的人生活是艰辛的，就是生在他家的猪、鸡也是艰辛的。别人家的猪，一年就能长肥，他家的猪，两年才只能说是长大。别人家的鸡，每天下一个蛋，他家的几只老母鸡，每天早出晚归觅食，才能勤奋地隔两三天给主人生下一个蛋。这蛋全家舍不得吃，拿到集市上卖掉，换点食盐和点灯用的煤油。大酱能自己酿制，食油和醋，成了家里的奢侈品。

社会主义好，普及小学、初中教育，让他和弟妹们都读上了书。要是在旧社会，他只能从小领着弟妹们外出讨饭生存，注定一家都是文盲。

爹爹在生产队副业组做竹箈，腿残不影响做竹箈，那是手上的力气活。他把竹箈做得很扎实，速度也不比别人慢，可生产队还是只给半个劳力的工分。爹爹不计较，因为他下不了地，做竹箈是生产队对他的照顾。爹爹感恩集体化养了他全家。

他下学了，生产队安排他去看庵。村里在七八里路外的大山里有片山林，常年安排三五人在那里看护山林。因为山里有座破庵，所以人们戏称看护山林叫"看庵"。他去看庵是一举两得的好事。对生产队而言，他去顶替别人，等于用半个劳力换回一个劳力。对家庭而言，带走了半张嘴，省出一个人睡觉的地方。看庵的人总是在住处附近开点荒，种点杂粮吃食，以便少从家里向山里背粮食。他家只有四间老房子，两铺炕睡觉，爷爷和四个孙子睡一炕，爹娘和三个女儿睡一炕，最里面的一间堆满了粮囤杂物。他去看庵，这一炕人能睡得宽松些。

他下学了，又像突然长大了，合着该和爹爹一起挑起这个家了。可是，出路在哪里？他背着大包的脊梁上又压上了一副重重的担子。艰辛的生活让他望不到尽头，找不到希望。他乐不起来，忧虑的神情总是挂在与他年龄不相符的脸上。

钱啊，钱！钱让这个家望而生畏。

和他一块看庵的堂叔告诉他，只要有人在，就什么也别怕！品着堂叔的话，看着不到四岁的小妹妹就知道跟着哥哥、姐姐去挖野菜、捡烧柴，他心里既不忍，又踏实。他想象着，十年之后，家里戳上四条汉子、三个大姑娘时，这个家又会是怎样一幅景象？

第一章

一九八一年六月中旬的一天，地处胶东半岛、黄海之滨的黄村公社，烈日当头，天空湛蓝。鸟儿飞进树林里，蛤蟆钻进泥穴里，蚂蚱藏到草窠里，路上的行人头戴草帽来去匆匆。天在下火！这是催熟小麦的好天气。

孙家庄村孙常玉的儿子孙桂柱，弯着腰，背驮着半个足球大的包，在黑头狗的陪伴下，走在自家责任田的麦地里。汗水不停顺着额头、脊背流下来，很快又被太阳灼干。脸上、衣服上，留下道道含着盐分的白色汗迹。他似乎没有察觉到灼人阳光带来的不适，像一位将军踏勘阵地一样，用心察看自家的麦田。

去年秋天，生产队实行了家庭联产承包责任制。地里的庄稼由生产队收割后，土地按人口以责任田的形式分到各家，自行耕种。他家十口人，分得了十五亩责任田。分了地，怀着强烈的除饥饿、驱贫穷的愿望，他们抓紧时间耕作，种了十亩冬小麦；一年两作就比一作收获多，冬天也不能让地闲着。

农谚道：人勤地不懒。在他们精心耕作和细心呵护下，再加上今年风调雨顺，土地给予了优厚回报。小麦长势喜人，麦穗龇开了牙，穗大粒满地向他送来笑脸，并喷洒着清香。微风掠过麦田，泛黄的穗子向桂柱扑来，他从中捕捉到了它的香气。他顺手扯下一棵麦穗，两手掌搓了搓，吹去麦糠，看见绿黄色的麦粒圆圆的。他数了一下是四十颗，这是难得的丰收年景！他把麦粒填到嘴里细细品嚼着，真香啊！看完了小麦，天已近中午，他兴奋地向家里走去。

农谚道：秫熟一早，麦熟一晌。今天黄澄澄的小麦地里虽然还透着一丝淡绿，但按照这样的天气，后天就可开镰收获了。据他估算，今年能收获五千多斤小麦，除去交公粮，家里至少剩下四千斤小麦。家里能有这么多粮食，这是他以及家人做梦都不敢想的事。告别饿肚皮的日子就在眼前！

黑头似乎像桂柱一样兴奋，鲜红的长舌头从嘴里吐出来，急促地喘着气，一会儿跑在主人前面，一会儿又跑在主人后面，还不时地昂起头，用舌头去舔舐主人背在后背的手。

这只狗是桂柱第一次去看庵的路上遇到的。那时，它还是只刚断奶的小狗，桂柱把它带到了山里。它的主人找到山里，把它领了回去，说它是一只好狗，舍不得送给别人。可没过几天它又跑来了，主人又找了回来，三番五次。它的主人说，看来它与你有缘，就送给你吧。就这样，它跟随了桂柱。随着它长大，身上的毛变成红色的，火红火红的红，只有头是黑色的，瓦亮瓦亮的黑，就给它取名叫黑头。它是只母狗，可它的体魄和凶悍程度，不亚于一只强壮的公狗，它能给人壮起七分胆。

一般母狗一生能生育十窝左右小狗，可不知为什么，它只生育了三窝，便再没生育。狗是有灵性的动物，人们还说它通人性。也许正是为此，狗选择了人做主人，人则选择了它做朋友。黑头似乎比它的同类更具灵性，更通人性。它不仅能听懂人对它下达的简单指令，还经常静静地听人与人之间的谈话。当然，它尤其能听懂桂柱的话，桂柱也更知道它的肢体动作和叫声表达出来的意思。

桂柱和黑头一块回到家。见爹爹已从生产队的竹筢铺里回来了，坐在堂间的马扎上。他把瘸腿向前伸着，用铜烟袋锅挖着烟荷包里的旱烟。娘站在灶前，抹了一把眼泪揭开了锅，锅里是热气腾腾的白面馒头。谚语道：没有饭吃吃好的，没有衣穿穿新的。也许娘真没有什么下锅了，把平日不舍得吃的白面做成了馒头。

桂柱看了看爹爹的脸色和娘的神情，知道他们又吵架了。这样的架他们吵了十几年，吵架的台词早已烙在他的脑子里。爹爹会说："这些面做成稀的，全家能吃一天，做成馒头就只能吃一顿！"

是啊，这一大锅馒头，十个人的嘴一张一闭，就什么也不剩了。

娘会说："这么长的天，这么重的活儿，孩子们正年轻，吃稀的能顶下来吗？"说着，她会去抹眼泪。

这一家人饿怕了，而最怕的是这做饭的人。看着子女们饿得弯着腰从地里走进家，又看着过于懂事的他们，还没吃饱就放下碗筷，她的心像被揪去了。

孙桂柱下学后，二子孙桂仁、长女孙桂花、三子孙桂田、二女孙桂枝也相继下了学，现在只有四子孙桂生和小女儿孙桂叶在读书。按说这个有男有女、有整有半共六个劳动力的家，该有很好的家境了。可他的家境，十几年来没有变。因为多少年的累积，他们欠生产队太多的口粮钱。欠债要还，近几年，每年年底生产队结账开支，本该领回二百元左右的钱，可年年都被扣走了，至今还没有还清。儿女们都大了，还能让他们衣不蔽体吗？不能，那就只能从嘴里省——卖粮食。就这样，他们依然过着半粮半菜、半饥半饱的生活。

桂柱看了看爹说："这样的架以后就不要再吵了，咱马上就能收获几千斤小麦，秋天还能收几千斤苞米和地瓜，以后都敞开肚皮吃！"

爹爹仍没高兴起来，眼神疲惫地看着他说："你只看到那张吃饭的嘴！"

桂柱一怔，明白了爹的意思。自己二十八岁，二弟二十六岁，三弟二十二岁，都该有房子娶媳妇了。大妹二十四岁，二妹二十岁，也该出嫁了。小弟十八岁，在读高中，今年参加高考。小妹妹十四岁，在读初中。可他们十口之家还住在这四间破旧的房子里。靠这十几亩地里的收获，能盖起房子、娶上媳妇、嫁出姑娘吗？靠这十几亩地能供起大学生上学吗？不是还得继续卖粮食、饿肚皮吗？

爹的话让桂柱兴奋的心情又低落了下来。

钱啊，钱！你让这个家深陷困境，举步维艰。

半个月后，夏收夏种结束了，收成令人满意。晚上，一家人坐在院子里。天气潮热，蚊子轰鸣着绕人乱转，院墙外梧桐树上的知了也吱吱地叫了起来。院子中间点着艾绳，悠悠飘着有些清香也有点呛人的白烟。蚊子却无视它的存在，一次次扑向家人裸露在暗夜中的皮肤。天上的星星眨巴着眼儿，注视着这一家神色严肃、还有些焦虑的人。

八十八岁的爷爷也破例下了炕，靠墙坐在孙子搬给他的凳子上。他一手拿着拐棍，一手习惯地捻着下巴上那一撮灰白色胡须。

爷爷身板挺硬朗，可近几年头脑糊涂了。坐在家门口乘凉，都找不到回家的路。

娘和女儿们手里拿着麦秸编的蒲扇，拍打着蚊子。儿子们抽着自卷的螺旋烟。爹爹坐在高凳上，抽着铜锅烟袋。他把那条瘸腿向前伸着，并不时地用手去揉膝盖。他这是在发布"天气预报"。自从腿受伤变瘸，每逢阴冷天气，膝盖就会阵阵作痛，甚至痛得他额头冒汗。夏天会好些，可对潮湿的天气还是很敏感。

黑头躺在桂柱身旁，伸着长长的舌头，两只前爪搭在桂柱的脚上。它像全家人一样，沉闷着。

长时间的沉默后，桂柱说："爹，你说句话，拿个主意吧。"

这十几天，全家人忙着收小麦、种秋苞米。桂柱下不了地，但也没闲着。他想，全家这么多劳力，不应当都靠在这十五亩土地上。这十五亩地用不着这么多劳动力，也解不了这十口之家的窘境。要谋求新出路，他首先想到做竹箔。竹箔是农家必备用具，地里要用、场院上要用，搂草拾柴更要用，市场需求量很大。做竹箔又是爹爹的拿手活儿，自己做竹箔卖，该是这个家谋求生计的好出路。

这十几天他跑了很多地方，对竹箔生意进行调查。他去了供销合作社，那里出售竹竿每根六到七元钱，每根竹竿能做出十张竹箔。做一张竹箔用的竹子加上辅料，成本该是七到八毛钱。生产队做的竹箔供给供销合作社是一块四毛钱，供销合作社对外零售是一块七毛钱。他还去了几个大集市，麦收期间是销售竹箔的小旺季，集市上已有零星个体户卖竹箔了，价格一块六到一块八不等。他还看了他们竹箔的品相，觉得爹爹做的竹箔不会比他们的差。现在市场放开，提倡个体经济，没有工商人员对卖竹箔个体户进行限制了。

他把做竹箔卖的想法和爹爹谈了，爹爹也认可这是个可行的营生。可爹爹还是说：生产队副业组还没有散伙，自己离开挑头儿干个体，这不是拆生产队的台吗？生产队养活这个家十几年，他对生产队有感情。尤其是近些日子，生产队长孙常先对他的态度大变，时常向他眼前凑，欲言又止。他觉得这个时候退出副业组，在面子上过不去，对自己另起伙做竹箔还在犹豫。

爹爹浓眉大眼，天庭开阔，五官分明，看上去就是个有棱角的人。可那条瘸腿，二十年里把他的棱角磨掉了，让他变成了极其随和甚至有些软弱的人。就是在子女面前也少了几分做爹爹的威严。无奈的神情，已蒙在他脸上十几年了。

爹爹说："做竹箔其实很简单，要紧的那一步先由我做，你们慢慢学，其余的我一教你们就会。可是……"

"可是什么？生产队把地都分了，牲畜、农具都打价卖掉了。副业组本也应该分掉，不分，是孙常先这个生产队长心里有鬼。再说，他再能气也维持不了几天，散伙是早晚的事儿。"三儿子桂田说。

"爹是做竹箅的好手，在副业组里干了这么多年，给生产队赚了多少钱？爹爹一天的工分又值几分钱？咱们就该自己做，自己赚钱。这穷日子我过够了，二十几岁的大姑娘了，要穿的没穿的，要戴的没戴的，出了门自己都觉得害臊！"二女儿桂枝说。桂枝是任性的，她的任性与生俱来。出生在这个贫寒家庭里，她感到天大的委屈。

"三哥、二姐说得都对，咱们是该自己干了。我高考考得不错，我上大学不是也需要钱吗？"四儿子桂生说。他今年高考刚结束，闲在家里等分数呢。

谚语道：老儿子、大孙子，老头儿的命根子。桂生是孙老汉最亲、最娇惯的孩子，也是他最看好的儿子。还指望他考上大学来光宗耀祖，让自己自豪一番呢。桂仁、桂花初中毕业下了学。桂田、桂枝赶上中学教育改革的潮流，读了几天初中"戴帽"高中，高考无望。桂生赶上了好机遇，自己也算争气，考上了县里三个重点高中之一——本公社的黄村高中。黄村离家近，按家境说本该走读，可孙老汉还是挣扎着拿出点钱，让他寄宿在学校，离开这个拥挤的家。

孩子们的话噎得爹爹说不出话来，他试探着说："要不再等等？我看副业组的其他人，心也动了，已经有人在私下议论自己干。等有人退出，咱们也跟，这样就不会把副业组散伙的罪名按到咱头上。"

桂柱说："爹，不能再等了。卖竹箅是有季节性的，犹犹豫豫就又是一年啊！一年，咱耽误不起！"

桂柱的话让爹爹听着扎心。他何尝不明白，时间对这个家来说，不仅仅是钱，它还关系到这个家庭的兴衰、荣辱啊！他该抱孙子了，可儿子们还都是光棍一条，

是他亏欠儿子们了。一个家族延续，靠的就是娶媳妇、生儿子，再娶媳妇、再生儿子，这样传宗接代，生生不息。再耽搁下去，上对不住祖宗啊！

一向少语的小女儿桂叶，侧身依向娘，看着爹爹谨慎地说："爹，咱就做竹箅吧，做竹箅我也能帮上忙。"

爹爹叹了口气说："好吧，可是，做竹箅的本钱从哪里来？"

桂柱说："做竹箅只需要几把锯子，几把劈刀、刮刀和一个铁砧子，这些花不了多少钱，其他用具咱们可以自己做。主要是买竹竿的钱。"

"就是啊，这买竹竿的钱从哪里来？"爹爹说。

"粜小麦！"桂柱坚定地说。

"粜小麦？"娘惊得张开了嘴，也瞪大了眼睛。多少年来，她天天顿顿为无米下锅发愁啊！今年，看着孩子们把一袋袋小麦搬回家，装满粮仓，她笑得流泪。她双手捧起麦子亲了又亲，再也不用为没粮而发愁了。听到又要卖粮食，她那颗刚放下不久的心，又紧紧地揪起来。

长女桂花向娘靠了靠，拉起她的手说："娘，别怕，秋天咱还能收好多苞米和地瓜。就是麦子不够吃了，到时候咱还能用卖竹箅的钱再买回来。"

娘一手握着女儿的手，一手捂住了自己的眼睛。她心里也明白，这个家的处境，不粜粮食又能怎么办啊！

桂仁一直没有说话，他是个寡言有心的人。他相信爹爹和哥哥会为这个家做出最合理的选择。几年来，他听爹爹和哥哥打算，卖力地干活，是这个家的老黄牛。

孙老汉似乎从桂柱的话语中捕捉到了什么，把烟锅在鞋底上磕了磕，肯定地说："柱子，我听你的。你就谋划着干吧，这个家就指望你了。"

爹爹的一句话，家庭的重担就撂到了桂柱那弯弯的脊背上。

10

一道闪电把院子照得通亮，紧跟着一声清脆的霹雳声，接着雨点就噼里啪啦地下来了。

一家人这才注意到，满天的星星已被厚厚的云遮住。天空像失去支撑，大有压下来的架势。他们忙拿起自己坐的小凳和草墩向屋里走，桂仁扶着爷爷。爷爷耳背，听不明白一家人今晚说的话，可一道闪电和一声惊雷似乎把他糊涂的脑子给炸醒了。他边向屋里走边说："好兆头！好兆头！"

黑头也从地上爬起来，叫了两声，走向用麦草搭起的狗窝。桂柱听懂了它的叫声：老主人说得对！老主人说得对！

黑头进了窝又哼唧了几声，桂柱觉得它的叫声中，有几多苍凉。

第二章

第二天赶黄村集，桂柱在桂仁的帮助下，把两麻袋小麦推到集市上。粮食市上，人稀稀落落，青黄不接的季节已经过去，尤其是实行家庭联产承包责任制以来，缺粮的人家少了，买粮的人也随之少了。卖粮的人也很少，他们拿来的只有三五十斤，都瞪着盼卖的眼睛，看着来往的行人。

桂柱以前也来卖过粮食，和他们有着同样的眼神。看得出他们急卖的心情，想象得出这些人家是多么急着用钱。今天，他卖出的急切，比他们或是比自己原来更强烈。他望眼欲穿，盼着有人过问他的小麦。桂柱不时地用手翻动麻袋敞着口露出的小麦，向过往的人们展示着。小麦的成色是压市的，别人卖两毛三一斤，他该卖两毛四，可急于出手，就只卖两毛二。这招来不少卖粮人的白眼。

谁会一下买这么多小麦？他陷入焦虑。也只能别人要多少，就卖多少。天晌了，集市散了，他只卖出两份，共六十斤。桂柱的情绪低落到了极点，无奈地等着桂仁来帮他把小麦推回家。

这时，一个背着黑色背包，头戴长檐帽的男子又走过来。他已经在这里转悠了一上午，只问价却不买，眼睛还透着让人捉摸不定的光亮。他再次用手翻动桂柱的小麦，仔细地看了看，又拿起一颗麦粒放到嘴里咬了一下，发出干脆的响声，小麦的好成色毋庸置疑。

"多少钱卖？"他问。

桂柱说："两毛二。"

"再省点呢？"他又问。

桂柱说："别人卖两毛三，我的小麦本来就成色好，才卖两毛二，已经够便宜了。"

那人不动声色地听着。桂柱看着他深思的表情，又试探着问："你能把这些全要了吗？"

他没有回答桂柱的话，接着问："你家里能卖多少小麦？品相和这些一样吗？"

桂柱急忙说："至少卖三千斤，或许更多一点。品相完全一样，我敢保证！"

看着桂柱一脸的诚恳，他满意地点了点头，又说："如果你家的小麦我全要了，你卖多少钱？"

桂柱想了想，狠下心说："两毛一吧！"

他摇了摇头，又以很坚定的口气说："一毛九。"

复杂的表情呈现在桂柱脸上。一天卖六十斤，得多长时间才能把小麦卖完？这时间耽误不起！听说这人能一下子把要卖的麦子全买下，觉得自己遇到了救星。兴奋是片刻的，他这一回价，又让桂柱觉得这是在敲诈！这个价格比他心里的底价要少卖六十多元钱啊！对这个手里拿五毛钱掂量掂量都觉得沉甸甸的人来说，这不是个小数目。

他见桂柱不回话就问："卖不卖？"

桂柱沮丧着脸说：“不卖！”

他说：“弟兄，看来你是个要筹钱干事的人。卖了吧！时间也是钱，你赶一天集能卖多少？一天的工夫值多少钱？这账用不着我帮你算。你要是实在觉得委屈，我给你涨到一毛九分五，多一厘我也不要了。”

是啊！这账用不着别人帮着算，桂柱心里清楚着呢。桂柱再次狠了狠心，咬着牙说：“成交！”

他说：“我明天去拉货，你是哪个村的？怎么找你？”

“我是孙家庄的，叫孙桂柱。进了村提我的名字，没有不知道的，我的形象特殊嘛！”桂柱不在乎地自嘲着，把那个人也逗笑了。

说着，桂仁也过来了。那个人说：“你们推回家吧，明天一块……明天见！”说完，他离开了。

他俩把小麦装上小推车，也踏上了回家的路。

第二天，那个人开着拖拉机，早早来到桂柱家门前。桂仁、桂田帮着搬麦子、过秤、装车。娘不忍心看着已经入了仓的粮食向外搬，趴在炕上抽泣着。

桂柱家卖粮，引来了街坊邻居围观。这是实行责任制的第一个收获季节，人们都为自己装满了家里的粮囤而感到高兴。经历过饥饿苦难的人们，把粮食看成是金。不被钱所迫，没人愿意卖粮食。尤其是这倾家式卖粮，更让人诧异。

人们在议论着：这个主儿穷急眼了，要用粮食换钱花了。

古语道：存草如存灰，存粮如存金。再缺钱也不能这么个卖法。

是儿子说上媳妇，下不起聘礼才卖粮吧？

大姑娘要饭——死心眼。家里也不是没闺女，给闺女找个婆家，把聘礼转给儿媳不就完了嘛！

唉，一家不知一家难，谁也别笑话谁！

黑头像卫士一样里外跑着，并不时地朝围观的人吼上几声：有什么好看的？有什么好说的？都离远点！桂柱呵了它一声，它懂事地再也没叫。

生产队长孙常先，远远站着，注视着桂柱卖粮，用心盘算着。他见桂柱一下卖了这么多小麦，心里一惊：这是要坏我的好事！

半年来，孙常先注意到了桂柱家的变化。首先是桂柱，开春就向他提出不再去看庵了，他不悦。看庵是养人的地方，以前都争着去。我是照顾你，让你去。实行了责任制，没人愿意去了，你是个残疾人，下不了地，也跟着瞎闹腾，出难题？近期又见他经常到生产队竹箔铺里转悠，每一道工序都看得仔细，这让他起了疑心，你们要自己干？

生产队把地分了，牲畜、农具也卖掉了，就剩下这个做竹箔的副业组了。这是个生财的好买卖，这几年，凭着这个副业组，把生产队的劳动日单价拉高了，让他这个生产队长露了脸，也从中得到了实惠。他觉得副业组是他创的业，也是他照顾着这些老弱病残者，才使他们不下地也能挣到工分。尽管这些人创造的价值高于下地的整劳力，尽管只给这些人半个劳力的工分，他还是觉得是自己对这些人的恩惠。他们要感激他，甚至还该报答他。

实行了家庭承包责任制，他的存在感、价值感像泡沫一样飘走了。他感到了空虚，仅剩的存在感全靠这个副业组了。在他看来，这个副业组理所当然是他的。理是这个理，可要转到他手还是要有点说辞的。他想以集体经济的形式把它保存下来，可这个集体是谁？生产队这个大集体已经不在了。是做竹箔这七八个人的小集体，自己只是其中一员？他又不甘心。做竹箔是有技术含量的活儿，他自己做不了。要用别人的手赚钱，首先要通过承包把副业组转到自己手里。要承

包成功并经营好，就要拢住人心，而这首要的人就是孙常玉。孙常玉是这个竹筢铺顶梁的，尽管他腿瘸，可他的手是这些人中最巧的，也是最能干的。做了这么多年竹筢，他成了摆弄竹子的高手。要是他离开，这个竹筢铺铁定要散伙。

利益驱使他，不管采用什么手段，也不能让这个副业组散伙。他还没拿准该怎么做，见桂柱把家里的麦子几乎全卖掉了，就断定他们是要筹钱自己干了。他觉得孙常玉丧了良心，恩将仇报。他不甘心有人断他的财路，心中想，该出手时就要出手。

过完秤，装完车，算了账。共卖了三千多斤小麦，六百一十五元钱。买粮的人很兴奋，如数点出钱，递向桂柱。桂柱百感交集地接过钱，看着那个人说："能留下你的姓名吗？"

"我叫赵明伦，家住县城，有缘以后再相见！"说着与桂柱握了一下手，上了拖拉机。他发动起车，开着向县城的食品厂跑去。

桂柱拿着钱，手在颤抖。他的手从来没有拿过这么多钱，甚至他的眼睛都没见过这么多钱。这是孤注一掷的钱，它重于山，系着一家人的命运啊！

第二天上午，桂柱去了黄村，买了锯子、劈刀、刮刀等工具。又到了公社供销合作社看了竹竿，竹竿品相不错。他预订了五百元钱的，心里也觉得踏实了。准备下午就带上钱，和两个弟弟一起去用架子车拉回来。明天就正式开工做竹筢了！他想象着，这是家庭的新起点。这个起点，定会让这个家走出十几年来想走而走不出的困境！这是个值得记住的日子。他兴冲冲地向家里走着，心情从来没有像今天这样舒展过。

刚进家门，见孙常先坐在家里的炕沿上。爹爹陪着他，坐在炕前的高马扎上。他心中咯噔一下。他不知道有人总结这种情况，把它称作"墨菲定律"，可这定律还是在他身上体现出来了——怕什么就来什么。办完事回家的路上，脑海里曾经闪过：家里还欠生产队的钱。进门就见到生产队长坐在自己家里，他的心紧张了起来。

桂柱赶紧向孙常先打招呼，并从衣兜里掏出香烟，拿出一支递给他，说："二叔，您抽烟。"

这是桂柱新学的一手，外出办事兜里揣盒烟，与人打交道适时递上一支烟，话会好说很多。可他从不舍得抽一支，来了烟瘾，就卷起自己的螺旋烟。

孙常先接过烟点上，深深地吸了一口，又长长地吐出了一道白烟，说："常玉哥，实行了责任制，你们家兵强马壮，小日子今非昔比了。"说着，用食指弹了一下拇指和中指间捏着的纸烟，纸烟上的灰飘落到地上。

桂柱父子嗫嚅着不知该怎样回答他的话，转瞬，桂柱爹说："家境没有多大变化，就是劳力多。你地里有什么活计别客气，打个招呼就行。"

"那倒不至于。可近来还真有一件事需要您帮忙呐。"孙常先说。

"什么事？"桂柱爹急忙问。

"还不是钱的事？去年年底生产队结账，欠几户的钱，他们整天缠着，真难为人啊！"常先说。

他们父子眼神对视了一下，脸色都很沉重，知道孙常先这是来要钱。这钱要是拿出去，做竹箅的事就要泡汤。桂柱恳切地说："二叔，我们家欠生产队的钱，能不能再缓一缓？拖一年、半年，就是三四个月也行！"

常先想，三四个月？等秋天你们赚了钱再还？那就晚了！他把烟抽靠了，把烟蒂扔到地上，又用脚碾灭了，说："大侄子，十几年来，你们一直欠生产队的钱，我可从来没要过。知道你们没有啊，不来难为你们。现在你们有钱了，如果有钱不还……那就是你来难为我了。我也没法向债主们交代啊！"

　　父子俩对视了几次，同孙常先目光也对视了几次。孙常先眼神里，没有留出一丝商量的缝隙。该怎么办？祈求？抗争？耍赖？这些做法在桂柱的脑海里闪现着，翻腾着，供他选择。他甚至悔恨起来，今天上午为什么不带着钱，直接把竹竿买回来。长时间沉默后，桂柱问："二叔，我们欠队里多少钱？"

　　"五百元上下吧。"孙常先说。

　　桂柱去了里屋，把桌子上的抽屉拔下来，从桌子的底库里取出了五百元钱。他拿到孙常先面前递向他说："二叔，这是五百元钱。"

　　孙常先一惊，他没想到桂柱家会这样痛快地拿出钱。他本想把他们逼到墙角，无路可走，向他服软、祈求，然后再和他们谈如何合伙做竹笆的事。没想到他们还瘦驴拉硬屎！忘恩负义的主儿，那就别怪我不客气了，我倒要看看你们拿什么来做竹笆！

　　孙常先接过钱点了一下说："谢谢你帮我解决了难题，我让会计明天把清单送来，一笔清！"说完，起身走出了桂柱家。

　　黑头从地上爬起来，朝着他的背影吼起来。桂柱蹲下，抱住了它的脖子，喃喃地说："别上火，这不算打劫，毕竟咱们真的欠人家的，欠债还钱，天经地义！"

第三章

午饭，无语的用餐过程只能听到筷子碰击饭碗的声音。卖粮食筹钱做竹箅，这是全家人冒着挨饿的风险，狠下心来做出的抉择，也是这个家的一线希望。希望飘走了，全家人都阴沉着脸。

是桂田打破沉默，愤愤地对着桂柱说："事情不很清楚吗？他以恩人自居，可用心险恶，要切断咱们的生路！你拔那份穷刚强干什么！你不给他，他还敢把你扛到井里？你以为你的弟弟们都是吃素的？"

桂枝接过话："就是，咱们早已穷得没面子了，还去撑那面子干什么！死要面子活受罪！"桂枝说话总是刻薄的，往往刻薄得让人下不来台。

桂柱只是听着，没有回话。娘难过地抹着泪。桂叶看看爹娘，看看哥哥，倚向桂花问："大姐，这样咱就再也不欠别人的了，是吧？"桂花点点头，紧紧抱了一下桂叶说："好妹妹！"

爹爹说："谁也不许抱怨你大哥，他没做错什么。"

全家沉默许久，爹爹说："以后见了你常先叔，要热情点，不能给冷脸。

他孩子还小，家里只他一个劳力，是个吃累的时候。见他干活吃紧时，给打个下手。地里的活也看着点儿，有需要就去帮帮他。"

桂仁答应着，桂田不满地看了爹一眼。

饭后各自忙去了，炕上只剩下桂柱父子俩。爹爹问："你有什么打算？"

"我想去姨姨家一趟，看能不能从那里借点钱。我现在就走。"桂柱说。

爹说："这几天在竹箧场里，常先时常往我眼前凑。从口气上能听出，他有和咱合伙做竹箧的意思。如果凑不到钱，是不是可以考虑和他搭伙？"

"没必要了。"桂柱坚定地说。稍停又接着说："他的心思也就在这里，要走咱家的钱，把咱逼到墙角，就不得不和他搭伙。和他合伙，无非就是缓解当下本钱不足的境况。以后他可就全吃咱的干股了，咱还啥话都说不出来。事前谈这事，还可以考虑，走到现在这一步，味道变了，只有这样走下去了。"

其实爹和桂柱一样明白，可他想不出新法子，就说了这样违心软弱的话。他扭曲着脸，看着自己佝偻着腰的长子，又摸着自己的膝盖，叹息了一声，内疚地说："我这条不争气的腿啊！"

桂柱说："爹，别心焦。既然生了这份心，咱就要横下心走到底。爹放心，没有过不去的坎。"说完起身就要去姨姨家。

娘在堂间洗刷饭碗，听了他们父子的话，走过来对桂柱说："明天再去你姨姨家吧，再急也不在这半天上。下午去地里摘点茄子、辣椒什么的带着，海边上缺这些东西。"

娘知道求人的难堪，就是求亲戚也要带点见面礼啊！桂柱深情地望了娘一眼，答应了。

人富朋满座，人穷便无亲。桂柱家的亲戚并不少，可走动的很少。当然这也不全怪亲戚们。谚语道：穷怕亲戚富怕贼。他们家走不起亲戚，也招待不起客人啊！桂柱记得儿时的一幕：姑父来了，娘烙了一张小油饼，拌了一碟凉菜，只让爷爷一人陪着姑父吃饭。那小油饼真香啊！孩子们贪婪地闻着，围拢过来。在娘严厉目光的注视下，他只有带着弟弟妹妹们到街上去。就连闻这香味也成了奢侈的事情。当然这逃不过姑父的眼睛，从那以后，姑父很少来他家了，就是来也不在这里吃饭了。

桂柱还记得，小时候过年，见小伙伴们穿着新衣，拿着盛着小馒头的筮笼去走亲戚，很是神气。他也向娘提出去看姑姑、舅舅、姨姨们的请求，还是在娘拒绝的目光下，放弃了这想法。他没有新衣穿，家里也蒸不出那些让人看着亲切、眼馋的小馒头。就这样，逐渐和亲戚们疏远了。只有这位姨姨家，还时常来往。这里寄托着他的一线希望。

姨姨家在周家村，相距二十几里路，是个沿海村庄。多少年来，姨父白天在生产队干活，晚上总是依着潮汛去赶海。摸几斤蛤蜊，用电石灯照几斤沙光鱼和螃蟹，让姨姨拿到集市上卖几元钱，家境活泛一些。姨姨、姨父是心地善良的人，也是很谨慎的人。多少年来，桂柱家每当陷入窘境，总是奔姨姨家门去。今年听说姨父和几人合伙承包了村里一条渔船，出海打鱼了。桂柱想：他该赚到钱了吧？

第二天，桂柱到了姨姨家，和姨父坦言说明了家里的打算，和今天的来意。最后客气婉转地说："我知道姨父也不一定有多少积蓄，想借你的脸面，倒借一点，秋天卖了竹箔尽早归还。"

姨父沉默了许久。几年来，桂柱家经常来借钱，可那都是三元、五元，多则十元八元。借了也没打算收回，可他家里从来没有瞎过钱，都按时还了。桂柱这次借钱，该用百元说话了。按人的诚信和亲情，该借给他。可这是大数目，是

投资，投资能没有风险吗？敢说做竹筢一定能赚到钱吗？

沉默过后他说："桂柱，我们承包的是一条小渔船，上半年挣的都交承包费了，家里没有钱。听说承包大船的人赚了钱。我想，我出面作保，他们也许会借给你的。可他们对外借钱是要利钱的，利息还不低，年利率百分之二十五。你考虑一下，这样的利率能不能接受，能接受想借多少。"

桂柱听了感到惊讶。他紧锁着眉头，这个家到了一搏的时候了，就是赌也要赌上一把。而且这赌只能赢，不能输，这个家输不起了啊！他说："姨父，既然要利息，就不欠太大的人情了，就索性多借点吧。你看能不能借到五百元？"

姨父对他的话感到震惊，这么高的利息还敢借这么多？他稍一想说："你在家等着，我去找他们问一下。"说着就去了另一间，悄悄拿出一张存款单，出了门，去了村里信贷员家。

天就要晌了的时候姨父回来了，说："他们钱也不凑手，好容易凑起二百元，你看行不行？"

桂柱说："二百元也行。"

桂柱问了出借人的姓名，找出笔和纸，写了借条，也写清了借款利率。他把借条交给姨父，又接着他递过来的钱说："谢谢姨父，你也替我谢谢借给我钱的人。请姨父相信，我不会给您栽跟头！"

说完，谢绝了姨姨留他吃晌饭，起身就走。时间是宝贵的，事情是紧迫的。钱到手，下午就去黄村供销社把竹竿拉回家，不能再出现闪失。

与此同时，桂仁、桂田、桂花和桂枝正在责任田里锄苞米。七月的天，刚下过一场透雨，晴天上面火辣辣的太阳向下喷洒着耀眼灼人的光线。地面上一丝风没有，潮热。桂仁、桂田光着膀子，上身被太阳晒成紫红色，汗水顺着脊背流下来。桂花、桂枝的衣服像刚被雨水淋过一样贴在身上。这两个十分劳力，变成了十五分劳力，两个六分劳力，变成了十分劳力。他们正干得热火朝天。

不得不说，这个全村最穷的主儿，他们的遗传基因却是好的。尽管爹爹是瘸子，可直起腰板也是一米八的个子。娘被生活折磨得弯下了腰，可年轻时窈窕的影子还罩在她身上。儿子们个子都在一米八以上，女儿们个子也在一米六五以上。且个个长得齐整，五官端正，身强力壮。就自身条件而言，他们的子女在村里都是很抢眼的后生。

不远处的小路上，走着一个壮实的年轻人，他的眼睛不时地飞向这里，失魂的神态让他的脚步乱了套。桂枝看到了，对桂花说："姐，你看那个人，走路摇摇晃晃的，还看咱们呢。"

桂花瞟了那人一眼，又迅速收回目光，对桂枝说："有你这个大美女在，还能不招来年轻人的目光？"桂枝比桂花更窈窕些。

"我看他是在看你。"桂枝说。

桂花知道他是在看自己。每当见到他，她的心就怦怦直跳。可她不敢去看他，更不敢去接近他，甚至脑子里也尽量回避想到他。她怕接近了他，自己就改了主意。她掩饰着自己，对桂枝说："去你的吧，快锄地！"说着她们又挥舞起锄头。

这时，小路上走来了一个扛着锄头的小伙，是本村的刘平海。他见四人正干得起劲，目光便聚焦在汗水淋漓的桂枝身上。他站下，高声喊道："哥儿们！天晌了，下午再干吧！"

桂仁停下锄，抬手遮阳看看天，再看看还没锄完的地，对刘平海说："我们拉点晌，把这里锄完，下午就不来了。"

大哥不在，二哥是当然的生产队长。再说，他确实是庄稼地里的一把好手，他不时地告诉弟妹们，怎样才能把地锄得又快又好，并做出示范动作。

桂枝也站下，和刘平海对视了一下，刘平海读懂了她的眼神。他没有犹豫，拿着锄头朝她走过来。桂枝也不客气，当他走近时就把自己的位置让给了他，她走到地头的小树阴下坐下了。半个小时后，地锄完了，桂仁边向刘平海道谢，边把他没锄干净的地方再锄一下。看着桂仁的举动，桂枝背着哥哥、姐姐，向刘平海挤挤眼，又朝向二哥努努嘴。刘平海会意地笑笑。他们各自收拾了一下东西，就上了回家的路。

桂仁、桂田和桂花走在前面，桂枝和刘平海走在后面。

桂枝说："谢谢你帮我锄地。"

刘平海说："我帮你锄地？你是在帮谁锄地？"

"我在给我们锄地。"

"你是应当去给我们锄地。"

"你让我去帮你们锄地？"

"是去我们地里给'我们'锄地！"他把"我们"再次强调得很重。

桂枝晓悟了他的意思，说："搞清楚点，别混淆我们、你们。"

"到了我们地里，我会把地锄得干干净净，还能把你锄得舒舒服服。"他逗了她一嘴，又不满地向走在前面的桂仁瞥了一眼。

"美得你，放尊重点儿！"桂枝说。

"谁跟谁啊！还认真起来了。"刘平海说。

"我可没答应你什么。"桂枝说。

"那可要早点答应，别错过了时机。"刘平海挑衅地说。

桂枝听着他的话很不舒服，她很享受自己高高在上，别人仰慕、追求她的那种感觉。从小她就是一个很希望被人关注的女孩，不管在哪里，只要别人没注意到她，她就感到憋屈，就会做出招摇的行为。七八岁时，大人们在说话，没有人理会她，她大声地数起了数。从一数到一百，大人们笑了，她便觉得自己有了成就感。俗话说，童年幼稚得可爱。可当七八岁的孩子做出四五岁孩子的幼稚行为时，也就变得可笑了。长大了，她的虚荣心依然很强。她觉得自己被关注是应该的——本钱就是自己俊。她有漂亮的脸蛋，更有匀称的身材。上中学时，同学们说她是学校里的"头发梢子"。回到村里，更是当仁不让的"头发梢子"。有很多年轻小伙向她献殷勤，可她只搭理刘平海一人。他人长得帅气，家庭条件又好。她担心错过他。

桂枝不平地看了刘平海一眼，还是缓和了一下口气说："我还小呢，别着急。"

"还小啊！要是在老社会，孩子都满街跑了。"刘平海说。

"你这个臭嘴！"桂枝边说边使劲向前推了他一把。他想借机搂住桂枝，可看看走在前面的哥哥姐姐们，又放弃了。

俗语道：男人不坏，女人不爱。刘平海就是这样一个"坏"男人。见了她，只要眼前没有人，他总能把她挑逗得火烧火燎的。当然她也够撩人的。

刘平海家是村里的好主儿。爸爸刘振东是个"国家人"，在黄村公社供销合作社当副主任。家中有妈妈、妹妹和他。自他和妹妹毕业回家，更显得家境富裕。他看上了桂枝，她人长得漂亮，性格又洒脱大方，就是家里太穷。然而妈妈告诉他，捉猪不捉圈，找媳妇只要人好就行，她的家与咱没关系。就这样他开始追她。他总是寻觅机会和她见面，并时常给她送点手帕、小镜子等女孩子喜欢的东西。相似的性格使他们一拍即合，心照不宣、眉来眼去地交往着。他想得到她，可她一直没答应他。

走在前面的桂田听到妹妹和刘平海嬉闹着，叹了口气说："人家可以捉猪不捉圈，咱们这圈啊，捉到的小猪都给跑了。"

桂仁和桂花都知道，桂田上中学时和邻村一个叫高秀珍的女同学交往得不

错。可毕业后，再也没有来往了。是啊，谁愿意嫁到一个十口人挤在四间老房子里的主儿呢？

桂田的话也引出了桂仁、桂花的心事，他们默默地走着。一会儿桂仁皱着眉，若有所思地对桂田说："咱们使劲干，再过两年，她找上门来咱都不要她了。"

桂花问："她人长得怎样？"

桂田说："和咱二妹差不多。"

"原来是个大美女啊，怪不得能把你的魂勾走了！"桂花笑着说。"脾气怎样？"桂花又接着问。

"也和咱二妹差不多。"桂田说。

桂花皱了皱眉，说："两个嘴不饶人的人凑到一块儿，可有热闹戏看了！"

"别这么想，这是互不相干的事。"桂田说。

一家大龄儿女，都有着自己的情和爱。然而，现实让他们的情和爱压抑着，只能深深埋在自己心中。

第四章

　　孙常先在桂柱家拿到钱的第二天上午，也就是桂柱向姨父借钱的时候，他来到了黄村供销社，找到了刘振东副主任。

　　几年来，孙常先通过刘振东——这个本村籍的副主任，在供销社为生产队买竹竿、销售竹箅。两人配合默契，都从中得到实惠。这次孙常先来，更是把事情挑到明处，说自己要以个人的名义承包生产队的竹箅铺，实则是他们两人承包。孙常先负责生产竹箅，刘振东负责安排好供销社供应竹竿、销售竹箅。供销社提取了销售费用，他支付了雇工工资后，获利两人平分。

　　刘振东其实觉得这条路逐渐走不通了。改革开放前，供销社是独家经营，市场垄断。现在市场搞活了，各种商品进入了市场竞争。别的不说，就竹箅而言，原来没有个体户生产经营，供销社独占了黄村公社的全部市场。今年麦收季节，已有零星个体户进入市场，他们的销售成本低于供销社，这能竞争过他们吗？可又一想，这件事成不成自己和供销社都没有闪失。竹箅卖得好，赚了钱，利益共享。卖不了，货还是你的货，与我无关。他答应了他。孙常先还提出，买竹竿时

要让他适当挑选，刘振东也答应了他。就这样，常先当天上午就拉走了五百元钱的竹竿。

竹竿拉回竹笆场，常先招呼屋里的人出来卸车，没有见到孙常玉出来。他想，孙常玉腿瘸，不出来卸车也可理解。可进屋一看，孙常玉不在，这出乎他的意料。

他原以为孙常玉家没了钱，做不成竹笆，孙常玉就不得不来竹笆场干活。他还考虑着怎样把他两个儿子也拉进来，这是舍得卖力气而手又灵巧的一家人。他们来会让竹笆场的加工能力真正强起来。他里里外外联系着进竹竿、卖竹笆，做一个赚钱的小老板。他也不想亏待他们，也只有这样才能做成互惠互利的好买卖。

以前，他觉得孙常玉一家都是老实人，只会俯首帖耳，傻乎乎地出力，自己的想法会如愿以偿。回想一下桂柱昨天的表现，见孙常玉今天又没来，觉得自己判断有误。这一家人不仅能干，脑袋也够用，能看透事情的轻重缓急，知道怎样更赚钱。这一大家子人如果筹到了资金，可就成了他的强劲对手。可这个穷掉底的主儿要筹到资金谈何容易？他有点幸灾乐祸，也有点莫名担心。

卸完了竹竿，他把竹笆铺的人召集到一起，说："咱开个会吧。以前，咱竹笆铺给生产队创造了不少收益，可就给你们半个劳力的工分，你们不要有意见。那是没有办法的事，下地出苦力的人攀比着呢。再说，几年来，你们风不吹，日不晒，既挣到工分又学到了手艺，也是件好事。土地实行了责任制，咱这竹笆铺没法实行责任制，但咱们还要抱团干下去。我考虑了一个方案，由我挑头儿，咱们合伙承包竹笆铺。所谓的承包，也就是给生产队交点房租，没有多大费用。承包经营了，里里外外的事由我担当，你们踏踏实实地干活就行了。和以前一样，每天记着工分，年底结账，获利按劳分配。为了大家安心，每收回一批竹笆钱，就先按每工一元钱发一回工资，年底结总账。你们看这样行不行，愿不愿意在这里干下去？"

这是个弱势群体，是以往生产队照顾的对象。这些人有的下不了地，能下地的也就算半个劳力。他们有的自己成全不起一张竹箔，能成全起整张竹箔的人又没能力出去卖。实行责任制之后，他们在这里干了半年活了，一直没个说辞。他们心里发毛，已在背后议论该怎么办了。生产队时，他们挣半劳力的工分，一天的收入也就三四毛钱。听了孙常先的一番话，他们心里踏实了，表示愿意在这里干下去。看到这样的场面，常先心里也踏实了些。

桂柱过了晌才从姨姨家赶回来，进门正赶上弟妹们从地里回来。他对桂仁、桂田说："快吃饭，吃完饭到黄村供销社拉竹竿。"家人明白，他借到了钱，感到高兴。

他们急乎乎地吃了饭，弟兄仁来到黄村供销社。找到销售竹竿的小李，付了钱，拖着架子车来到供销社后院堆放竹竿的场地上。

刘振东从办公室走出来，见到桂柱弟兄仁走来，又闪身缩了回去。上午，孙常先来拉了五百元钱的竹竿，并私下探讨了怎样把生产队的竹箔铺转到他两人手下的事，他答应了孙常先。下午，孙常玉的儿子也来拉竹竿，他家也要做竹箔？这可形成竞争局面。他这个把握竹竿销售特权的人，对他们的竞争起着举足轻重的作用。品相好的竹竿，做出的竹箔数量多、品相好，当然获利更多。他知道自己儿子在追求孙常玉的二女儿，这里孰轻孰重需要掂量。一边是不劳而获的利益，一边是儿子追求的对象，或者说未来的儿女亲家。他细细思量着，这个不劳而获的利益很可能只是个泡影，不牢靠。而儿子的追求、未来的儿媳，却是实实在在的事情。

桂柱来买竹竿了，该怎么办？儿子在向桂枝献殷勤，自己还能向他家献殷勤吗？不能，这样太失体面。要让他们来求着我，这样事情可能会更好处理些。

29

上午孙常先来拉竹竿，他已暗示过小李，允许孙常先挑拣。现在还需要暗示什么吗？不需要了，散落的竹竿是上午孙常先挑拣剩下的。这些卖不完，没有他的话，小李是不敢擅自打开另一垛的。他回到办公室，倒了杯水，点上烟，隔着玻璃窗向院子里观察着、思索着。

桂柱进了场地一看，地面上的竹竿与昨天看到的品相相差太大。他出村时路过生产队的竹笾场，见到那里有新拉来的竹竿，明白了眼前的一切。他向小李递上一支烟，问："能不能另打开一垛？"

小李板着脸说："这些卖不完，不能开另一垛。"

桂柱想到了刘振东。他犹豫了一会儿，还是告诉桂仁、桂田，装车吧。自己一支接一支地给小李递烟，说着套近乎的话。小李嘴上叼着烟，耳朵上夹着烟，脸却一直板着，一遍又一遍地说：从头排着拿，不准挑拣。桂柱看看地面上的竹竿，再看看没开垛的竹竿，无奈地摇着头，甚至抱怨自己运气不佳，来的不是时候。

竹竿拉到家，全家忙活了起来。桂柱爹耐心地教着子女们，怎样把竹竿分段截开，怎样截能提高利用率，出更多更好的竹笾；怎样用沙水把截好竹竿上的锈斑和脏物洗掉，再晾干刷上清漆，让做出的竹笾显得清亮好看；怎样把截好、上了清漆的竹竿打开，再把竹秧劈去，分劈成竹条；再怎样把竹条刮好、屈勾、钻眼。一直到怎样把竹条勾连起来，钉成竹笾。打竹竿、劈秧、分条是关键工序，开始由他亲手做。子女们也很机灵，很快就学会了。特别是桂仁，天生一把干活能手。他很快就把做竹笾的各道工序都做下来，关键工序也能和爹爹分担了。他还像生产队长一样，把家里的活儿料理得井井有条。白天，他领着弟妹们把地里的活儿和做竹笾晚上不能干的活儿做好。晚上，全家围在一起做竹笾，使劳动效率大大提高。桂柱还买了两个罩子灯，代替了原来的小煤油灯。晚上，家里和他们的心里一样亮堂。

桂叶也忙前忙后地干着。娘问她，作业做完了吗？她回答做完了。其实，娘的问话是多余的，从她上学开始，家人就没见她在家做过作业。在学校里，每当老师布置了作业，她课间就做好了；最后一节课布置作业，她晚走一会儿，也要把它做好。回家不是帮着娘烧火做饭，就是去山里挖野菜、打猪草，从来不闲着。家里开始做竹篾了，她更是里里外外忙个不停。没人告诉她该干什么，可她干的每一件事都那样不可或缺，又干得尽善尽美。娘的问话，只是想给她找个歇息的理由。

这个家里的小妹妹，懂事得让人心疼！

唯有桂生是个例外。他高考结束在家待了一段时间，分数下来了，距中专录取线还差两分。全家人都为他考学的事烦心，他却洋洋得意。在村里，能考上重点高中的人已屈指可数，何况他高考成绩已很接近录取分数线了。恢复高考五年了，村里不也才只走出一个本科生、一个中专生嘛！他觉得自己在佼佼者之列，是村里的高草。他悄悄买了一盒姐姐、妹妹舍不得买的护肤油装在兜里，时常拿出来擦擦脸，擦擦手，把自己打扮成一副书生相。

爹爹决定让他复读，这是他近几年来为数不多在子女面前行使做家长的权力，实在是对桂生的宠爱。而桂生觉得这是毋庸置疑和理所当然的事，爹爹的艰难决定，是多此一举。全家人辛苦做竹篾，好像这事与他没有关系。爹爹多次说，没开学就在家里学学做竹篾吧。他充耳不闻，觉得自己永远也不需要这份手艺。跳出这个家，只是个时间问题。这个家只是他的壳，脱了壳就脱胎换骨，振翅高飞，变成社会上的上等人。他要甩掉这个壳。对这个忙忙乎乎的家，他视而不见，悠闲地等待着学校开学。他每天出去闲遛，溜达完了就回家懒洋洋地躺在炕上，没精打采地翻着书。没人知道他是在真看，还是在装样子。

第五章

　　桂柱用卖公粮的钱买了一辆自行车，带着爹爹做好的十几张竹箔去赶了几个集，没得到任何信息。这不是卖竹箔的季节，既没有卖的，也没有买的。竹箔买卖要等到九月份，秋收开始的时候。

　　家里的竹竿就要用完了，全做成了竹条勾，并且连了起来，就等最后钉成竹箔了。他们急切地盼着能卖出竹箔，倒出钱来买竹竿。可现在是八月上旬，这么多劳力在家里闲上一个月？这个家闲不起！桂柱几次去黄村供销社找小李，想赊购竹竿，可几盒烟赔上了也没办成。他又想到用竹箔做抵押，小李说不用抵押，把你做的竹箔卖给我们就行，价格一块一。桂柱说，你们给生产队是一块四，给我为什么是一块一？小李说，我们要生产队的，是卖了竹箔再付钱。要你的竹箔，我们要压货。桂柱觉得价格太低，有点欺辱人。可还有什么办法呢？他急得团团转。

　　晚上，全家人凑到灯下，做着再有一两天就做完的活计。桂柱屈着竹箔勾，试着对爹说："要不就给他？就是价格低，赚得少，也总比闲在家里强。"

　　桂枝挥动着刮刀，飞快地刮着竹条，熟练的程度像做竹箔多年的老把式。

她听了哥哥为难的话，问："供销社里有赊账这一说吗？"

桂柱说："有。但他们不赊给咱……是不信任咱。怕以后还不起或赖账。如果有人担保，我想，是可以赊账的。"

桂枝又问："你为什么不去找刘振东？"

桂柱没有回话。买竹竿时他就想去找刘振东；赊竹竿，用竹箅做抵押，他更想去求刘振东。可他还知道，桂枝和刘平海张张扬扬地交往，招来不少风言风语。他不想留个拿妹妹做交易的话柄，就放弃了。尽管他回避这事，可还是传出了新的风声，而且越传越邪乎，很不中听。甚至说孙常玉家穷疯了，为了做竹箅赚钱，把闺女都舍上了。

孙常先是风波的始作俑者。当他在桂柱家拿到钱，第二天上午把竹竿拉回来，见桂柱下午也把竹竿拉回来了。他惊讶，他不相信桂柱家里还有钱，更不相信这么穷的主儿会这样快、这样轻而易举地筹到钱。就臆断是刘振东赊给他的。他知道刘振东的儿子在追孙常玉的二女儿，刘振东为了儿子，完全能做出这种事。他恨刘振东两头通吃，可又不敢得罪他，更不敢为这事去找他，就在桂枝身上做文章，捕风捉影，添油加醋，传出谣言。

桂柱知道桂枝是个性情不羁的人。怕刺激她，闹出难为情的局面，就委婉地说了这些事情。桂枝还是听明白了真相。她说："这层关系还没用，就有人嫉妒上了。要是不好好利用一下，真对不起这些造谣的人！你们不好意思张口，我去办！"

听了桂枝的话，桂柱一怔。爹爹嘴张了张说："你……"

娘赶紧接过话说："女孩子家，好好在家待着！有什么事让你哥哥去办。"

桂枝说："都什么时代了，两个人见见面，说说话，就有人嚼舌头，还把家里的事给扯上了。我就不信这个邪了，非把这事办漂亮了不可。让那些想嫉妒

的去嫉妒，想造谣的去造谣吧！"

娘又说："你可别做出格的事！"

桂枝说："你们根子正，我这棵苗子也斜斜不了。别听那些闲言碎语，我没做丢脸的事，以后也不会。"说着她站了起来。

"你要干什么？"娘忙问。

"别紧张兮兮的，我还要考虑考虑怎么做更妥善呢。"桂枝说。

全家人看着她，再没言语。

第二天，桂仁兄妹四人在苞米地里锄二遍地。桂枝见刘平海一人也在不远处的地里锄苞米，就向哥哥、姐姐们使了个眼色，扛起锄头向刘平海地里走去。刘平海见桂枝到来异常兴奋，说："欢迎，欢迎！欢迎来锄我们的地。"

桂枝说："别你们我们的，我这是对你上次帮我的回报。"

刘平海说："不管怎么说，总算是站到我们地里了。来，我让着你点，你锄两垄，我锄四垄，一会儿就锄完了。锄完这块地咱到树下乘凉。"

说着两人就干了起来。刘平海锄得飞快，他才不管是否把地锄干净了。一会儿地锄完了，他们来到地头的树阴下。

刘平海挨着桂枝坐下说："你们家做竹箅了？"

"是啊。"桂枝回答。

"全村都响了，你们这个最……"他突然打住，差点把"最穷的主儿"说出来。

"最什么？"桂枝知道他下面的话，没好气地问。

"最大的户，要变成最富的户了。"他忙把话改了过来。

桂枝叹了口气，刘平海说："叹息什么？"

桂枝说："我们家穷，没人信得过，到供销社赊点竹竿都赊不来。还招来流言蜚语，说得难听死了。"

刘平海也听到了那些传言，他巴不得那是真的。尽管不是真的，他听了还是高兴，这是帮着他给桂枝施压呢！他看着桂枝说："流言蜚语咱不听，说正事。你们家想赊竹竿，为什么不告诉我？"

"这不是在跟你说嘛！你能帮着办？"桂枝说。

刘平海犹豫了一下，说："咱们的事……"

"你也想拿这事来要挟我？"桂枝道。

"不敢，不敢！你说，想赊多少？"刘平海急忙说。

桂枝想了想说："最少三百元钱的，最好是五百元钱的。"

刘平海说："好，这事包我身上。"

"这还差不多。"桂枝说。

"这就差不多了？"刘平海问。

桂枝明白刘平海话里的话，不好意思地笑了笑，头扭向一边。刘平海借机抱着她，在她脸上亲了一口。桂枝没有主动迎合，但也没有抗拒。刘平海放开她，兴奋地说："这是差不多了！"

"可不许对别人说什么！"桂枝说。

"好嘞！不锄地了，走，咱一块到黄村找我爸爸去！"他思忖着，能得到你，别说担保五百元，就算让我拿出五百元，我也干了。

他们一溜烟来到黄村供销社，进了办公室。见屋里只有王会计一个人，她在忙着记账。刘平海说："王姨，我爸爸呢？"

王会计抬起头说："他有事出去了。"

王会计站起来，给他们搬凳，刷洗茶具。见他俩和颜悦色，秋波互传，她把他们端详一番，觉得挺般配的一对。她看着刘平海试探着问："这闺女是……"

刘平海知道她要问什么，可守着桂枝不知怎样回答。他背对桂枝，向王会计挤弄了一下眼。又转向桂枝，看着她，让她回答。桂枝也知道王会计要问什么，笑了笑，落落大方地说："我们一个村的，同学。"

王会计明白了，她又端详了一会儿桂枝，笑着对刘平海说："如果需要人多个嘴……这猪肘子可不能送给别人。"

刘平海和桂枝相视一下，笑了笑。"忘不了，王姨。"刘平海说。

王会计边倒水边问："找你爸爸有什么事？"

刘平海看了一眼桂枝，对王会计说："她家做竹箅，钱不凑手，想赊点竹竿。"

王会计说："这事找你爸不是难为他吗？就别找他了，我来办。什么时间来拉？"

刘平海看看桂枝，桂枝说："明天行吗？"她知道家里急需竹竿，当然越快越好。

王会计说："可以，明天来了先办个手续，拉货就行了。你们走吧，让别人知道了，你爸爸为难。"

两人谢了王会计走了。他们走后，王会计把小李叫来说："刘主任的亲家要赊点竹竿，明天来拉，你给办妥当了。"

"好嘞！王会计放心！"小李答应着。他知道该怎么做，也巴不得时常有讨好领导的好事。

直到天快黑的时候，桂枝才回到家。见到桂柱就说："事情办妥了，明天去拉竹竿吧。"桂柱用询问还带有不安的目光看着她。桂枝说："看什么？堂堂正正地去拉就行了。咱看着是天大的事，在人家那里，是芝麻小事！"

一副复杂的表情显现在桂柱脸上。不知是感激妹妹，还是无奈和苦涩。

　　第二天，桂柱兄弟仨拖着架子车来到黄村供销社后院。小李见了笑嘻嘻地迎上来，说："哥们，来拉竹竿？"

　　桂柱说："是啊，我要找一下刘主任。"

　　小李说："不用找刘主任，我就办了，赊多少钱的？"

　　桂柱犹豫片刻，心想，能多赊就不少赊。备料量越大，出货量就越高。他看着小李热情的态度，大着胆子说："赊五百元钱的，怎样？"

　　小李说："没问题，你给我打个欠条，其余的事我就办了。"说着，把已准备好的纸笔拿出来，递给桂柱。

　　桂柱打完欠条，他们来到竹竿垛前。能赊到竹竿，桂柱已经很知足了，不敢奢望再对竹竿好赖进行挑拣。桂仁、桂田要把地面上散落的竹竿向车上搬，小李见了急忙说："那些是别人拣剩的，另打开一垛。"他顾不得接桂柱递来的香烟，急忙打开一垛，很在行地帮着挑拣品相好的竹竿向车上装。

　　桂柱看着这场景，想着上次来拉竹竿的情形，暗自流下了不知是感激还是委屈的泪水。

　　竹竿拉回家，全家又忙碌了起来。

第六章

　　九月中旬，桂柱开始赶集卖竹笆了。他赶集走得很早，总是最先到达集市。这样能占到卖货的有利位置，还有余闲时间对市场情况做观察了解。看其他人带了多少竹笆、竹笆的品相。问他们是哪里的，都赶什么集，做竹笆的规模等。

　　半个多月的时间，他赶遍了五六十里地内的所有集市。基本摸清了这个范围内有多少做竹笆的，他们都赶哪些集，哪个集市有几家卖竹笆的，能上多少竹笆。他还总结出，哪个集市能卖多少竹笆。他把买竹笆的人分成两类，一类是刚需，今天来赶集，就是要买张竹笆，不会因为价格而耽误时间再去赶另一个集市；另一类是捎带着，合适顺便买一张，不合适就算了。如果不计第二类，就可得出这个集市销售竹笆的基数。他把这些记在本子上，并根据观察分析，及时进行修改。

　　他每天到达集市，都先在竹笆市场上转一转，当发现当天上市竹笆数量大于该集市销售量时，就快速出手，以免把竹笆剩下。他的竹笆做得扎挣，漂亮招眼，同样价格很快就能卖完。当发现上市竹笆数量小于该集市销售基数时，他会抬价出售，卖到最后，也能卖完，且多卖了钱。有时，他看到集市上的卖主、竹箆太多，就会想到附近哪个集市今天卖竹箆的人会少，他会立马把竹箆捆上自行车，向那个集市赶去。

他非常关心天气，每天晚上必听有线广播播出的天气预报。不仅听，还用心记下推敲。今天夜间到明天，雨转阴晴和阴晴转雨，是有很大区别的，必须把握准。夜间和早上下雨，上午好天，卖货人去的少，赶集人不少去，绝对是卖货好集。反之，早上好天，卖货人去了，上午下雨，赶集人去的少，就是卖货臭集。他抱憾天气预报为什么不能分晚上、上午、下午预报，甚至按小时预报。

一天晚上，天气预报：今天夜间到明天，大雨转晴，东南风转西北风三到四级。他十分明白，南风下雨，西北风不会下雨。可这个转，是在什么时间转？明天赶李村集，这是个大集，下货量大，不能错过。他一夜没睡踏实，听着嘁里啪啦的雨声。天傍亮时，雨停了。他穿上衣服到了院子，向天空望去。云稀了，并在向东南方向移动。他很兴奋：从云的移动方向看出风向，风向决定今天上午没有雨，也决定了今天是个好集。他急忙进家把桂田叫醒，说："快起来！帮我把竹箆送到李村。"

他们卖出竹箆后，又买了一辆自行车。两人各骑一辆自行车，带上一百多张竹箆上了路。路是泥泞的，距李村又有五十里路，早饭后他们才到了李村。集市上一个卖竹箆的也没来，桂柱大喜。他本想让桂田把货送到就让他回家，一看这架势，说："你先别走，等等看。"

天气晴好，集市陆续上人了，仍没有卖竹箆的来。他对桂田说："你别回去了，今天帮我卖竹箆。"说着把竹箆分成两摊，一摊搬到较远的地方，对桂田说："你在这里卖，三元钱一张，少一分也不许卖！"

桂田不解，抱怨说："一张竹箆本来就卖一块八九毛钱，今天闯了独市，能卖两块就不错了，怎么还卖三块？"

桂柱说："少废话，叫你怎么卖就怎么卖！"桂田再没吱声。

桂柱卖两块五一张，少一分也不卖。买竹箔的人嫌贵，到桂田那里一问价，又都回来了。桂柱卖得很快，随货量减少，常使眼色、打手势，让桂田及时送些过来补上。

天晌了，集市散了，剩了二十张竹箔没卖出去。桂田把剩下的竹箔往自行车上捆，发牢骚说："要是贱一点，不就全卖了嘛！"

桂柱白了他一眼，没说话。一旁钉鞋的老人说："小伙子，你没你哥精明。他今天一分钱没少挣，走时还赚了这些竹箔。"

桂柱靠着自己的勤奋和长于动脑，把买卖做到了极致。

孙常先的生意栽大发了。供销社平日把竹箔放在屋里，赶集时放在门外，没人张罗，任其自然销售。再加上竹箔品相差，无法与人竞争，每集卖的寥寥无几。没办法，价格只有一降再降。

孙常先抱怨做竹箔的人手艺差，做不出好竹箔，还出工不出力，导致成本升高；抱怨刘振东不用心推销，没把竹箔分发到全公社各个零售店。其实刘振东想到了，可零售店经理不愿做这微利甚至无利买卖。竹箔铺效益步步下滑，别说年底分利，就是每天一块钱的工钱也难以兑现。铺里人有的自己退出了，也有的被孙常先辞退了，只剩两人勉强维持着。

一开始，孙常先怨恨桂柱家抢了自己的饭碗。后来看到周围村庄也有做竹箔的，也就明白，没有桂柱家竞争，也是这样的惨局。他见桂柱每天带一自行车竹箔去赶集，下午空着车回来，甚是眼红。他再次想到和桂柱家合伙，可知道这是徒劳的。现在人家什么也不缺，凭什么和你合伙？如果一开始不难为人家，诚心诚意合伙承包竹箔场，他家该是能答应的，他懊悔不已。

桂柱几次撞见孙常先，孙常先总是乐呵呵地和他打招呼。桂柱明白他的心意，心想：现在不是我需要你帮忙了，而是你需要我帮你了。看在家里十几年得到你照顾的份上，真该帮你一把。可我现在这个家，比你更需要钱。二叔，我顾不上你啊！

桂柱经常赶店集，也经常看到姜秀英背个小女孩在对面卖苹果。他回避着她的目光，更没有勇气去和她说说话。今天，在快散集时她走过来。她把手里提的布兜子放在竹箅摊旁。她没看桂柱，蹲下，顺手拿起一张竹箅看了看说："你做的竹箅真扎挣，又好看、又好用。"

桂柱从竹箅堆里拣出一张最好的递给她，说："你还没用过，怎能说好用呢？"

她没有回话，只是笑了笑。桂柱明白，她用过了，只是不是她亲手过来买的。她接过桂柱递来的竹箅看了看，说："这是张中节的，值钱，留着卖吧。自己用个竹根、竹梢的就行了。"说着，把接过来的竹箅放了回去。

桂柱又拿起来，递给她说："咱自己用，更要用好的。"他见她面色有些憔悴，接着问，"过得还好吧？"

她接过竹箅放到一边说："还行。去年实行承包，他承包了块果园，挣了点钱。今年买了台小型拖拉机，方便自己用，农闲时还可以出去揽点活儿，赚点钱。就是……"就在这时，她看到了桂柱挂念的目光，忙改口说："没什么，就是他没文化，是个粗人。"

她用着"他"这个字眼，这是亲近的人、心灵相通的人之间说话，对自己配偶的特指，无需点名道姓。

说着，她从兜里拿出一双草绿色胶鞋说："这是我上集给他买的，穿着不合脚。今天来换，人家不给换，你就穿了吧。这是双高鞡的，穿着暖和些。兜里有几个

苹果，是人家拣剩的，你就拿去吃吧！"说完，她把鞋放进兜子里，拿起桂柱给她的竹笆，转身就走，头也不回。

桂柱看看自己脚上的鞋，都要露出脚趾头了。天已进入初冬，他着实感到冻脚了。他舍不得把它扔掉，补补还能穿。再看看姜秀英留下的鞋，看上去有点肥头，可里面放着厚厚的棉鞋垫。再看看她留下的苹果，大大的，红红的。

可能是她买的鞋确实不合丈夫的脚，可能是……有一千种可能。可有一种是肯定的，她看到他的鞋破了，知道他冻脚，特意给他准备了鞋。她也是把家里最好、最甜的苹果拿给他吃。望着她有点微驼的背影，桂柱的眼睛湿润了。

他们自幼是邻居，一块度过了美好、幸福的童年。他清晰地记得，春天，他们一块提着篮子去挖野菜；夏天，一块在村前小河里嬉水；秋天，一块去地里复收地瓜、花生；冬天，一块到树林里捡烧柴。谁手里拿一点好吃的，见面就分一半，没有吝啬，没有谦让。他们不嫌穷富，不讲贵贱，只知道走到一块，是那样自然亲切，那样和谐。还都礼貌地把对方的娘，称作亲娘。他们说不清是从什么时间开始喜欢在一起的，好像是很久很久以前，有种寻不到根起的感觉。他们两小无猜，从没发生过争执。

那是他们十岁时的事情。县照相馆下乡照相，姜秀英一家要照全家福，桂柱站在旁边看。全家人坐好了，姜秀英跑过来要把桂柱也拉过去。桂柱不肯。秀英娘说：咱们是照全家福，他就不要上来了。秀英失望地放开了桂柱。全家福照完了，秀英拉着桂柱站到相机镜头前，对照相的人说："给我们照一张。"说着就把手搭在桂柱肩膀上，头也靠了过去。照相的人霎时来了创作灵感，快速按下了相机快门。一张两人照瞬间完成了。秀英娘对照相人说："我们没让你照，小孩子说话不算数，这张我们不付钱。"照相人说："这张是孩子愿意照，我同意照，用不着你们付钱。"

照相人是一位喜欢收藏的摄影师，他照过无数张结婚照、生活照和创意照。多少年来，他把满意作品选出来，收藏好。那些结婚照、情侣照是那样甜蜜、沉醉和幸福。可当他把这张照片洗出来，与原来那些放到一起时，才显出那些他一直欣赏的得意之作都带有丝丝忸怩或邪意。唯有这张照片，甜美中含纯真，眼神纯洁无瑕。一种纯然美，尽在画面中。他把它投稿到画报社，画报社很快作为画报封面登了出来。

回来送照片时，这位摄影师拿一张给秀英说："小姑娘，送你一张，留个纪念吧！"秀英娘接过只看了一眼，就被秀英抢走。她要把它永久珍藏起来。她听说了白雪公主与白马王子的故事后，还羞涩地在照片背面写下了"白雪公主与白马王子"字样。

随着年龄增长，他们懂了男女有别，开始保持一定距离。当桂柱弯了腰，脊梁上背起大包时，他开始回避她了。

五年前的事了。桂柱在深山里看庵，每隔十天八天回一趟家，取点粮食，换一下衣服。别人都是下午回家，第二天回去。他是早上早早下山，晚上回去，他家里睡觉的地方紧张啊。一次他回来，在村外遇到了她。

她用焦急、期盼的眼神看着他，说："我姨姨要在店集给我找个婆家。"

他心里一阵苦涩。他的十口人住四间老房子的家，他的弯着腰、背着大包的身体，怎敢想象娶心中的天使？他强忍着，不让内心感受表露在脸上，极力平静地说："只要他知道疼你，只要他有个好身板挣饭吃，就答应了吧！"说完，转身就走。

"你别走……"她焦急地想喊住他，可他头也不回。

黑头嗷嗷叫着追上他，跑到他前面挡住他。他听懂了它的叫声：别放弃，她有颗金子般的心！别气馁，你会赚到钱的，你养得起她！

他蹲下，抱住黑头的脖子说："除非神仙下凡，把我背上的包拿走，让我直起腰杆；除非时光倒流，让我上学求知。否则，我就永远是个半劳力。放过她吧！别让她和我一起背这个永远甩不掉的包。"

是啊，他有强壮的双腿，蹬自行车没问题；有有力的双臂和双手，坐下做手工活没问题。但是要做腰身用力的活，就力不从心，挑挑抬抬更是不敢想象。这个包，让他成了劳动受限的人。

姜秀英望着他佝偻着腰离去的背影，大哭一场。她心中只有他，和他在一起，沉默也带着愉悦。他弯了腰，更有一种需要被她照顾的感觉。可是他疏远她，他去大山里看庵，更是再也很难见上一面。到了谈婚论嫁的年龄了，娘托姨姨给她找了个主儿，她坦率地告诉爹娘，她心里只有桂柱。爹爹愤怒了：他要是个正常人，就是家里穷点也依了你。结婚后你们自己抓、自己挣。退一步讲，他家里能帮他一把也行。可他连栋房子都没有，你们走到一起，你一个女孩家自己能盖起房子？你们住在大街上？你这不是自己往火坑里跳吗？娘说：情感不能当饭吃，现实一点吧。

现实就是这样，桂柱是个残疾人，养不起一个家。可她觉得桂柱身上有一种她说不出的东西，这东西就像他的名字，是根柱子，他相信他能顶起一个家。她文化水平低，无法把这感觉表达出来。她说服不了爹娘。她想找桂柱说说，只要桂柱有一丝愿意和她在一起的表示，爹娘就拆散不了他们。若要强行拆散，她宁愿和他私奔。怀着这样的决心，她在这里等桂柱。没想到，他说了一句不冷不热的话就转身离去，把她甩在村头，茫然无措。

钱啊！钱，你让多少相爱的人不能走到一起！

姜秀英给桂柱的苹果和鞋，让桂柱作了难。他无法告诉家人，这是姜秀英给他的。说是自己买的吗？谚语道：猪肥了蹄角里都是肉。他没有富足家庭啥都不缺的体验，却领略了穷家四处都需要钱的滋味。只他需要鞋吗？全家人都需要，每双脚上的鞋都掌着补丁。家人只需要鞋吗？这十口人从头到脚、从里到外都需要钱。只身上需要钱吗？这个家现在除了能吃饱饭，从做饭、吃饭用的锅碗瓢盆、油盐酱醋，再到睡觉用的被褥等等，什么都在等着钱啊！现在每集都能卖回几十元钱，这钱能花吗？不能，坚决不能！只要与挣钱无关，就坚决不能花。一旦开了钱绳，这点钱就像春天里的雪花，飘飘悠悠就不知道去哪里了。为了这个家，一定要把钱袋扎紧。把钱积攒起来盖房子，娶媳妇，才是这个家的正道。

桂柱回到家，除上学的弟弟、妹妹外，全在家里忙活着。桂柱把一兜苹果放到爹爹面前说："我买了几个苹果。"

爹爹打开看了一下，不悦地说："到了下苹果的季节，买几个次果过过季就行了，买这么好的苹果干什么！"桂柱没言语。爹又接着说："既然买了，就歇一歇，都尝尝吧！拿出两个给你爷爷留着，再给你弟弟、妹妹留两个。"

桂仁拿起兜数了一下，是十二个苹果。他拿起一个掰开，送给炕上的爷爷一半，另一半递给了娘。又拿起一个掰开，递给爹和桂柱。他又拿出两个，递给桂花一个，把手里的掰开递给桂田一半。桂花怎么也掰不开手里的苹果，又递给桂仁说："你手劲大，给掰开。"桂仁接过，掰开递给她。桂花接过，把稍大的一半递给了桂枝。

全家人在吃着苹果，桂柱又从自行车上拿来那双胶鞋，递给爹说："给你买了双鞋。"

爹更不高兴了，说："我也不出门，买新鞋干什么？"

桂柱还是不语，娘接过鞋看了一下，又看看桂柱的脚说："你爹不要你就穿了吧。你的鞋破了，天也冷了，整天在外面跑，冻脚。"

桂柱期盼娘的话得到广泛认可，自己也好答应，尽管他不可能舍得穿。可他看看全家人的鞋，又看看自己的鞋，还是说了句："我的再补一下，还能穿。"

爹接过话说："那就留给生子吧。他上学，出门见人，别太寒碜了。"

桂柱听了一怔，无奈地默许了。桂枝听后悄声对桂花说："姐，你看，这个苹果的心长偏了。"

"怎么说？"桂花不解地问。

桂枝把自己手里的一半苹果对向桂花手里的苹果说："从苹果心上看，咱俩是平分了，可我这一半比你那一半大。这就是它的心长偏了。"说着向桂花挤挤眼，桂花白了她一眼。

黑头趴在地上，吃着家人扔给它的苹果核。

第七章

桂柱始终惦记着家里最重要的事情——盖房子。

时下农村娶媳妇，房子是前提条件。婆婆住东炕，媳妇住西炕，几代人住一栋房子的时代已经过去，时尚的新生活在农村也悄然兴起。当然，也不是所有人家都能给儿子配上新房。多数人家是盖起房子，娶上媳妇就分家。把房子和盖房子欠下的债务一块分给儿子，再操心下一栋房子和下一个儿子。

这样的做法当媳妇的也认了，毕竟富裕的主儿是少数，毕竟为有房子还债务，要比没房、自己盖房要轻松些。

多年来，孙常玉老汉也想这样来解决儿子的娶妻问题。可这样的能力他也没有啊！甚至连个放媳妇的西炕也没有。就这样把儿子们拖成了大龄青年。现在家境变了，盖房子也就成了家里的当务之急。

一九八一年年底，已进入农历腊月，桂柱拿出账本结算了一下，还清了姨姨家的借款和供销社的赊账款，扣除了做竹箅的其他投资及家庭日常花销，净剩两千元。这足以盖起一栋房子，还不影响节后早早买竹竿做竹箅。按这样的趋势，

一年盖栋房子、娶个媳妇的钱是能挣够的。他们家完全能在几年内，让弟兄们带着媳妇，不带债务住进新房子，让这个家有脸有面地立在村中。

全家人的努力有了成效，桂柱心中亮堂了，也有了底气。

他和爹爹商议了一下，去了村支书孙常海家，向他提出了明年盖房子的请求。支书告诉他，盖房子要批宅基地，宅基地是上半年提出申请，年底统筹批复，第二年盖房子。你们上半年没提出申请，明年盖房子的指标已批复结束，并落实到户了。你们家现在提出要盖房子，只能明年上半年申请，下半年批复，后年盖房。

上半年申请才能批？上半年他还不敢奢望明年能盖得起房子啊！桂柱想解释几句，可又觉得毫无意义。他道了谢，懊恼地离开支书家。回家把事说了，全家人都感到沮丧。

晚上，一家人做着活，脸上表情凝重，没有人说话，只听到劈竹竿的啪啪声和刮竹条的唰唰声。桂田打破沉默，说："全村比比看，谁家比咱家更需要房子？"

"就是的，欺负人。吃柿子都望软的捏，你们就做这软柿子吧！"桂枝跟着添油加醋。

"咱四条汉子向他家里一站，看他给不给咱房基？"桂田又继续说。

爹爹不乐意听，忙说："不行！这事不怨村干部，是咱申请晚了。咱不能挣了点钱就狂得不知姓什么了。你们小的时候，村里对咱照顾得还少吗？别长大了就忘恩，给村里添乱。"

尽管孙常玉把这个家甩给了长子桂柱，可关键时刻还是要把把关。这个家在最艰难的时候都没做出失格的事，现在家境在渐渐变好，更不能去做输理的事情。家庭的声誉，也关系着一家人的兴旺。

桂柱说："咱再使劲挣一年钱，争取后年盖两栋或三栋新房子。"

"好，咱现在就去申请三栋房子的宅基地，明年年底不批给咱，看我怎么收拾他。"桂田说。

一年，对这个大龄子女家庭来说，不是个短时间。可他们又毫无办法，只能重新划算明年怎样做更多、卖更多竹箅，让后年有足够的钱盖两栋甚至是三栋房子。

几天后，村里安排桂柱家管公社下乡干部的午饭，这是他们家的稀罕事。家穷时，村干部不为难他们，也怕给村子丢脸，从来没有安排他家管上级来人吃饭。现在家境好了，村里想到了他们，也该轮到他们了。桂柱爹让老伴把饭做好，让孩子把饭送到村办公室去，说："咱们这个家进不来个人啊！"

是啊！这个家本来就拥挤。做竹箅以来，院子里，家里的各个角落都堆放着做竹箅的原料、半成品和成品，下脚的地方都没有。寒冷的冬天还在院子里做，到了雨雪天，炕上也是他们做活儿的地方。这个家真的是进不来个人。

桂柱娘坚决不依，说："就是要让干部来家里吃顿饭，借机会让他们看看，这个家是不是真的需要房子！"在这关键的时间节点上，柔弱的娘展现出了强势的一面。

桂柱爹说："干部们没做错什么，你不要抱怨他们，更不能做出过分的事。"

桂柱娘回答："不会的。"

桂叶帮着娘做了四个菜，又到供销社里买了一瓶酒。是村支书孙常海把公社干部李主任送到桂柱家的。他们踮着脚，扶着竹竿进了家。桂柱爹把李主任让到炕上，孙常海坐在炕沿上。孙常海见要往炕上端饭了，起身要走。桂柱娘说："大兄弟，现在不差口吃的了。你难得进俺家门，今天进来了，就别见外，在这里陪李主任吃顿饭吧！"

孙常海不想在这里吃饭。狭小的空间和堆积的物料让他感到拘谨、拘束。

自进了门，李主任就在端详这个家，并用疑惑的目光看他。他有种在公社领导面前失面子的感觉。甚至后悔，今天不该安排桂柱家管李主任的饭。可桂柱娘说到这个份上，也就不好再走，他脱下鞋，上了炕。

菜端上炕，摆好水杯、酒杯，倒上水、酒，只见桂柱娘走到炕前扑通一声跪下了，嘴里说着："李主任，您开开恩，给我们批个房基吧！看看我们这个家，太需要盖房子了！"

在堂间的桂叶见了急忙跑过来，她想扶起娘。可听了娘的话，犹豫一下，扶着娘的后背也跪下了。黑头见了，急忙从地上爬起来，嘴触地，叽叽叫着，在地上乱转。李主任大惊，急忙下炕，没顾得穿鞋，赶紧把她们搀起来，说："大婶，你别这样，有话慢慢说。"

支书孙常海也坐不住了，下了炕。

桂柱娘拉着李主任的手，把他让上炕，把准备好的话一股脑倒了出来。说到伤心处，哭了起来。桂叶搀扶着娘，也跟着抽泣。

李主任看着孙常海问："大婶说的是实情吧？"

孙常海说："是实情，可他们前几天才提出申请。村里宅基地的安排情况你是了解的，我们没法半路调整。今年赶不上了，计划下一年解决。"

李主任是这个村的包村干部，在公社里分管批复宅基地。今天就是来看村里宅基地落实情况。

李主任皱着眉头，这户确实急需宅基地。他们申请晚了，书记这样答复也说得过去。安排好的事再调整，确实有困难。实行承包责任制以来，村民手里有了钱，都争先恐后地盖房子，谁还舍得把到手的宅基地让出来？这事该怎么办？他想了一会儿说："大婶，你别着急，我回去商量一下，看能不能再后补个指标……"

桂柱娘一听还能后补指标，又扑通一声跪下了，说着："李主任，给我们两栋吧，两栋！我们忘不了您的大恩大德啊！"

孙常玉和孙常海同时一惊，孙常玉看着妻子，孙常海看着孙常玉。孙常玉惊的是，咱们家只能盖得起一栋房子，真要来两栋房基该怎么办？孙常海惊的是，你们一年能"鼓"起两栋房子来？真看不出你们有这样的实力。再也不敢小瞧这全村最穷的主儿了。

李主任再次下炕把她扶起来。他对孙常海说："孙书记，我回去争取一下，三四天后给你答复。如果能争取来，就把指标给他们家吧！"

孙常海说："李主任，能拿到计划外指标当然没问题。不过，你能不能多争取几栋？村里还有别家也急需盖房的，这样我的工作也好做些。"

三天后，孙常海来到孙常玉家，告诉给他家批了两块宅基地。桂柱娘听了喜兴地说："真感谢你，大兄弟！"

孙常海说："大嫂子，是我该谢谢你。你这一跪，给我们村跪来四栋房子。"

说完，领着桂柱到现场去丈量宅基地。这四块宅基地，给了桂柱家两块，给自己儿子留了一块，把另一块给了他的表亲。孙常海的儿子和亲戚跟着桂柱家沾了光，提早批下了宅基地。而桂柱家跟着他们沾了光，占据了"风水宝地"。这四块宅基地在村的最前面，为全村最佳的建房地。这是多少人惦记，却没得到的地方。

一下得到两块宅基地，喜煞全家人，可也愁坏了桂柱和爹爹。原打算明年盖一栋房，春节后还能买上一千元的竹竿，建房、做竹篾两不误，耽误不了麦收小旺季。入秋后资金会更宽裕，也会做出更多竹篾，再由两个人去卖，家境很快就会好起来。后年能轻轻松松地再盖一栋房子。可现在该怎么办？盖一栋，把另一栋放一年？这对村干部和村民都交代不过去。同时盖两栋，就没有钱买竹竿了。

爹爹和桂柱的脸一直阴沉着，全家人都在等他们拿主意。

桂柱寻思着：房子不能盖成半成品，没人愿意把闺女嫁到半成品的房子里。再说，家里也确实需要两栋房子。钱不够，再去借，今年借钱总比去年容易点了吧？这是家里最大的坎了，靦着厚脸皮，咬紧牙关，把这个坎迈过去，这个家就真的好了。看着父子俩发愁，桂柱娘说："是我给家里惹祸了？"

桂柱说："没有。娘，是你更有眼光，把握得更准。把咱们家向前推出一大步，使咱们家能更快翻起身，站起来。只是需要咱把裤带勒得再紧些，干起活来更拼些！"

爹说："两栋房都盖，只盖正房，把院墙和倒房拖到下一年吧，别硬撑。"

桂柱坚毅地说："不！那样咱会在全村人面前丢份儿，给干部们栽跟头。咱要一步到位，盖出全须全尾的新房子来。就是打肿脸充胖子，也得充！"

听着桂柱的话，黑头朝他嗷嗷地叫，这叫声亢奋、有力。

听着桂柱的话，爹爹想起了二十多年前的自己。那时，他年轻气盛。爹娘给他婆上媳妇，三代人住在这栋老房子里。他发誓要盖一栋新房子。凭着两只壮手，让这个家过得宽裕、舒适。全家省吃俭用，凑钱买来木料；他利用农闲时间去山里采石，用小车推回家。就在物料准备差不多的时候，他出事了，自己变成了废人，盖房子无望了。从此，这个家走进了无奈、再无奈。

人穷孩子多。随着时间的推移，一个个子女出生，活得越来越累，让他失去了信心。幸亏他有一个好妻子，照顾着他，拉扯着孩子，全力支撑着这个家；幸亏有社会保障，生产队照顾。要不，这一家人真会饿死。他感激妻子，感激生产队。随着孩子们长大，他似乎看到了希望，可偏偏在长子即将成为劳动力时，背上长了一个大包，又让他陷入了绝望。孩子们都长大了，可他们婆妻、建房需要的钱，对这个家来说是个天文数字。他想这办法、那办法，把希望寄托在这、寄托在那，可他回天无力，各种想法全都落空。

近一年来，他又看到了希望，这就是自己的长子桂柱。他有血性，有责任心，且勇于承担，真正成了这个家的柱子。自己没想到的，他想到了；自己不敢担承的，他敢担承。他说出了自己想说可无法说出口的话，他做出自己前半生想做而没有做成的事。是长子取代了他，在家里担起了为父的责任。

这样做，为了谁？苦了谁？他看看长子后背上的大包，心如刀绞。他流下了惭愧、感激和心疼的泪水。

第八章

全家拿定主意，搁置一下做竹笆，集中精力建房，早春就把房子盖好，再做竹笆。要做到建房、做竹笆两不误，别耽误麦收销售竹笆这个旺季。

春节刚过，全家就忙开了。桂柱联系买砖、瓦、木材、石料等建筑材料。桂仁、桂田和桂花、桂枝，紧跟着用小车向家里推，用架子车向家里拉，这样省运费啊！过了农历二月二，可以破土了，他们就抓紧开挖房基。但凡自己能干的活儿，就绝不用匠人干，这样省工钱啊！这一家人起早贪黑、齐心协力，不知疲倦地奔忙。能吃饱饭，就有使不完的力气。这一家人干活儿的劲头，令人称羡、咋舌。

这天，桂仁、桂田、桂花、桂枝在房基地上干得起劲。房基已经开挖好，他们在平整地面，以便向这里运建筑材料。桂柱骑着自行车过来说："檩子木我联系好了，咱现在就去黄村物资供应站，你们拖着车，把它拉回来吧！"

桂仁、桂田起身就走，桂花说："我们也去吧！"

桂仁说："你们就别去了，那是力气活儿，让人看见笑话。我和三弟去就行，你们在这干会儿吧。唉！"他叹了口气又说："这也是力气活儿，真难为你们女孩家了。干会儿累了，就回去歇歇。"说着就和桂田离开了。

看着他们离去的背影，桂枝一笑，对桂花说："嗨，姐，二哥还知道疼人呢。"

桂花说："哪个长眼的闺女嫁给二哥，那可是她前世修来的福。"

桂枝说："傻乎乎的，一点情趣也没有。"

桂花说："还能都像刘平海那样？"

桂枝听了不好意思地笑了笑，又低下头干活儿。

一会儿桂枝又说："姐，你说咱这是在给谁盖房子？"

桂花错愕地看了桂枝一眼，说："这是给咱自己盖房子啊！"

"给咱自己盖房子？这房子盖起来你能捞着住吗？还不是给他们娶媳妇用！"桂枝说。

"盖够娶媳妇的房子，再盖一栋，咱和爹娘一起住。住在新房子里，多宽敞、亮堂啊！"桂花说得很投入、动情。

"到那时咱也出嫁了。唉，托生在这穷家主儿，没吃没穿的，稀里糊涂地长大了。长大了还要出这男人的力。现在好些了，可哥哥还是舍不得为咱花点钱。他一点也不懂咱女孩，只知道给自己盖房子、娶媳妇。"桂枝抱怨着。

桂柱没有忘记自己的妹妹。他知道，女孩都有爱美之心。多少年来家境贫困，她们穿戴寒碜。现在家境好些了，过年该给她们做身新衣服。他还想着，过年买鱼、买肉，甚至买鞭炮，展示一下这个家的新景象，让全家人高高兴兴地过一个从来没有过的新年。可是，两栋房基一批下来，他傻了眼。他心一横，过去能过的年现在也能过！就这样，全家人没添一件新衣服，没花一分钱置办年货。宰了一只小公鸡，算是开了荤，过了个年。他不善言辞，可心里一直对妹妹们怀着愧疚，甚至想过，将来该怎样回报她们。

从开始做竹笓，这个家的钱绳就握在了桂柱手里。他把钱绳攥得紧紧的，非必要支出一分也不给。唯独对娘是个例外，她要多少，就给多少，从没吝啬。他知道，娘要钱是为妹妹们的特殊需求花用，不能因家里钱紧，而伤着她们的自尊。做哥哥的无法过问，只能由做娘的来照应。当然，娘把这个度把握得很好，从不许她们奢侈。桂花和桂叶知足，桂枝却常常抱怨。

听了桂枝的抱怨，桂花说："哥哥懂咱啊！他从来没不给娘钱，娘也为咱想得很周到，满足了咱们的需要。"

"满足了吗？"桂枝一把扔下铁锨，两手拍拍满而不挺的胸脯说："连个罩罩也没有。"说完，慢悠悠地捡起铁锨。

桂花说："娘不是从小就教着咱自己做嘛！"

"那也叫罩罩？那简直叫扎带。穿着真不舒服，还一点线条也不显。你看那些戴罩罩的人，多漂亮啊！真让人羡慕。"桂枝愤愤地说。

"咱们是农村孩子，就该本分点。不要去赶新潮，那样太招摇了。"桂花说。

桂枝说："姐，我就是把话说直了点，可事实就是这么回事。咱们做姑娘时不打扮显摆自己，等结了婚，有了孩子，打扮也没有人看了。咱们真该好好珍惜做姑娘的时光。"

许久，桂花说："咱这个家真的很不容易，爹娘把咱养大，已经够辛苦了，咱就不要再挑剔了。幸好，咱们找到了出路，看到了希望，很快就会好的。"

桂枝说："瞧你说的，穷家主里谁都不容易，可谁该顾着谁啊！"

桂花失望地看着桂枝。她知道，自己这个妹妹小时候就自私。十年前，自己十五岁，上衣露出长长的手腕，裤子露出高高的脚脖，短得真的不能再穿了，娘给她做了一身新衣服。让她把旧的脱下给十一岁的二妹妹穿，桂枝不高兴地噘着嘴。第二天早上，桂枝早早起来，穿上给姐姐做的新衣服就跑了出去。娘把她撵回来，让她脱下。她穿着像长袍一样的新衣服就地哭着打滚，死活不脱，都把娘气哭了。

女儿们渐渐长大了，知道爱俊了。娘给她们买了二两雪花膏，告诉她们要省着点用。桂花总是洗完脸，趁着脸还没干时，少取一点涂在脸上。桂枝总是多点、再多点。一次姐姐不在眼前，她用手指向盒里挖了三次，似乎不知多少才能满足她这张脸的需要。她抹在脸上，正好让姐姐看到了。桂花知道，这个妹妹已经不是她能管教了的了，那刻薄的小嘴只能让她更无奈、更生气。她把镜子拿给桂枝，让她自己看。桂枝看到了，她的脸根本吃不消这么多雪花膏。手一抹，脸上皱起道道白杠，成了大花脸。桂枝知道自己过分了，但并无歉意，只是傻笑了一下。站在旁边五岁的小妹妹桂叶说："大姐，我可以擦点吗？"桂花说："当然可以。"说着挖了一点抹在她手心里，教她向脸上涂抹。桂叶说："有点多吧？"桂花说："不多。"桂叶说："我见你用的比这些少。"桂花使劲搂住自己的小妹妹。

随着年龄的增长，这些让人啼笑皆非的事在桂枝身上少了。桂花以为妹妹长大了，懂事了，变好了。没想到，在家境变好、各种花销产生矛盾的时候，她居然说出这样的话。她才发觉其实妹妹一直没有变。人，儿时会把自己的个性没遮没拦地表现出来，长大了则会加以掩饰。但骨子里的东西不会变，不留神儿还是会露出来。桂花不想去责备妹妹，也知道改变不了她。对妹妹的不满，只有装在心里，毕竟谁也不是圣人。

很长时间过去了，桂枝见桂花不说话，又不好意思地说："姐，我就是嘴上说说，你没见这两年我和你一样，在拼命地干活，从不偷懒。你放心，我以后还会这样干的。报答父母养育之恩！"最后一句，她是以调侃的口气说的。

桂花沉思不语。又是许久，桂枝说："姐，年年都有给你说亲的，你为什么不答应？前年北街三婶给你说的那主儿，真是打着灯笼也难找，你为什么不答

应？"

桂花说："咱家太穷了。"

"家里穷富并你出嫁什么事？你看咱村和你同岁的人，哪个的孩子不满街跑了？你还留在家里出大力。难道你还想挣些陪送？别说家里穷，就是富裕人家，现在也没有给陪送的，嫁妆都是男方出。"桂枝说。

桂花沉着脸，没有回话。

东街李婶算是把桂花盯上了。多年来，她时常在桂花娘和桂花面前念叨桂花的亲事。说她有个街坊侄子，为人厚道，人长得标致健壮，他俩是天生的一对。桂花娘动心了，可桂花就是不答应。前年，北街三婶也给介绍了一个主儿，家庭条件好得不得了。父亲是县里的干部，儿子长得帅气，还当了合同制工人。桂花娘听了很高兴，就应承了下来。这话传到东街李婶耳朵里，可把她急坏了。她跑到桂花和桂花娘面前说："结亲要讲门当户对！门槛高了，进门是要看人家脸色的。再说，条件好脾气就能对付上吗？脾气不对付，那是要煎熬一辈子的。终身大事可不能只看个表面。"

她这不是在破亲吗？古语道：宁拆十座庙，不毁一桩婚。东街李婶不明白这里面的道理吗？她是十里八村有名的媒婆，对破亲之人恨之入骨。可她自己为什么做出这种事呢？

她真的看上了桂花，她觉得桂花是个旺夫益子的好闺女。俗话说：娶个好媳妇，兴旺三辈人。古今伟人、名人写回忆录，回忆母亲的要远多于回忆父亲的。这也许说明女人对家庭的影响，特别是对子女的影响要远大于男人。可还是有人乐意生养、培育男孩，觉得只有儿子才能传宗接代、光宗耀祖，觉得女儿早晚是别人家的人，忽略了对女孩性情和品行的培养。殊不知，一个家人才辈出，女人的功劳是大大的啊！

媒婆比常人更明白这一点。找个好媳妇，就有了一个和谐的好家庭，三代人受益啊！常言道：好儿不如好媳妇。李婶说的街坊侄子那是她的亲侄子啊！她几次扪心自问，是自己自私，要把这么好的闺女留给自己的侄子吗？她又几次否定，桂花和她侄子，容貌、人品相配，性情相近，是天生的一对，会组建一个美满的家庭，幸福两人、两家。现在有人要把她拉走，她能不急吗？幸好桂花执拗着不答应。

见桂花长时间不说话，桂枝又开玩笑地说："这么好的主儿都不答应，你不会是要把自己留着，给哥哥换媳妇吧？"

"有什么不可以？就怕大哥不同意。"桂花说。

桂枝瞪大了眼睛，看着桂花说："你真有这想法？"

"有这想法。"桂花平静地回答。

桂枝说："姐，你可别做这打算，那有可能毁了你一辈子！咱们来这世上走一遭不容易，要快快乐乐地生活，不能委屈自己。"

"换媳妇"，就是结换亲的意思，这一现象在旧时的农村并不鲜见。就是某男方因贫穷、残疾或年龄等原因找不到媳妇，家里有妹妹或姐姐，就找同样的人家，拿闺女换回个媳妇，这样两家都有了媳妇。这种看似两全其美的婚姻，往往包含太多的苦涩。他们同时定亲、同时领取结婚证，同一天出嫁，唯恐出现差错。这样的喜事背后，往往掩盖着女人的不幸与悲情。更有甚者，闹出了反目成仇、家破人亡的惨剧。

"我不反对你的看法，但人各有各的行事方式。"桂花说。

桂枝仰视着姐姐。她从来只认为姐姐是个勤奋、能干和厚道的人，甚至有点傻。没想到她内心这样博大，她的快乐，要从家人的幸福中获取。她在为这个家操心，甚至为这个家活着。良心告诉她，在姐姐面前自己是渺小的。尽管渺小，

却还是要做这样的人，自己的快乐，要从自己的幸福中取得。她不愿意，也不能去做那样高尚的事。她不赞成姐姐这样做，但人各有志，不便多说。她想了好长时间，觉得今天自己把话说过了头，不好意思地笑了一下，说："姐，我今天说的话，有嘴无心，你不要当真，更别告诉家里人。"

"好吧，不过我说的话你也不能告诉家人。"桂花说。

"好的。"桂枝满口答应着。

她们各怀心事，转移了话题。

第九章

哪个少女不怀春？桂花自小就是个内秀的女孩。她漂亮，聪慧，也有着少女的羞涩和敏感。桂花十五岁时正上初中，校篮球队里有个比她高一级的男同学，人长得帅气，篮球打得灵光。在学校，特别是在女生眼中，他是个很耀眼的人物。桂花和其他女生一样，总是带着羞怯和爱慕关注着他。篮球比赛或是课余时间，他总是出现在篮球场上。这时的篮球场，也就成了部分女生光顾的地方。他是球场上的灵魂人物，围观的同学总是为他喝彩。

课余时间，他与一群男同学在篮球场上争抢着一个篮球投篮时，只要看到桂花在场，时常会把抢来的篮球抛给她。起初，桂花不好意思地红着脸还给他。次数多了，她也会向前几步，奋力把篮球投向篮筐。这会招来同学的嘘声和喝彩声，以及女同学羡慕、妒忌的眼光。尽管此时桂花表面上很羞涩，心里却甜甜的。这些举止告诉她，他关注到了她，心中也有了她。

他们只同校一年，他就毕业了，再也没有见面。可她知道他叫李明军，是李家庄村的。他矫健的身影时常在她脑海里闪现，他把抢来的篮球抛给她，更成

了她美好的回忆。毕业后，她接到过他的几次来信。可她不敢看这些信，更不敢给他回信。她怕一来二去自己会改变了主意，只能把他和他的这些信一道埋在心里，埋得深点、再深点。

她二十岁那年，一次李婶在街上见到她，见眼前没有人就说："闺女，给你找个婆家吧？"

桂花说："谢谢李婶，我还小呢，再等几年。"

李婶以为她和其他女孩一样，用这样的话来掩饰羞涩，就继续滔滔不绝地向桂花介绍她的侄子。当提到李明军这个名字时，桂花脸一红，心怦怦直跳，急忙说："李婶，您别说了。在地里，我们家缺劳力。在家里，娘需要帮手。我真的要等几年再说。"

李婶说："见见面，看好了就定下，你想帮家，拖两三年再结婚也可以。说不定呀，亲事定下了，他还能帮你，帮这个家呢。"

桂花不敢和李婶再说下去，她怕说多了改变了自己的主意。她说了声谢谢李婶，转身就走了。她不知道这是李明军委托姑姑找上门来了。也就是从那年起，李婶每年都会来给她提一回这门亲事。

桂花上初中时，有个很要好的女同学。这个女同学是邻村马庄的，她是带着自己的哥哥上学的，因为哥哥是个聋哑人。她细心照料哥哥，和老师一块教他识字、解字意、算算术。当然，哥哥对妹妹更是呵护有加。当看到谁对妹妹有不礼貌的举动时，他的眼睛能红得吓人。她曾和桂花说过，她要照顾哥哥一辈子。桂花很高看他们兄妹，感佩兄妹之情，对她更是怜爱有加。

少女时，桂花有自己的憧憬。长大了，她看到了现实。哥哥很早就下学了，帮助爹爹顶起这个家，可他身有残疾，找媳妇难，找个好媳妇更难。她盼着哥哥早早成个家，她也好早日找到自己的归宿。如果哥哥找不到合适媳妇，她宁愿去给哥哥换个媳妇。要换个媳妇,她那个要好的女同学是最佳人选。几年过去了,哥哥成了大龄男子,她成了大龄女子。她知道,那个要好的女同学也没有出嫁,她想照顾哥哥一辈子。她们换过来照顾哥哥不是更好吗?她觉得到了可以谈起这件事的时候了。她知道哥哥很难同意。她思忖着,如果那对兄妹能同意,她再找人说服哥哥。

前年,她想见见那女同学,试探一下她的想法。可碰巧有一天在路上先遇见了她哥哥。十个哑巴九个"俏灵",这个聋哑人后来上了几年哑校,能用口型和手势跟正常人进行交流。他知道桂花是他妹妹的好友,热情地和她打招呼。她问他现在做什么,他比划了一通。桂花明白了,他在说,他在哑校学了做木工,现在村里照顾他,让他在村里木匠铺干活。还自豪地比划着自己会做什么样的家具,如果桂花需要,他可以帮忙。她问他妹妹在做什么,他又比划了一通。桂花也明白了,他妹妹在生产队干活,晚上学剪裁,学缝纫衣服。他还更为自豪地比划着,妹妹做的衣服怎样好看。

桂花想,自己的心事是否可以向他说一下呢?他同意,他妹妹肯定也会同意。桂花又觉得难以启齿,可又一想,他是个聋哑人,说了也没什么,他不会告诉别人。桂花向他比划了好长时间,他看得愣愣的,突然又像明白了什么。他用食指指指自己又指指桂花,伸出两手,握手向上伸出拇指,两手相对,把拇指弯了两下。桂花点点头。他又比划了自己的妹妹和桂花的哥哥,还弯下腰指指后背,又站直了,两手握拳相对,向下弯了两下拇指。桂花又点点头。他脸一板,啐了桂花一口,吐沫星子都溅到了桂花脸上。他转身就走,走了十几步又站下,转过身向桂花伸出拇指,摇了摇头。又向桂花深深地鞠了一躬,转身走了。桂花连脸上的吐沫星子也没擦,呆呆地站在那里,许久。

现在桂花想,是哥哥领着姊妹们做竹筢,改变了这个家。也证明了哥哥尽

管身残，可是个强者，能持家立业。他们兄妹应该不再轻看哥哥了吧？哥哥又有了新房子，他们该能同意。她还想在适当时间，找合适的人来撮合这事。

各种建筑材料运回来，放在工地上。初期的石头、砖瓦放到这里问题不大，桂仁和桂田吃完晚饭，或是半夜过来逛一趟看看就可以了。后来，木料放到工地上，防盗就成了问题。下午，桂仁用檩木支起个小棚子，周围用苞米秸围上，又找了几块板子铺在里面，做成一个简易床。晚上，他拿着一床被子要到这里来"看场"。

俗话说：春冻骨头秋冻肉。初春的天气冷得彻骨。桂田觉得只让哥哥在那里，有点不合适，也就一块来了。他们在工地上转了一圈，见没有异常，就来到刚刚能躺开两人的小棚子里。他们把被子围在身上，蜷缩着坐在木板上，抽着螺旋烟。

桂田说："二哥，这两栋房盖起来，要给大哥留一栋，对吧？"

"那当然。"桂仁说。

"那另一栋呢？"桂田问。

桂仁沉默了，他没想到弟弟会提出这样的问题。按照大小排序，剩下的这栋房该是他的。可能对弟弟这样说吗？不能这样说。也不能说把房子让给弟弟。这是家庭大事，不该由弟兄两人商量决定。过了好一会儿，桂仁说："三弟，不要多想，咱们家需要多少房子，咱就要盖多少房子。"

"什么时候盖？"桂田问。

"明年再盖。"桂仁说。

"今年盖两栋房子，把咱的腰筋都要抻断了，明年还能盖？再说，明年盖，现在就要申请宅基地，咱申请了吗？"桂田说。

"明年不能盖就后年盖。"桂仁说。

"后年？后年还不知道又是什么景象呢！"桂田叹息着说，心里在想，再过两年，你们俩找了媳妇，娶到新房子里，分了家就甩手不管了，我这几年出的力可就打了水漂。他觉得自己处境尴尬，到时候哥哥们不管了，爹爹又管不了，倒霉的就是自己了。可又没有理由来争房子，郁闷的心情只能装在心里。

沉默许久，桂仁说："三弟，你真的不要多想。大哥身体不好，一定要给他留一栋，这样他找媳妇会容易些。剩下一栋，别说死，根据情况定。再说，这两栋房子是咱们弟兄共同盖的，以后盖房子，还是咱们弟兄共同的事。"

桂田想：爹娘才不会隔着你，把房子给我呢！再说，你现在没有媳妇这样说话，有了媳妇还不知道会怎样说呢。这话他说不出口，只有咽到肚子里。他看着桂仁一脸的真诚，又说："二哥，我就是随便说说，你别往心里去。"

两人沉默着。这时，听到了搬动檩木的声音。"有贼？"桂田说。

"你先别动，我出去看看。"桂仁说。

村里有个老光棍，四十多岁，名字叫孙常茂。他上没父母，下没妻小，过着流浪汉生活。人们给他起了个绰号，叫"夜猫子"。他上半夜从不睡觉，村里村外地转，寻觅着容易偷走且有人需要的东西；或去串门，通过串门探询谁需要什么。他行窃成性，家里却从没有赃物。他总是找好销赃人才下手，把偷来的东西直接送给要主，低价卖给他。还真有贪图便宜的人，这样他就有了销赃渠道，使自己的买卖有的做。时间长了，村里都知道他是这种人，丢了东西就不放过他，弄得贪便宜的人也尴尬，他的买卖就惨淡了。他绞尽脑汁，把买卖扩大到三里五村，后又扩大到十里八村，买卖又"红火"起来。

他还经常在街上、河边，偷只鸡、鸭或鹅装进袋子里拿回家。晚上杀掉，或蒸或炖，美餐一顿。他毕竟还有点知耻，怕有人知道找上门来，不敢把鸡鸭鹅毛向外扔，就在家里烧掉。烧禽毛的味道是捂不住的。邻居闻到这味道就会说：

夜猫子又开荤了！有一次，邻居一只鹅没了，就找到孙常茂，把他骂了个狗血喷头，并执意让他赔偿。他竭力辩解，想证明自己是清白的。可人家就是不依不饶。围着一群看热闹的人，一个说：这回可能真是冤枉了夜猫子。另一个说：这也冤枉不了他！缺的就是这样的人直溜他。

桂仁从小棚子里走出来，见檩木堆旁有个人，就知道是夜猫子。桂仁高声呵道："是常茂叔吧！这么晚了还没睡？过来坐坐抽袋烟！"

夜猫子已找好了下家，想今晚送去两根檩木。他在这里转悠了很长时间，见夜深了，桂仁他们也长时间没有声音了，就以为他们睡着了。他搬下两根檩木，还没等扛起，就听到桂仁的声音。他本想拔腿就跑，见桂仁不想使硬，也就借坡下驴，走了过来。他们进了小棚子，夜猫子没话找话寒暄了一番说："大侄子，家里盖房子缺少什么告诉叔，叔给帮忙。"

桂仁说："我哥哥想得周到，东西倒不缺，可还是要感谢您深夜来帮我们看场。"

夜猫子不好意思地笑了，坐了一会儿又无聊地走了。看着他的背影，桂田说："我真想揍他一顿，你还跟他套近乎。这种人就是你们这些好心眼的人给惯出来的。"

桂仁说："能得罪君子，不得罪小人。如果咱打了他，他会踩着咱的脚后跟偷，防了初一防不了十五。这样看破不说破，让他一番，他就不好意思再偷咱了。再说，这种人不是好心眼的人惯出来的，是那些贪图私利，给他销赃的人惯出来的。咱们感化他，要比教训他更好些。"

第十章

四月中旬，其他盖房子的人家还没动工，桂柱家两栋新房，包括院墙、小倒房，已完整地立在了村子前面。就是院子和街门外，也打了水泥地面。门前栽上了梧桐树，风光地等着新媳妇拉席上炕了。这让全村人惊叹不已。

桂柱家的变化，在三里五村成了佳话，新房子还引来了众人观摩。当然也花光了桂柱家全部的钱。

该把精力用在做竹箅上了。为了筹钱，桂柱又去了姨姨家，向姨父说明来意。姨父对他态度大变，慷慨地说："我去年下半年也挣了点钱，这回不用去借有利息的了，我借给你三百元。"

桂柱带着三百元钱，叫上桂仁和桂田，拖着架子车去了黄村供销社，找到了小李。小李热情而不解地问："怎么就买三百元钱的？"

桂柱说："今年盖了两栋房子，钱有点倒不过坎，先少拉点，过几天再添。"

小李说："别再跑趟了，就拉一千元的吧，再赊七百元的给你。"

桂柱大喜，说："谢谢！放心，到了麦收季节，我定会把钱及时还清。"

桂柱打了欠条，办完了手续，他们来到放竹竿的场地。小李打开新一垛竹竿。

这次小李是自作主张。世俗熏染让他越来越精明。行事做到领导心坎上，才是最高明的投资。尤其是刘振东女儿也来供销社上班了，他们成了同事。每当见到她，心就扑扑跳，美美地想好事。处理得好，结成姻缘，这不知是一举几得的事。他大着胆，存着心，寻机讨好领导、讨好心中的女神。

桂柱兄弟把竹竿拉到新房子里，全家又在新的场地——两栋新房子里，加紧做起竹笆。六月麦收期间，是卖竹笆的小旺季。这个小旺季非常重要，能收回一定资金，为秋冬大旺季奠定基础，绝对不能错过。

自从刘平海帮助桂柱家赊来第一批竹竿，桂柱家再用竹竿就不是问题了。供销社向他们大开绿灯，从没因资金短缺影响做竹笆。这对桂柱家是个很大的帮助。

桂柱认为，这是刘振东帮的忙，应当答谢他，甚至包括小李。桂枝不同意，说那样显得小家子气，也没有必要。

桂枝对哥哥的想法不认可，觉得这是刘平海帮的忙。刘平海帮忙，是她对家做的贡献。这个家的兴旺，她和他都功不可没。桂枝还觉得，找了刘平海这个对象，不仅是自己的幸运，也是这个家的幸运。她在家里说话的口气也粗了起来。

刘平海觉得，自己实实在在帮了孙家的忙，代桂枝在家人面前露了脸，有了约会桂枝的本钱，就时常来约她。桂枝认为，既然人家诚心帮忙，就不应当亏待人家，更不能疏远人家。尤其是自己已默认了他们之间的恋爱关系，也就不拒绝刘平海的约会了。

他们见面的次数多了，也更近乎了。在没人的地方，或傍晚或晚上约会时，刘平海还会勾肩搭背，手不规矩。桂枝也放宽了对他示爱的限制，关系进入半公开化。

看到桂枝和刘平海经常一块出出进进，这可急坏了桂枝娘。家里做竹箅当然是大事，孩子们守规矩、懂分寸更是大事。要是做出伤风败俗的难堪事，口水能淹死人，那可真就毁了这个家。其实，娘的担心并非多余。在农村，女孩子晚上单独外出是件犯忌讳的事。除了考虑安全外，总有一些好事的人，说些闲言碎语，当然不排除有个别女孩出去胡来。农村人把家庭清白的声誉看得比命都重。谁家出了让人戳脊梁骨的事，就会传遍三里五村，甚至十里八村，儿女们的婚事也会成为大问题。尤其他们是出了名的穷主儿，儿女们的婚事都没办，名声问题就更不能有丝毫闪失。她总是密切关注桂枝的行迹，并时常唠叨个没完，还限制她晚上单独外出。

桂枝是个好张扬的人，也是个占有欲很强的人。她为自己是村里头发梢子，又把村里家庭条件优越、长得帅气的小伙弄到手，颇感自豪，也认为值得张扬。她很想和刘平海勾肩搭背在街上走，可她不敢。她也明白，村里人对风流韵事特敏感，并极有兴趣，稍有不慎就会成为村里的风景，成为人们谈笑的话柄，还会被好事的人添油加醋编成故事。她不想承担这样的后果。可她经不住刘平海的纠缠和诱惑，时常想着法儿摆脱娘，摆脱姐姐哥哥们来和刘平海幽会。

傍晚下地回来的路上，又碰到了刘平海。她和刘平海磨磨蹭蹭地走在后面。哥哥姐姐们走远了，刘平海把胳膊搭在桂枝肩上，说："咱什么时候关系公开化？什么时候结婚？"

"告诉过你，等我哥哥姐姐定了亲，咱们才能定。"

"那要等到什么时候啊！"

"你没见新房子都盖起来了，快了。"

"整天看得见够不着的，让人难受死了。"说着就把另一只手放到了桂枝

的胸脯上。

桂枝看了一下四周没人，天已黄昏，也就默许了他的举止，并向他靠了靠，回敬道："这还够不着啊！太便宜你了。"

刘平海说："谢谢我吧。可我说的够不着不是指这个。"说着，手更加不规矩，得寸进尺。

桂枝边制止边说："你还想干什么？占了便宜还卖乖？还想偷嘴？"

"怎么能说是偷呢？这本来就是我……"他稍一停又改口说，"这本来就是我们的。"

"是我们的，可放不到时候，就是偷！"

"我就想偷，偷不着可要抢了！"刘平海说着就去亲桂枝。

桂枝推他一把说："别闹了！快点走。回去晚了，我娘又要唠叨了！"

…………

见了面，没人处，刘平海总是想对桂枝动手动脚，桂枝也总是欲拒还休。这是双刃剑，望梅止不了渴，欢乐与欲火并存，结婚令他们期待不已。刘平海几次有出格举动，都被桂枝制止了，她真害怕一天过于冲动，不能自制，做出有失体面的事。娘的唠叨是对的，没结婚，事情就存有变数。到那时吃亏的是自己，娘的有些话还是要听的。

新房子盖好了，做竹筢的摊子也铺大了，眼看着家境步步改观，全家人高兴。桂花高兴的同时，心事也越来越重。大哥的亲事是家人的心病，大哥的亲事解决了，这个家就无忧虑了。她的那个女同学品行很好。她到来，会给这个家带来欢乐，给哥哥带来幸福，给爹娘解除忧愁。可自己会怎样？她想象着，他是个聋哑人，和这样的人生活在一起，言语沟通和感情交流会有很大障碍。会给生活带来很多不便，也会带来情感压抑。这样做值不值？她时常这样问自己。可只有这样做，才能让这个家迈过这个坎，成为幸福一家人。为了哥哥和爹娘及一家人，这样做是值得的，她肯定地这样想着。

她尽量把这个聋哑人往好处想：他的品行是不错的，尤其还勤奋能干，他们走到一起能把日子过好。她甚至想象着自己怎样去学手语。事情已经到了紧要关节了，该抓紧办了。找人来撮合这事吗？不！她们是好朋友，最好她们先沟通一下。只有她同意，这事才好办。怀着这样的心，桂花离开家，悄悄到了马庄，进了她女同学的家。

女同学热情接待了她，桂花说："能找个僻静地方，咱们说说知心话吗？"

女同学见桂花态度严肃，就把她带到了自己房间，反锁上门，说："这是我的闺房，在这里说话没人能听到，有什么话就放心说吧！"

桂花把想好了的话说了出来。女友听后失声痛哭，桂花也止不住自己的眼泪。桂花一手抱着她的肩头，一手给她擦泪水说："原谅我冒昧了，如果不同意，就别委屈自己。"

她抱住桂花说："我的好姐妹，这样最亏的是你啊！最苦的也是你啊！这是一辈子的大事，是你要想好啊！"说完又哭了起来。

桂花说："为了咱们的哥哥，我情愿。"

"可咱们的哥哥能同意吗？"她问。

桂花沉思着说："是啊，这是难题。咱们同时说服哥哥，你哥哥同意了，我哥哥那里可能会好说些。"

她们达成了共识，各自说服自己的哥哥。桂花要告辞，女友拉着她的手跪下了说："好姐妹，你是我最信得过的人。这事办成了，我甘愿一辈子为你家当牛做马。如果我孝敬不好你爹娘，伺候不好你哥哥，我遭天打五雷轰！"说着两

人又抱头痛哭。

桂花回到家，得到了女友的同意，哥哥这边自己仍是一筹莫展。她不知该怎样开口，更知道哥哥很难答应这事。怎么办？等等吧！等女友的哥哥同意了，四人里三个同意了，再和家人摊开，那时家人和哥哥也容易接受。

她焦急地等待着女友回话。

第十一章

　　五一过后，黄村公社在筹备召开"万元户"表彰大会。公社要求各村上报年收入过万元的农户，公社核查，确定表彰对象。村支书孙常海没当回事，因为在他看来，本村没有万元户。

　　这天，李主任来到村里找到他说："公社要求各村申报万元户的事，咱村准备得怎么样了？"

　　孙常海说："这事我想过，咱村还真没有万元户。"

　　"桂柱家怎么样？"李主任问。

　　孙常海说："我估摸着他家去年做竹笆能挣两三千块钱，离万元户远着呢。一般农户挣这个数就看出富来了，可这个穷掉底的主儿，要翻起来难哪！我估计，他们今年买竹竿的钱还是借来的。看不见他吃啥，还没看见他穿的？这家人裤带勒得紧着呢。"

　　李主任说："他家今年可是盖了两栋房子啊！"

　　孙常海说："是啊，盖栋房子只需千儿八百的，这个兵强马壮又舍得出力

的主儿，连千儿八百也不用。尽管他们把房子建得很好，一栋一千元也够了。"

"这家人在村里人缘怎么样？"李主任问。

孙常海说："口碑不错。这家以前是全村最穷的主儿，人穷让人看不起，可他家没有因穷做出丢人现眼的事。现在政策好了，他们真拼上了。今年你给他家批了两栋宅基地，我以为，这肯定会把他们压趴下。真没想到，过了年刚两个月他们就把两栋房子"鼓"起来了。这又上千元的竹竿往家拉，让全村人惊叹，在村里红火起来了。别看桂柱是个残疾人，刚强着呢，做事有股子韧劲，还有板有眼。"

"今年他们怎样？"李主任又问。

"看他们的铺排和干活的劲头，今年还真能挣上一万元。"

"那就定了这个主儿吧！我们就要树立这种勇于和贫穷作斗争的致富典型。"

"可上级要求是现在年收入过万元的户，报他家不是虚了吗？"

"我想，你会把他家计算成真万元户的。再说，他今年能干成万元户，就不算作假，说得过去。定一个残疾人做万元户，这也很有影响力啊！公社里万元户指标不多，我们一定要争取一个，这也是你的工作成绩，是对你工作的肯定。"李主任说。

孙常海说："好吧！"心想，你这也是给自己找工作政绩，咱们都受益。

他们一块来到桂柱家老宅，只有桂柱娘在家。她见李主任来了，恨不得再次跪下。她几次弯腰低头，千恩万谢。黑头也伸着舌头、摇着尾巴凑上来，给李主任行着常人看不懂的礼仪。桂柱娘喊了一声"黑头"，黑头立刻后退两步。它知道老主人在告诉它，来的是客人，他们不懂它的礼数，还有可能害怕它，要与客人保持适当距离。桂柱娘给他们搬座又倒水。

孙常海问："就嫂子在家？"

桂柱娘说："柱子赶集去了，其他人都在新房里做竹笆。"

李主任说："大婶你忙着，我们到新房去看看。"

桂柱家新房里，孙常玉领着两儿两女干得活欢。他们见村支书领着李主任来了，都放下手中活计，子女们忙站起来。桂柱爹拿起拐杖，也要站起来。李主任忙向前按着他说："大叔，您别起来，坐下，坐下！"

两人把房子里里外外看了个遍，翻檐房，大门窗，屋里很敞亮。墙体一改过去的土石结构，用砖石、水泥建造。室内墙壁也由泥土抹面改成了石灰抹面。完全符合上级要求新农村建设的建房标准。

李主任说："桂柱还真有超前意识，房子建得很新颖，该让它成为新建农房样板。"

孙常海来到桂柱爹跟前说："老哥，恭喜你！恭喜你带领孩子们致了富，改变了家庭面貌，成了咱村第一个万元户！"

桂柱爹吃一惊，说："我们家怎么能挣一万块钱？我们没有成为万元户。"

孙常海说："这不是明摆着吗？一栋房子两千五，两栋就是五千。地里一年的收入该不下三千吧！这些竹竿也该值两千吧！家里还有多少存款，我不知道，你也不用告诉我。这么一算，你们是足足的万元户。"

桂柱爹说："你是明白的，盖栋房只需千儿八百块，这院子里的竹竿也不值两千块。"他没有把竹竿是或借钱或赊钱买的说出来。越穷越光荣的年代已经过去，已进入富有才有面子的时代。他不想装富，也不想哭穷了。

"老哥，你就别解释了。我知道，盖一栋房子只算工料是只用千儿八百的，可出力盖成了房子……我问你，现在两千五百块钱买你一栋，你卖吗？"

"不卖！"桂柱爹本能地答道。

"就是嘛！再说这竹竿，买竹竿不用两千块，可现在是半成品。要是做成成品，给你三千块你也不会卖的。你们在全村冒了尖，大家都很钦羡你们家，李主任也很赞赏，你们是当之无愧的万元户。公社要求上报万元户，咱村就报你们家，这事就这么定了吧！"

"别定，等柱子回来再商量一下。"桂柱爹说。

"商量一下可以。不过，我说老哥，这机会千万不能错过。成了万元户，公社里要开表彰大会，戴大红花，上台领奖，奖品是一台名牌缝纫机。公社会议结束，还要参加县里的万元户大会，那可很开眼界啊！"孙常海说。

桂柱爹不知该怎么回话，孙常海接着说："你们商量一下，明天给我个回话。"说着就和李主任一块走了。

离开桂柱家新房，李主任说："上报公社的事我来做，他们家里的工作你一定要做好，防止公社来审查时出现问题。"

孙常海说："你放心，没问题。"

晚上，全家人凑到一块商量。爹爹经历多，心有余悸，他怕枪打出头鸟。桂柱沉默着，桂田带着疑问说："把我们推到浪尖上，是耍我们吧？"

桂枝说："管那些呢，耽误几天工夫，赚台缝纫机，值了。听说还是蜜蜂牌的。"她早就从刘平海那里知道这些事，轻言放弃能得到的便宜，这可不是她的风格。

全家人拿不定主意，不知该怎么办。这时，堂叔孙常山来到他们家。他在街上听人们议论桂柱家成了万元户，高兴地前来道喜。他见一家人还在犹豫不定，急了，说："老哥，这是官办的事，不会有差错的。咱们这个家想出出名难，有这么好的机会怎么能不去？这是老天爷在助咱们！孩子们还都没说上媳妇，借这机会出去一晃悠，媳妇就会自己找上门来！"

全家人琢磨了一夜，想想是这么回事，默认了。第二天给村支书回了话，支书问："谁当这个家的代表参加会议？"

这又给他们出了难题。桂柱说他不去，他有残疾，形象不好。让桂仁去，桂仁也不去。桂田倒跃跃欲试。他们征求堂叔意见，堂叔说："就让桂柱去，这个家本来就是他领着干的。再说，他身有残疾就更应该去，出去显摆一下，晃媳妇啊！"

这事告诉了村支书，支书也拿不定主意，又找了公社的李主任。李主任说："就让桂柱去，这事不能有丝毫含糊！我们就是要树立这样的典型，就是要让人们看看，一个残疾人能成为万元户，他们还有什么理由不去勤劳致富！"

在全公社万元户表彰大会上，桂柱弯着腰、背着包、戴着大红花，在欢呼声中登上了领奖台。孙桂柱的形象震惊了所有参会的人，也成了全公社家喻户晓、尽人皆知的人物。

这个在三里五村出了名的主儿，又在全公社出了名。

第十二章

公社万元户表彰大会一结束，紧接着县里召开发展个体经济誓师大会，万元户们都参加。桂柱和公社十几个万元户代表，在公社干部的组织下，一块坐专车来到县城，走进了县招待所。车刚停下，就有服务人员迎上来。登记后，服务员叫着姓名，把他们带进了安排好的房间里。

桂柱进了房间，惊异、胆怯地站着。房间里有两张又大又软的床，床上铺着洁净的白色床单，放着整齐的被子。床对面有两张沙发，沙发中间的茶几上放着电话、台灯、热水瓶、两个水杯和一个意见簿。四周墙壁和天花板是雪白的，天花板上垂着花式吊灯，水泥地面也上了红色油漆。桂柱第一次进这么豪华的房间，十分拘束。

桂柱呆站了一会儿，听见有人进来。他回头一看，一个衣着整齐、肩背棕色挎包、戴着墨镜的人正注视着他。桂柱不知所措，他知道，自己的形象到哪里都引人注目，站在这豪华的房间里，还有可能被人误解。片刻，那人摘下眼镜说："你是孙家庄的孙桂柱！"

桂柱看了他一会儿才认出，这是一年前买他小麦的赵明伦。

赵明伦把手里的眼镜和肩上的背包向床上一扔，热情地握住桂柱的手，拉着他坐到沙发上。他取下两个水杯的盖子，从背包里拿出自己的茶叶盒打开，分别向两个杯子放了茶，倒上水。并指着水杯旁的小纸包说："招待所里没好茶，咱们喝自己的。"说完又从兜里掏出香烟，递给桂柱一支，说："抽烟。"

桂柱见香烟是凤凰牌的，知道自己兜里的旱烟和剩下的三五支葵花烟拿不出手，就急忙说："谢谢！我不抽烟。"

赵明伦瞥了桂柱右手一眼说："看你发黄的两指，还敢说不抽烟？"

桂柱只好接着了。

桂柱见他自然、洒脱，像这里的主人。他曾经和自己打过交道，还对自己这样热情，也就放松了许多。赵明伦看桂柱拘谨，猜他从来没住过招待所，便把这里的用品一一向他做介绍，最后指着电话说："有什么需要，拿起电话拨下号码，服务台就会派服务员来。"

还把他领到门口，指着斜对面说："那是卫生间，就是我们说的厕所、茅厕。在这里，想方便一下不用出房子。卫生间对面是洗浴间，晚上咱去洗个热水澡。"

他们参加了一天会议，吃完晚饭回到房间。他们洗了澡，躺在柔软的床上。房间里亮得像白昼，桂柱觉得来到了另一个世界。一天的接触，桂柱觉得赵明伦没有低看他，还非常亲切健谈，就想和他多说说话，并解开一直藏在心中的谜。他对赵明伦说："去年，你一下买那么多小麦，这对我是个谜。我当时没心思问你这些，现在能告诉我吗？"

赵明伦向他介绍了他买粮的事情。

改革开放初期，国家要搞活市场，可没有明文规定什么事可以做，什么事不可以做。这是一个撑死大胆、饿死小胆的时期。农民渐渐富裕了，也想买点心

之类的食品吃。可手里没有粮票，一时间，粮票由凭证变成了商品，时常有人倒卖。就是这样也满足不了社会需求。食品厂想多生产食品，可国家调拨的面粉是个定量，无法扩大生产。能不能从市场上购买粮食，加工成食品，不收粮票对外出售呢？可这没有明文规定。想做心里胆怯，不做又觉得这么好的市场丢失了太可惜。赵明伦知道了这事，直接找到食品厂厂长，大包大揽地要给食品厂供粮。厂长犹豫不决，赵明伦说："你想着为厂、为百姓做事情，是好事。我一个农民，贩卖了点粮食，至多算个投机倒把。抓住了无非是罚款，还不至于进监狱吧？"他们达成了共识，悄悄完成了交易。在桂柱家买小麦，是他做的第一笔生意，也是利润最高的一笔生意。

赵明伦介绍完了说："我当时没有胆量在市场上公开收购粮食，真感谢你一下卖给我那么多小麦。可事后我总觉得宰你太狠，亏欠了你，不好意思。你也别怨恨我，因为当时我担着风险，心里没底，犯着嘀咕，不知是否能赚到钱。"

桂柱说："你当时宰了我一刀，我耿耿于怀。事后，特别是现在，我真的很感激你！没有你买我的小麦，也许就没有我的现在。你现在还做粮食生意吗？"

赵明伦说："不做了。一开始，我一斤小麦能赚四五分钱。我一天贩卖几千斤粮食，能赚一百多甚至几百。一天赚的钱是一个工人几个月的工资，那真叫过瘾！后来政策明朗了，干的人多了，一斤只能赚一分钱。稍有不慎，都有赔的可能，我就放弃了。尤其这生意吞吐量大，太累人。可我在这上面赚了第一桶金，有了本钱，去年年底改做布料批发了。弟兄，你卖了小麦，筹了钱做什么生意？"

"做竹篚。"桂柱把一年来做竹篚的种种经历说给他听。

赵明伦听后说："原来是凭着人丁兴旺，挣个辛苦钱。"

桂柱觉得他的话语带着轻蔑，可细想想他说这话有道理、也有资格。看他西装革履，言谈举止，是见过世面的人。再看看自己，尽管穿了一身因参加万元户大会而做的新衣服，可这不伦不类的衣服更显土气，自己仍是一副地道农民相。可又觉得自己凭两只手挣钱没什么可抬不起头的，不应自惭形秽。两人静坐了一会儿，赵明伦说："弟兄，要学会用别人的手赚钱。"

桂柱对这句话感到费解，脱口说："用别人的手赚钱？"

"是啊，你们五六个劳力一年挣一万块钱，已经很辛苦了。试想一下，再多挣点儿，容易吗？可行吗？我搞布料批发，实际就是利用别人的手赚钱。你看，上面有织布厂生产布料，下面有小贩零售，我站在中间，两头为我挣钱。做小贩，一年赚一万块钱也是很辛苦的。我搞批发，一人一年赚一万根本累不着。我还想再联系几个生产厂家，搞区域代理批发，形成垄断。再找人帮忙经营，把买卖做大。一年要赚几万，甚至十几万。"

桂柱想，我这个万元户本来就是虚的，就是挣一万元，都觉得难以企及……他感觉在赵明伦面前很卑微，没了言语。

赵明伦看了看桂柱的表情，接着说："一个人的两只手，一年能干多少活、挣多少钱，是个定数。用别人的手赚钱，是个变数，就看你的魄力有多大了。"

桂柱底气不足，说："做生意倒买倒卖可以。我们做手工，只有靠两只手挣钱。"

赵明伦说："不对，弟兄，你为什么不再找几个人为你做竹箅呢？为什么不再找几个人为你卖竹箅呢？为什么不能把家庭作坊做成规模化生产呢？"

桂柱想，他说的有道理。村里有几个老汉，以前在生产队副业组做竹箅，现在闲在家里。他们自己做竹箅没余力出去卖，家里也没人帮他卖。如果让他们帮着做竹箅，他们肯定高兴。这两年，农村剩余劳力蜂拥走入市场，都想做生意，可有些人有这个心，没这个胆。要是让他们帮助卖竹箅，肯定没问题。不用他们投资，卖不了可以送回来，这是只赚不赔的买卖，会有人干的。

桂柱想了想说："一个区域，一年需要多少竹箅是个定数。现在做竹箅的

人已经不少了，市场都占满了，价格竞争激烈。弄不准这样做是否可行。"

听了桂柱的话，赵明伦端详着桂柱，思索了一会儿问："你知道方圆百里有多少人做竹筢吗？"

"知道。"桂柱肯定地回答。

"知道他们的制作规模和水平吗？"

"也差不多能说清。"

"你制作竹筢的水平和他们相比怎样？"

"不差。"桂柱还是肯定地回答。

赵明伦又端详了一下桂柱，暗自感叹桂柱的精明，就说："弟兄，看来你是个明白人，我就给你说道说道。"他稍停接着说，"你让其他做竹筢的人停下，只有你自己做！"

"这可能吗？"桂柱睁大了眼睛。

"可能。只要你的竹筢质量不比他们的差，甚至比他们的好。你把规模扩大，把成本降下来。在主要集市设上代销点，根据其他做竹筢人的布局、经营状况，把价格压低再压低。当他们无钱可赚时，就自动停下了。等他们停下了，你再把价格抬高，把钱赚回来。"

桂柱想了想说："这样干我没有足够的本钱啊！"

赵明伦说："哎呀！你怎么这么死板，到银行贷点款不就完了嘛！咱们这次会议，就是鼓励个体经济发展的大会。从上到下对发展个体经济很支持，贷款很容易。我也是农村人，对做竹筢这行当略知一二。投资不大，不用一万元，六七千元就能搞定。再说，要放宽眼界，把买卖做活。产品也不能只盯在竹筢上，能做竹筢就能捆扫把，就能给建筑部门做竹排脚手架，甚至做竹椅子、竹躺椅等家庭竹器。用料也不要仅盯在供销社上，让他们扒走一层皮。到火车站货场直接

82

批发，甚至找跑南方的货车捎回一车来，又能省不少钱。要大胆地去竞争。商场如战场，人有多大胆，就能赚多少钱……"

桂柱一夜没睡好，赵明伦一番话让他茅塞顿开。没想到小小竹箔里面也有大学问。他笑自己，为一张竹箔多卖一两毛钱挖空心思，笑自己是井里的蛤蟆，没见过天日，毫无见识，不知道银行能贷款，觍着脸向别人去求借。

他对自己以后的路重新规划。即使不能像赵明伦说的那样，也要向前迈一大步。回去后到银行贷两千元，买一辆机动三轮车，再买上一千元的竹竿。把村里闲着、以前在生产队做竹箔的两个老汉请到家，干一天给他两元钱，他们定然会乐意。现在有新房子了，有地方放竹竿、做竹箔了。桂柱想，我以前用自行车只能带三十到五十张竹箔，一集也只能卖这些。开上机动三轮车能拉一百多，甚至二百，再把价格向下压一下，一集能卖出上百张竹箔。他想象着，照这样走下去，今年家里会更轻松、更乐观地翻身。

会议结束了，桂柱满怀信心，一身轻松，随着公社的车回家。到了黄村下了车，见桂生和一群同学走过来。桂柱才想起今天是星期六，弟弟这是放学回家。他刚要和弟弟打招呼，见桂生扫了他一眼，又装作没看见，和同学们一块走了。

桂柱心里一阵难受。几天来兴奋的心情，让他忘了自己是个残疾人。弟弟的表现又让他回到现实，心里打翻了五味瓶，自己的形象给弟弟丢人了！他恼心地原地待了一会儿，等他们走远了，才起身上路。

第十三章

　　万元户大会在社会上产生了很大的轰动效应，成了一段时间人们热议的话题，人们相互打听着、传播着这些冒尖户的长长短短。

　　桂生在学校里也听到了同学们的议论。下午放了学，走读生离了校，住宿生们在教室里吃晚饭，都在谈论着万元户。

　　"万元户真了不起，一年能挣一万元啊！"

　　"当然了不起，要不怎么全公社只有十几个呢！"

　　"听说万元户里还有个残疾人，这更是个了不起的人。"

　　同学们得知桂生家成了万元户，可还没人知道这个残疾人是他哥哥。他害怕同学知道他有个残疾哥哥，这是他多年来在同学面前的秘密。马同学是个尖嘴子，凡事爱调侃取笑，他边吃着饭边说："我们班也有一个万元户，是全公社的首富！"

　　同学们知道他要调侃孙桂生，李同学说："全公社十几个万元户，你摸着一个就拿首富说事，太过分了吧？"

马同学说："对不起，可能是我说错了，可一定是咱们班里的首富。看看，咱班谁敢说自家是万元户？"没有人吱声，他接着说："桂生，首富怎么还吃八分钱的菜啊？"

又有一个同学接着说："土财主，不露富。"

桂生上不来话，只有听着。李同学觉得玩笑开得有点过分，就说："咱们都是农民家庭，保持朴素本色，是优良品质。"

同学们看看桂生，再看看马同学、李同学，有的笑笑，有的沉默。见桂生一直不回话，话题也就过去了。

桂生刚上高中时，同学们往学校里带的粮食、干粮，花色参差不齐，有白面、黑面，还有直接带粗粮的。农村实行了责任制，都变成了清一色细粮。可吃菜是有区别的。有人吃八分钱一碗的菜，有人吃一毛五分钱一碗的菜。八分钱的汤多菜少，漂几粒肉沫成为调味品。一毛五分钱的菜多汤少，里面还有几片十分惹眼的猪肉。吃一毛五分钱菜的没几个人，他们是班里的贵族。桂生吃八分钱的菜，这在以前没觉不正常。成了万元户，经马同学调侃，他看着碗里的菜老不顺眼，甚至恶心。万元户的名头让他碗里的菜变了味，带来诸多不快。他觉得脸没地方搁。

桂生不回话不是他有涵养，是他没有应付外部压力的能力。他任性，在家表现得很较劲，在外则很懦弱。娇惯的孩子像温室花、笼中鸟，经不起大千世界的风风雨雨。同学的话有贬有褒，但在他听来全是冷嘲热讽。他怯懦地接受着外界袭来的一切，无地自容。憋屈的心情无法在同学面前发泄，家倒成了他宣泄的地方。

星期六下午和同学一道回家，路过公社大院门口，他看到哥哥从车上下来，知道是县里会议结束了。哥哥弯着腰，比别人矮一头，后背上的包更使他形象不

雅。哥哥的样子和自己有强烈反差，感觉这不像亲弟兄。在同学面前认了哥哥，有损自己的形象，尽管哥哥是万元户的身份。于是，他迅速收回眼光，拥着同学向前走，回避与哥哥相见。

桂生回到家，赌气躺在炕上，谁也不搭理。娘以为他不舒服，关切地询问着。他不领娘的情，没好气地说："没病！也不用你管！"

桂生常因家里满足不了他非分的要求而闹脾气，甚至耍赖。那些理由是浅显易明，而今天的表现则让家人莫名其妙。桂柱明白桂生耍赖的缘由，看着娘焦急得不知所措，无奈地叹了口气。

直到吃晚饭时桂生才坐起来，爹爹问："生子，你这样闹腾，又是为什么？"

"咱们这个万元户是假的！有那实力就去当，没实力就别去充那胖子！"桂生说。

全家人面面相觑。这万元户是假的，可用着自家儿子揭短吗？桂柱想了想说："真假与你有关系吗？"

桂生说："怎么没关系？同学都知道咱是万元户，都把咱当大富翁看了。"

爹说："别人爱怎么看就怎么看，你别管，咱把书念好就行了。"

桂生说："怎么能不管？大富翁的孩子，吃，吃不如别人；穿，穿不如别人，别人取笑着呢！"

爹说："这两年你往学校带的可都是白面，没带过粗粮，怎么说吃不如别人？"

桂生说："可我还是吃八分钱一碗的菜，条件好的同学都吃一毛五一碗的。"

娘说："这两年也没让你穿带补丁的衣服。"

桂生说："是没带补丁，可有件时尚衣服吗？买了双鞋，还是双土得掉渣渣的胶鞋，人家都穿皮鞋了！"

桂柱的心在发颤，那可是姜秀英给他，他没舍得穿的那双鞋啊！

娘说："你姐姐几年没买件新衣服，你妹妹从小都是穿你姐姐的旧衣服。你一个男孩子，就别太挑剔了。"

桂生说："男孩怎么了？男孩就该衣冠不整吗？她们不出村，不进店的，我可是在咱公社的最高学府，丢人丢到全公社了！"

桂枝愤怒地看了桂生一眼，又看姐姐，桂花的脸是平静的。她把要说的话又咽了回去。

桂田说："还真把自己当成个人物了。全家人把你宠得不知姓什么了。有本事拿分数说话！拿不出分数就老老实实回家做竹笆！这个世上没有闲饭养闲人！"说完把筷子一摔，饭也不吃就走了。

是啊，宠桂生已不仅仅是爹爹的事了。全家人都期望他努力学习，考出个好成绩，让这个农民家庭也出个大学生。可一年来他无所事事，让全家人失望。

桂叶在学校里也听到同学议论：万元户就是万元户，看人家桂叶，人长得漂亮，穿着整洁，学习还最棒。桂叶总是穿姐姐们穿过的半旧衣服，这些衣服经她一番改整，穿着是那样得体。同学夸她，她总是不好意思地回以微笑。听了三哥的话，她看看哥姐，又看看爹娘，眨巴着眼睛吃饭。

饭后都各自忙去了，炕上剩下爹和桂柱。爹说："每月给他加几块钱吧，让他改善一下伙食。"

"好吧！"桂柱叹息了一声，又说，"再给他买双篮球鞋吧，我的鞋没法再补了。"爹爹答应着。

躺在地上的黑头，抬起头吼了一声：惯子如杀子！叫完又把头顺在自己前爪上。

桂柱当天就去买了双篮球鞋，换回了那双高勒草绿色胶鞋。他舍不得穿，洗净晒干，收藏起来。

桂柱回家后，要把参加县里发展个体经济誓师会议时的想法付诸实施。他来到黄村公社信用社，找到信贷员，提出了要贷款的想法。信贷员抬眼皮瞥了他一眼，没有提供贷款的意思，尽管从形象上就推断出他是孙家庄的万元户，尽管知道政府要求银行支持个体经济发展。过了一会儿，出于工作职责，出于对残疾人的同情和理解，信贷员懒散地说："有相应经济实力的人或单位给你作担保吗？"

桂柱回答："没有。"

信贷员又说："村委能为你担保也行。没有人为你担保，就没法贷款给你。"

桂柱悻悻地离开了信用社。尽管信贷员说得没毛病，没有故意难为他，可他还是感受到了信贷员对自己的不信任、不认可。赵明伦说得那么简单，可现在看，这不是一个普通农民能办到的事。自己被信用社拒绝，村里会给担保吗？村里担保又会提出什么条件？来时的冲劲没了，他很沮丧地走着。突然听到有人喊他，他停下脚步，见是公社李主任。李主任说："孙桂柱，参加县里会议开眼了吧？有没有受到启发，产生新思路？"

桂柱说："真感谢您，李主任，参加了县里会议，真是开了眼界，也有了新想法。可是……"

"怎么，遇到什么问题了吗？"李主任问。

桂柱把自己的打算细说了出来，又把贷款遭遇困难说了。李主任听后，觉得桂柱的想法可行，确实能让他在致富路上再迈出一大步。李主任思索了一会儿说："走，我跟你再去一趟。"

他们又回到信用社，找到信贷主任。李主任说："孙桂柱是我所包村的万元户，我不是来为他担保贷款，但对他的情况了解，特向你们介绍一下。"

李主任详细地把桂柱家庭现状及要做的事介绍了一番。桂柱听他有些夸大其辞，感到很不好意思，可为了拿到贷款，就没否认。心想，只要能及时还上贷款，不给李主任栽跟头就行。李主任介绍完了，信贷主任说："有了李主任的话，我们就放心了。"便对桂柱说："这样你就不用找人担保了，回村开个介绍信，过来办理吧。"

离开信用社，桂柱对李主任说："李主任，真感谢您，我真不知道该怎样报答您。"

李主任说："不用感谢。你今年是咱公社的致富典型，明年、后年能成为全县致富典型就是对我的最好报答。"

桂柱当天就找到村支书开了介绍信，第二天又来到信用社，并大胆地又向前跨出一步，改变了贷两千元的想法，贷了三千元。他拿着钱去买了机动三轮车，剩下的钱全买了竹竿。又把村里做过竹箅的两个老汉请到家。新房子成了有模有样的竹箅场。时节正赶上麦收，这个卖竹箅的小旺季把竹箅出售一空，让他的收入颇丰。

他庆幸自己当了一回假万元户，邂逅高人赵明伦指点，又得到李主任帮助，让这个家上了个大台阶。他感到这个家的前景更光明了。

钱啊，钱！你让这个家风生水起。

第十四章

桂柱家两栋新房子位置优越，建得又很时尚，院子里竖满竹竿，门外停上三轮车，很是惹眼。这个主儿发达了，说亲的人踏破门槛。有给桂仁、桂田说亲的，也有给桂花说亲的，就是没有给桂柱进言的。

娘把关，说一定要先给桂柱定下亲事，再给弟妹定。娘说，就算是缺胳膊少腿，也要给桂柱找一个，只要对桂柱好就行。并放出风去，聘礼从优，家具齐全，两栋房子任由媳妇挑选。如果由家长指派，则东栋是桂柱的。东为大嘛，老大就该住东面。他们感激长子撑起了这个家，心疼儿子弯着腰、背着包整天东奔西走。他们为长子舍得花钱。

是啊，在农村，子女多的人家子女结婚，都遵循着由大到小的规矩。一旦有大的被搁下，就好像自家人也默认了他或她说不上媳妇或嫁不出去的事实。更会被外人引为自然，以后就更难办了。可桂柱的亲事确实难办，娘四处托媒，也没找到合适的。长子亲事难办，弟妹婚嫁也到了火烧眉毛的时候。该怎么办？这事把爹娘急得火烧火燎的。

这当然也急坏了桂花，她几次要对娘开口，可欲言又止。她的女友没有回话，也不知她的聋哑哥哥是否同意。她时常在心里祈祷：聋哑大哥啊，求你了，我会对你好的！她焦躁不安地等待女友回话。

说亲的人出出进进，这可急坏了东街李婶。她见了桂花就问，桂花还是那句话："不急，等一两年再说吧！"李婶想，不能再等了，要找桂花好好说道说道。她来到桂柱家新房子，见全家人都在忙着做竹筢，就把她叫出来，领着桂花到了老房子。只有娘在家，三人坐定，李婶说："花儿，婶子不骗你，这主儿真的不错，人也相配。你以前想着这个家，要帮家里多挣几年，婶子理解。现在家境好了，该考虑自己的事了。你别不放心，婶子可是凭着良心给你说这门亲！"

听了李婶诚恳的话，桂花娘想，女儿婚事对儿子影响不大。再说，桂花也真该说亲了，就对桂花说："你婶子是信得过的人，你也不小了，就答应见个面吧！"

桂花想了想说："他有未出嫁的姐姐或是妹妹吗？"

桂花明知他没有未出嫁的姐妹，却偏要这样问。李婶是干这行的，她反应敏捷，立刻明白了桂花几年来拖延婚事的缘由。她想了想说："你二哥，不用他有姐或妹，婶子手里就有，有个像你一样勤奋能干，像你一样贤惠和知情达理的闺女在等着。我本想把她介绍给我侄子，可我侄子和她……"她说着说着打住了，稍停接着说，"你要是不放心，我先把你二哥的事办了，你满意了再说你的事。至于你大哥，你这是在难为婶子啊！"

"马庄有一个，他有个好妹妹。"桂花平静地说。

李婶是媒婆，三里五村，甚至十里八村的人都托她说亲，她对周围村的大龄青年，特别是说不上媳妇的男人更是了如指掌。听了桂花的话，她惊得说不上话来："你……你想嫁给马庄那个哑巴？"

桂花娘对前半截的话云里雾里，听到这里才明白桂花想结换亲。她放下手

中的活儿，抱着桂花说："我的好女儿！你怎么能这样想？不能这样！我的好闺女……"

桂花平静地说："他妹妹已经同意了。"

"什么？你、你……你见过他？"娘惊讶地问。

"是的，我见过他妹妹，在等她的回话。"桂花说。

娘和李婶惊得目瞪口呆。娘知道，桂花整日为这个家操心，可没想到她会为了这个家走到这一步。一个家中的长子，一个家中的长女，都在替着爹娘担当！手心手背都是肉，该让为娘的怎么办？她失声痛哭。

许久，李婶缓过神来，她看看桂花娘，又看着桂花说："好闺女，我说了这么多亲就没见过你这么好的闺女。别人家结换亲，都是爹娘强压着女儿，而你却为爹娘、为哥哥……好吧，婶子成全你，这事我去说。不过有言在先，说成了，成全你们两家。说不成，还由李婶给你找婆家。"

桂花点头答应了。母女俩又抱着哭起来。李婶安慰了他们一番说："我是个急性子，现在就去找他们，你们等回音。"说着起身告辞了。

中午，全家人坐下吃饭，都看到了娘和桂花红肿的眼睛。爹爹问："又怎么了？"娘实话实说了。桂柱听了情绪激动，差点把手中的饭碗给摔了，他咆哮说："我丢不起那人！拿自己妹妹换媳妇，还不如让我一头撞死！在这个世上，我不需要别人怜悯，包括兄妹、父母！"

娘在抹泪，桂花也在抹泪。桂叶从来没看见哥哥发这么大火，吓得手扶娘的肩，脸贴娘的头，愣愣地掉泪。

黑头从地上爬起来，里里外外跑了几圈，不时地哼唧着。

桂柱现在才明白，桂花这几年为何一再推脱婚事。他平静一下心情说："妹妹，如果那样的话，苦了你一辈子，我也会一辈子不安生。这实际上是毁了咱俩人啊！不管那家人怎样回话，这事到此结束，不要再提了。你去找应找的归宿，建立自己的家吧！你要相信哥哥能生活得很好。"停了一会儿又说，"我的婚事难办，没有好闺女愿意嫁给我，不好的我还不想要。我的事情就放一下，等待缘分吧！弟妹们年龄都不小了，别为我耽搁了。房子别给我留，先给弟弟们。"

娘说："不行，东栋房必须给你留下！"

桂柱说："那样会耽误弟弟们。娘，您放心，咱家再不会因没房子耽误娶媳妇了。明年，最晚后年，咱还要盖新房。不仅有我的，还要让你们也住上新房子。"

娘不忍心再听下去，她捂着脸。桂叶离开娘，移向桂花说："大姐，大哥说得对，别那样做，相信大哥一定会给咱找个好嫂嫂。"桂花使劲抱着桂叶，哭着说："我的好妹妹！"

桂枝塌着眼皮，这事与她没有关系，装作从来不知道这事。

桂田心中高兴，又极力地掩饰。他整日挂在心头的事终于明朗了。他高兴这两栋房子有属于自己的一栋，这一年出的力也值了。他很激动，只要有了房子，凭自己的身材、长相，找媳妇并非难事。

这时他想起了高秀珍。想起了他们上中学时的热烈交往，想起她了解了他的家境后对他的冷落，想起自己当时的失落和心灰意冷。现在，我的家不仅成了万元户，还有属于自己的房子。我现在还配不上你吗？他觉得自己有了资本。自己家成了万元户，她该知道了。还应尽早让她知道，现在还有了属于他们的房子。

第二天，李婶一瘸一拐地在街上走来，脸上多了一块拳头大的淤青。街头巷尾人们议论，说她被马庄的哑巴给打了。

李婶来到桂花家，桂花上前扶着她说："李婶，真对不起！"

李婶说："没什么，这是造孽应得的。"她坐在炕沿上说："为了兑现我许的诺，我先给你二哥说媳妇。等他的事情办妥了，你们满意了，再说你的事儿。"

第十五章

    李婶要给桂仁说媳妇,桂仁显得很沉重。多年来他不曾考虑自己的婚事,一是家境娶不起媳妇,再是哥哥没结婚,自己不能抢他前头。现在家里有了新房子,哥哥表了态,爹娘也同意了,该答应前来做媒的人了。可他还是振作不起来,想把自己的婚事再推迟一些。因为,他忘不了六年前一个女子对他说过的话:有一个人在等着你。经不住娘急切催促,为了应付她们,他答应与李婶介绍的女子见见面。

    常言道:夫妻带着姊妹相。这里面也有像李婶这样一些媒婆的功劳。他们总会端详着,把两个性情相近的人拉到一起。桂仁很快在李婶家和李婶介绍的女子见面了。

    桂仁进了李婶家,见一女子端坐在凳子上。他先是一惊,揉了揉眼睛,确定不是幻觉才说:"真的是你吗?"

    女子站起来,平静地答道:"是的,是我。"

    桂仁呆呆地看着她,她比六年前更靓丽,更持重。

六年前，黄村公社"战山河"兵团成立青年突击队，二十一岁的桂仁是其中一员。工地上，小伙子们推起小车都跑步前进，洋溢着年轻人一身的朝气。桂仁不甘示弱，可只有自己知道，肚子里的咕噜声，比工地上的呐喊声还要大。小伙子们正年轻，又干着重体力劳动，一天能吃二斤粮食。桂仁只吃一斤，早上中午各吃四两，晚上不劳动吃二两。能吃顿饱饭，是他的奢望。打个饱嗝，是种享受。休息时，他会在工地附近农田里转，寻找生产队收获后落下的花生、地瓜、苞米和野菜填肚子。

每次回家拿粮，娘总让他多带些，说："出门不比在家，要吃饱，别屈了身子。"他总是说："娘放心，饿不着。"他知道家里粮食缺，不忍心看全家人半粮半菜，半饥半饱，而唯有自己不受委屈。

这一切，没有逃过刘秀芹的眼睛。她在伙房里当炊事员，兼生活会计，是个细心人。她看到他来打饭腰有点弯，饭打得最少；她看到他在工地上，小车装的沙石不比别人少，跑得也不比别人慢；她看到他眼睛里放射出永不服输的目光。这是个有血性的年轻人。

说不清是敬仰，还是怜悯，她自觉不自觉地把他当成了自己的亲弟弟，并想力所能及地帮助他。可在这群年龄相仿的年轻人中，人人都很敏感，她的一举一动都备受关注。尤其她还受到许多人倾心，自己的举止稍有不慎，会成为人们寻开心的话题，也会伤了他的自尊。

她克制着自己别这样做，可发饭时，桂仁一站在她面前，她的眼睛就会违背自己意志，在饭笸箩里扫视，寻找那稍大一点的窝头；她手中的勺子也像有自己的想法，总把偏多偏稠的汤菜挖到他饭碗中。每到此时，她像做贼一样不敢正视他。她怕看他一眼，会迎来不屑的目光。桂仁察觉到她的举动后，总是回避她

发饭的位置打饭。尊严告诉他，不能接受别人的怜悯和施舍。

一次，桂仁从家里带来三十斤苞米面，送到伙房，刘秀芹给他称了一下。她回到办公桌前，取出饭票给了他。他感觉有点多，就数了一下，是四十斤。他瞅了她一眼，她装作没看见，脸上盈满开心的表情。他知道她是个责任心很强的人，不会出现工作失误，是有意所为。见有人在场，他给她留面子，没有说出来。晚饭后他找到她，手里擎着一沓饭票递向她说："这十斤我不能要。"

她故作糊涂地问："为什么？"

他说："我不能偷吃别人的粮食。"

她说："你没有偷吃。"

"不偷，这十斤粮会从海里潮上来？"他没好意思说出她这是借职务之便，徇私肥人，是偷吃者的同谋。

她想开玩笑说就是从海里潮上来的，可从他的言语和表情知道，他是非常认真、严肃地对待这件事。她也认真地对他说："我凭良心起誓，我没有偷，你也不是偷吃。是实实在在的粮食换成的饭票，你就安心、踏实地吃吧。"

他相信她的话，明白了这是她把自己带的粮食转给了他。他感激地看了她一眼，还是倔强地说："那我也不能接受。"

她知道他太需要粮食，更知道他的性情使然不会接受。她看了他许久，注视着他的眼睛，像训斥自己弟弟一样说："作为一个大男人，你就连'算我现在借你的，以后我会还给你！'这样一句话也不敢说吗？"

他看着她，不知道她的年龄，可看上去和自己差不多大，或许会大一两岁。她比他矮半个头，可看她的貌相表情，说话的神态，像位姐姐，不！就像一位母亲。他的锐气在她面前，像飘零的雪花见到温暖的阳光，缓缓地消失了。许久，他说："好吧！"说完转身就走。

看着他离去的背影，她高声喊："以后要吃饱些，在工地上少逞能！"

桂仁没敢回头，一股暖流涌上心头，他的眼睛湿润了。在这个世界上，除了娘，没人对他说过这样暖心的话。

"战山河"要解散了，她找到他。桂仁的第一反应是还欠她十斤粮食，说："欠你的粮食，我会尽快还给你。"

刘秀芹微笑着说："不用还，你给我收着，等我去你家里吃。"

桂仁避之不及，心中祈祷：你千万别去，见了我的家，你会笑话的。

刘秀芹看了他的样子笑了，嘴上说："看你那傻样！"心里却说：你傻得真可爱。她见他没反应过来，又羞红着脸直说："你找媳妇了吗？"

他说："没有。"

她问："为什么？"

"家里穷，盖不起房子，娶不起媳妇。"他回答。

她沉思良久，看着他低声说："你愿意做上门女婿吗？"

他斜了她一眼，表示了对她的回答。在他眼里，在当地所有男人眼里，当上门女婿比家贫还令人窘迫的事，是不体面的。虽然换个角度看，能被一个女子看中，领回家，并为家庭接纳，也是农村后生中的佼佼者，值得自豪。她读懂了他的眼神，不好意思地笑了笑说："盖不起房子，就不娶媳妇了？"

他把两只大手握成拳头，猛地向腰间一提，两道浓浓的眉毛向眉间一聚，用低沉的声音说："凭这两只手，我会盖起房子，娶起媳妇的！"说完，转身就走了，脚踏得地嗵嗵响。

她在后面急而深情地喊着："记着，有一个人在等着你！"

他们两村相距二十几里路，分手后，几年都没见过面，以致粮食也没还给人家。开始，他对分手时的那句话没太在意。随着时间的推移，年龄的增长，这

句话的分量在他心里越来越重,那十斤粮食也变得千斤重。前几年,家境让他无奈。现在,他凭着双手盖起了房子,具备了娶媳妇的条件,她的身影在他脑海里清晰起来。他后悔自己那时无知,没有真正懂得"有一个人在等着你"的含义,不知那十斤粮食的分量,没有和她保持联系,以致现在对她一无所知。他急切想知道她现在的情况,可又害怕这当中有变故。如果她已结了婚,自己这是傻乎乎地自作多情,不用别人说,自己就觉得脸红;如果她真的在等自己,她该是近三十岁的人了,自己另找媳妇,那可天理不容。他坚定地想,今天与一个女子见了面,不管她有多优秀,在不知道刘秀芹的情况前,自己决不定下亲事。

真没想到,今天在这里,以这样的方式,见到了刘秀芹。

几年来刘秀芹一直在等他。她信任他,他看上去呆头呆脑,实则是一个有情有义、有内涵的细心人。这样的人值得自己等,这样的人应当给他尊重。她是自己眼中有血性,有品质,值得信赖的男人。她一直默默等着他,等到自己已是二十八岁的大姑娘了。她觉得他现在打开了心结,该想婚事了,就找到李婶,拜托了李婶。

李婶要把桂花说给自己侄子,桂花一直没答应。见到刘秀芹,觉得这也是一位好闺女,就起心要把她说给自己侄子。她向刘秀芹做了介绍,刘秀芹听了摇摇头。李婶自负地想:别嘴硬,见到人你会动心的。她向侄子介绍她的情况,没想到,侄子听了也是摇头。

两人心心相印,不知道话从何说起。李婶看他们是有情人,心中高兴,就让他们单独说说话。李婶离开了,屋里只剩他们俩人。刘秀芹说:"听李婶说,你们一家人很勤奋,实行生产责任制,一年光景就彻底改变了家境。"

桂仁说:"都是大哥打算着干的。"

刘秀芹说："李婶说你更能干，像头老黄牛。庄稼地里是能手，做竹筢也是高手。其实这用不着她说，我心里清楚。"

桂仁说："大哥身体不好，我当然要多出点力。庄稼人嘛，就是靠两只手吃饭。"稍停又接着说，"李婶也在我眼前夸你，若知道是你就不用夸了。几年前我懵懵得像个孩子，不知感恩，不知珍重。真辜负了你，很对不起！不知你是否记恨我。"

刘秀芹抿嘴一笑："我没有记恨你，且深信你不会忘记我说的话。"她心里想：是你那股憨劲俘获了我的心，让我无法摆脱。只有等着，再等着，等到你能接纳我。

过一会儿桂仁又说："六年前我欠你的，以后会加倍补偿你。"

刘秀芹说："想做一家人，就别说两家话。我心眼不多，以后力气活给你打下手。"

桂仁二十七岁了，他第一次把一个女人与自己的生活联系到一起。他看着刘秀芹，看着这位像大姐、像母亲一样对待过自己的人，觉得自己有了依靠，激动得不知道说什么好。他突然抬起两手，有力地说："凭这两只手，咱会把日子过好！"

刘秀芹看着桂仁，高兴地说："我也这么想，一定会的！"

他们相互对视着，突然不约而同竖起小臂，两只手像掰手腕一样握在一起。

两人相中了，要履行农村习俗——"看家"。两天后，刘秀芹在李婶陪同下来到桂仁家。谁家媳妇看家，街坊邻居的婆娘们总会结伙来瞧媳妇。看看媳妇的长相，听听她的话语，再品头论足一番，满足她们的好奇心。这也成了农村一景。刘秀芹落落大方，客气有礼地对待这些进进出出的人。

桂花、桂枝要陪同刘秀芹去新房子看一下，桂叶慢两步跟在后面。刘秀芹觉得这个言语不多的小妹妹真可爱，就转身说道："小妹妹，快点走！"桂叶快

步赶上，牵着刘秀芹伸来的手。她忘记自己已经十五岁了，像个十一二岁的小学生，拉着未来嫂嫂的手，一蹦一跳地走着。

这一天，秀芹看到老房子里东西摆放得井井有条，新房子建得大气漂亮。再看看全家人的劳动场面，她心里格外踏实。全家人看秀芹端庄大方，举止得体，更是乐得合不拢嘴。

这一天，黑头也像年轻了几岁，摇着尾巴里外跑着，迎送着进进出出的人，没叫一声。

吃过午饭，秀芹要走。桂花、桂枝相送，桂仁跟在后面。出了村，桂枝回头喊道："二哥，快点走！看你那傻样！"

桂仁赶上来，桂花、桂枝站下了，桂仁陪着秀芹向前走。看着他们的背影，桂枝说："这是多少年来咱家最高兴的一天。"

桂花说："是个老成人，这是二哥的福，也是咱老孙家的福！"

桂枝又高声喊道："二哥！要送到家门口，别傻乎乎地送到半路就回来！"

桂仁和秀芹同时转过头来，笑了笑，很甜。

第十六章

桂花和桂枝转身向后走，见刘平海站在不远处。桂花说："在等你呢！过去吧。"说着她拐道向家里走去。桂枝调皮地向姐姐笑了笑，迎向刘平海。

"看，我未进门的二嫂怎么样？"桂枝走近刘平海问。

"挺好，挺好，可比不上我啊！"刘平海说。

"这话怎么说？"桂枝不解。

"比不上我媳妇啊！看我媳妇这曲线美，她有法比吗？"刘平海平着手掌，指向桂枝胸前。

桂枝的线条确实变了，因为她那里戴上了罩罩。听了刘平海的话，她挑逗性地抬头挺胸，摆出立正姿势，说："美不美？"

刘平海用平时不好意思用的目光，自上至下端详了一番说："太美了！标准的仪仗女兵。"

"可惜，鲜花是插到了牛粪上。"桂枝说。

刘平海口水都要流出来，接着说："这是鲜花插在……"他找不到合适的词语，

又改口小声说，"这是白马王子陪美丽公主。"说着把手搭在她肩上。

桂枝一推说："离远点，大白天的，也不怕别人笑话？"

"那就晚上，别人看不见。"刘平海又低声说。

"晚上更不行，我娘看得紧着呢。"桂枝说。女孩晚上单独外出，娘总是要过问的。幸好做竹笆搬到新房子，给了她编造理由的借口，在老房子里她可对娘说要去新房子干活，在新房子里她可对哥姐们说有事要提前回家，来赴刘平海的约会。家里劳动场面是紧张的，她没有太多时间与刘平海相会。

"说正经的，咱们的婚事什么时间定下？"刘平海问。

"等姐姐定了咱们就定。"桂枝说。

刘平海说："这话说了一百遍了，要是你姐姐不嫁，你也就不嫁了？"

桂枝说："不，这回是真的快了。二哥的事定了，就定姐姐的。李婶早给姐姐找好主儿了，就等把二哥的事办妥。"

刘平海说："你就这样折磨我吧！"

桂枝说："谁折磨你？你整天一点也不安分，寻着鬼点子来找我，你这是在折磨我呢！"她时常听到老房子、新房子屋后传来狗叫、猫叫、口哨及踢踢踏踏的声音，为了不被别人发现，他的暗号一次一变。其实，用不着暗号，敏感时期两人心灵相通，再微弱信息都会及时收到，且不会判断失误。

停了一会儿桂枝又说："托媒的事说好了吗？"

一句话把刘平海激动得都蒙了，他语无伦次地说："也找李婶？"

"还能我们姊妹的婚事都包在李婶身上？再说，你就不能来点时尚感？让那些絮絮叨叨、斤斤计较的媒婆做媒，就不觉得土气？"桂枝说。

刘平海不知道找谁好，又试探着问："找书记的老婆？"

"你这个傻蛋！把想吃肘子的人给忘了？"桂枝说。

刘平海这才反应过来，急忙说："对，对，找王会计，她见了我就说我找了个好媳妇，怎么把她忘了，我明天就去找她。"刘海平兴奋地说。

桂枝说："这么急干什么？近几天要办姐姐的事。"

刘平海说："我先去打好招呼，你姐姐的事一定，就让她来上你家求婚，怎样？"

这次桂枝高兴了，她婚姻中意的喜悦，不仅要在村里展示，还要展示到公社里去。

桂花和桂枝分手后，沿另一条街向家里走，迎面碰见李婶。李婶说："给你找的二嫂怎么样？家里中意吧？"

桂花笑着说："中意，我看她面带和善，眼神里又透出精明。"

"我的好闺女，你的眼睛真像锥子，能把人揣透。你去相亲可不用找代眼，你能为别人做好代眼。"李婶说。

有的人相亲时，怕自己吃不准，就带个自己信得过的人一块来看一下，帮着说说看法，拿拿主意。人们称这样的人叫"代眼"。

说着已到了李婶家门口，李婶热情地说："到俺家坐坐。"桂花不好意思拒绝，就跟着进了她家。走到院子中间，李婶突然说："忘了点事，你先到屋里等一等，我一会儿就来。"她不由分说就出了家，并把街门关上，又在外面扣上了。桂花感到纳闷，站在院子里不知所措。这时堂门打开了，出来一个浓眉大眼的壮小伙。桂花一惊："你……"

对方说："别紧张，我是李明军，是我姑姑让我在这等你。你还记得我吧？"

"哦！"桂花松了一口气。她明白了李婶的安排，脸瞬间变红，心怦怦跳，胸脯一起一伏的。她像是自言自语地说："怎么会忘了你呢！"

他们进了屋，李明军倒了水。两人坐下，都不时地用眼神扫视对方。当目光相遇时，都会主动收回，相让着，让对方端详一下自己。一刻钟过去了，桂花说："多少年了，你还没有变。"

李明军说："你也没有变，还是我脑海里熟悉的身影。"

"你真一直记着我？"桂花问。

李明军说："自你入初中，我认识了你，就从来没有忘记过你。"

桂花说："你怎么认识的我？我可不是个招摇的女生。"

李明军说："你不招摇，可你的举止，你的言行……你的身影无法从我脑海走出去。"

稍停桂花说："你都二十七岁了吧，怎么才说媳妇？"

李明军说："在等你啊！"

桂花说："我心眼少，别和我耍嘴皮子。"

李明军一听急了，忙说："不，不，这是真的！我托姑姑关注着你，每年去提一次亲，可你一直不答应。"

桂花抿嘴笑着说："你就不怕等撸了？"

"我怕啊！那年，有人给你介绍了个比我家好得多的主儿，我想，这下完了。真没想到你给辞了，这更坚定了我等你的决心。咱们有缘啊！"

桂花说："这事你都知道？"

李明军说："知道，你的事我都知道。你勤奋肯干，看着你顶着烈日在地里锄地，连个草帽也不戴，衣服让汗水湿得像从水里捞出来的，我心疼啊！"

桂花想起去年在地里锄苞米，见他在路上走过的那一天。她又看了看他说："那你为什么不去帮忙？"

李明军说："我真想去，可我不敢。要是让你认为我是个善于献殷勤的人，那我可真就等撸了。"

桂花笑了，点点头说："最近发生在我身上的一件事你也知道？你不介意？"

李明军知道桂花是说她想结换亲的事，说："知道。不光不介意，而且让我感动，更敬佩你了。就是你们真的办成了，我也会自豪地说，我没看错人。大哥对咱有恩，也是值得敬重的人。以后只要他需要，咱们不做旁观者，尽力帮助他。"

桂花听着泪目。沉默许久，李明军看着桂花说："在家你是大姐，以后我会把你当小妹妹待。"

"我不会辜负你的期待。"桂花再次感觉到心用力的跳动。

"放心，我更不会辜负你。"李明军说。

两人红着脸，低下头。

…………

李婶回来了，把桂花叫到院子，笑着凑近小声问："中意吗？"

桂花红着脸说："婶，女儿亲事，该由娘来做主。"

李婶明白了她的意思，更知道她是个懂礼有节的姑娘，就说："好闺女！真懂事。你们再坐一会儿，我出去一下。"

李婶从家里出来，来到桂花家。家中只有老两口在，桂柱娘笑着迎上来。李婶说："对媳妇中意吗？"

桂柱娘忙说："中意！中意！这闺女，越看越让人亲。他婶子，真累坏你了！"

李婶说："你说中意，我听着就高兴，我就愿做都中意的事。花儿的事……"

桂花娘急忙说："他婶子，你就看着办吧！我相信你，花儿再看着中意，就错不了！"

李婶说："最好你也见见，都中意才好。"

说着和桂柱娘耳语一番，两人起身向李婶家走去。隔着窗户，桂花看见李婶和娘一块走来，脸更红了，起身向外走。在院子里和李婶、娘相遇，她害羞地没抬头同她们打招呼，快步离开了李婶家。

桂柱娘和李婶一块见了李明军，两人高兴得合不拢嘴。你一句我一句地拉呱到天黑，都忘记了做晚饭。

桂田女友是自己找上门来的。桂田家成了万元户，他以前的女友高秀珍很早也听说了。高秀珍是个现实人，交男友就要交个站在一起、走在一起，感到很般配，让自己脸上有光的人。出嫁更要嫁个富富裕裕，不为生计所累的主儿。她与桂田是在带帽高中班认识的。桂田帅气、潇洒，她觉得班里只有他配和她在一起。当然，她的脸蛋、身段也足以吸引很多男同学的目光。他们眉来眼去，一来二往地热乎上了。当得知桂田家里很穷时，她感到尴尬和惋惜。她不想进穷家门，更不想过苦日子。桂田只符合她一半的要求。她逐渐和桂田疏远，毕业后就彻底淡出了他的视线。可几年过去了，她瞪大眼睛也没找到完全令她满意的人。

桂田家成了万元户，这满足了她的全部要求。她又惊又喜，后悔自己没有眼光，不该过早冷落桂田；也高兴，毕竟自己和这个万元户有过交往。她知道，桂田曾经是恋着她的。毕业后他给她写过信，她连看都没看就扔掉了；她庆幸自己没给他回断交信。现在该怎么办？她盼望桂田能来找她，或给她来信。她焦急地等着、盼着，两个多月过去了，一直没消息。

她去过孙家庄村，私下看了他家的新房。万元户盖的房子也与众不同，有粉都会往脸上擦，有钱都会变成好主儿。这才是她理想中该嫁的主儿。他到了说亲的年龄，家里又成了万元户，说亲的人肯定能踏破门槛。想起这几年自己对他的冷落，他会不会不理自己了？她心里忐忑。但对自己还是很自信的，不会的，只要还没有人黏住他。不能再等了，要是有人黏住他，那可就不好说了。她工整地给桂田写了信，投到黄村邮局的邮箱里。

桂田接到高秀珍来信，打开一看，上面写着：发达了，把我忘了？他明白，她这是对几年没有音信的解释。他们毕业后，他没有去找她，只是给她写过几次信，都没有回音。年少时单纯，交往时看的是人。长大了，务实了，还要看家庭。他的家在三里五村穷得出名，她怎肯嫁过来？他理解她，也恨过她。接到她的来信，以往的恨意瞬间化为乌有。他再向下看：下个集日我去赶黄村集，八点半到黄村供销社，买件衣服。他看懂了，她在约会他。其实他只看懂了一半。集日这天，他和家人打了招呼，家人当然高兴，这实则是去相亲嘛！

桂田骑上那辆新自行车去了黄村，在服装店门口见到了高秀珍。他们进了店，高秀珍试好了衣服，装在袋子里，没有掏钱的意思，眼睛朝向桂田。桂田这才明白她信里的全部内容，尴尬地说："我没带钱。"

高秀珍自己付了钱。尽管没有掏到桂田兜里的钱，但从短暂的对话和他的表情看出，他还恋着自己。心中的疑虑飞了，也恢复了她在桂田面前原有的傲慢。出了门市，高秀珍说："尽管家里发达了，但不当家，有钱也捞不着花。是吧？"

桂田说："是见到你的约会，高兴得我什么都忘了。"

"别耍嘴皮子。"高秀珍接着又说，"你们弟兄四个，你是老三，盖了两栋房，有你的份吗？"

桂田说："没有还可以再盖嘛！只要能批下宅基地就行。"他装出一副财大气粗的样子，讨高秀珍欢心。

高秀珍听着当然高兴。她说："再盖还有那么好的地脚吗？我去姑姑家时见到了你们家的新房子，那真是个好地方，房子建得也漂亮。"

孙家庄根本没有她的姑姑。所谓的姑姑，是八百杆子打不着的以前的街坊邻居而已。可现在她用上了，她几次来这个姑姑家，打听桂田家的底细。这个姑姑告诉她，这家以前穷得出名，现在好了，可也没有外面传的那样富有。不过在他们村里也确实算是好主儿。家里的人很勤奋，也很守规矩。桂田小伙长得不错，是可以考虑的人家。她心里踏实了，就放下架子，追上来了。

桂田知道大哥把房子让出来了，就气壮地讨好说："咱们可以住那个地方。"

高秀珍听了大喜，但人心不知足，又接着说："要是我住啊，还要住东面那栋。"

"不一样吗？"桂田问。

"当然了，东为上，西为下。谁不想住上面！"高秀珍说。

桂田犹豫着说："这可以商量，但我还不能定下。"

…………

高秀珍挺起自己不大也不小的胸脯，在桂田的陪同下，在大街上卿卿我我地走着。过分的举动招来众人异样的目光。在高秀珍看来，那些异性的目光是对她的赞美，同性的目光是对她的羡慕，甚至是嫉妒。就让你们嫉妒去吧，我喜欢这种感觉。她不时地潇洒地甩起自己黝黑的长发，展露自己的满足感。

要分手了，高秀珍说："你托媒了吗？"

桂田心里一块石头落了地，他高兴地说："我明天就去托媒！"

钱啊，钱！当你掺杂到爱情中，这爱情就像馊了的米饭，表面看没有什么区别，实则难以下咽。

第十七章

　　一九八二年八月份，桂仁、桂田、桂花和桂枝的婚事相继定下了。全家人高兴，做竹篦的场面也更红火了。桂柱买了一台收音机，桂枝还经常跟着收音机唱上几句，又让做竹篦的场面活跃了许多。

　　桂叶也时常出现在竹篦场里，她像一只轻灵的小燕子，整理着物料，清理着废料，干着些替手垫脚的活儿，有礼有节地对待请来的俩老汉和家里的每个人，创造出愉悦的劳动氛围。

　　爷爷更糊涂了，桂叶费了好大劲才让他明白：他两个孙子说上了媳妇，两个孙女找到了婆家。他乐着，嘴里说着百说不厌的话：好兆头！好兆头！

　　黑头躺在地上，学着老主人的声音叫着。

　　桂生还是例外。今年他高考成绩超过中专分数线三分。尽管参加了报志愿、体检，可谁心里都明白，录取无望。爹爹决定让他继续复读，弟兄们也没有异议。学校还没开学，他整天屋里屋外转悠着。家里做竹篦与他无关，盖新房与他无关，婚嫁喜事还是与他无关。他关心的是今年给他的开销能不能再多些。他对家人不

满，觉得自己的花费与万元户身家相差太远，家在委屈他。他不觉得自己是这家庭的一员，倒觉得自己是借住在这里，是在这里回收债务。自己心情的好坏，取决于家里给了他多少钱。

全家人在新房子里忙着做竹笆，桂生背着手，摇摇晃晃走进来。不屑的表情像领导干部在视察工作。爹爹知道，他的哥哥姐姐们都懒得见他。爹爹恨铁不成钢，盯了桂生一眼，说："没事就回家看看书，好好学习。"

见桂生不语，桂田说："钱不是天上掉下来的，知识也不是晃悠到脑子里去的。不学习就来做竹笆，别以为是谁欠你的！"

桂生说："我没闲着，也不是在闲晃，是在想正事。你们整天想的是些锅碗瓢盆的小事，我想的可是大事。"他停下，等着有人问他想什么大事。可没有人问，甚至除爹爹外，再没人正眼看他。他只好接着说："我复读期间，老师讲的我都听过了，一听就懂。老师让做的习题，我都做过了，不用做就会。可为什么高考成绩不理想？我在考虑这个问题。这个问题考虑好了，再复读就会有大进步，明年高考也会上个大台阶，这才是重中之重的事。我在思考、解决这个问题。"

这时，黑头嗷嗷叫了：屁话！你的懂是鹦鹉学舌；你的会是照葫芦画瓢。你脑子不沉底，永远考不出好成绩。桂柱听了黑头的叫声，叹息一声说："连个畜生也不如啊！"

桂田眼也不看他，说："那你就离远点，去研究你的重中之重吧，别在这里烦人。"

是啊，这一年他飘飘然度过。这一年，他觉得自己是同学中的强者。可高考下来，那些不被他看好的同学，把他远远甩到了后面。他百思不得其解，现在要认真研究这个问题。

他扫视了一眼家人，觉得爹爹、哥哥姐姐们不懂这些事。话也说不到点上，更不能依靠他们解心中块垒。和这些人说话没意思，便摇摇晃晃地走开了。

桂花、桂枝的婆家急着要人，把聘礼早早送来了。接下聘礼，也就订下了亲事。时下农村金钱婚姻现象严重，随着实行生产责任制，农民生活水平的提高，聘礼及给媳妇的陪送也在跟着加码。聘金八百元，是社会流行数，其他礼品就因人而异了。给媳妇准备家具，由原来的十六条腿，变成了二十四条腿，甚至是三十二条腿。现在又时兴"三转一响"，就是在原来聘礼、家具的基础上，还要给媳妇配上自行车、缝纫机、钟表和收音机。

俗话说：娶个媳妇满家红，发送个闺女满家穷。说的是这个满家红的嫁妆原本是女方的陪送，可现在这陪送转嫁到婆家，由婆家准备。娶媳妇花费太大，很多家庭承担不起。把女儿接到的聘礼，转手到要娶的儿媳手里，也是常见现象。

桂柱家名声出去了，可实则处在爬坡期，每一根钱绳子都拉得紧紧的。全家人喜庆，也伴随着忧愁。

钱啊！挣钱像挤油，花钱似流水。

桂柱和爹娘商量了几次，确定十月份两个妹妹结婚，春节前两个弟弟结婚。这样安排不会影响做竹筢、卖竹筢，又有时间凑足结婚用项。两个妹妹和两个弟弟分别同一天结婚，这样既省时间又省钱。

孙常玉夫妇寻思着，儿子年底结婚，最好先把聘礼送去，把亲事订下。他们给儿子娶亲心切，担心夜长梦多，出现变数。可家里现在拿不出聘礼钱。要凑足这钱需等到秋天卖竹筢，做家具的钱更要等到深秋。

爹娘提出，可不可以像其他人家那样，把两个女儿定亲的钱也倒出来，至少倒出一部分，给儿子做聘礼。桂柱想想家里在外面的名声，再考虑到二妹那性

子，觉得这样做不可行。俗语说：人怕出名猪怕壮。这个"万元户"，要是在女儿出嫁、儿子结婚用钱上闹出动静，街坊邻居可真就笑话了。挺一挺，就过去了。爹娘见桂柱为钱的事颠倒来颠倒去，又提出，挪用一下总可以吧。桂柱对挪用是认可的。并扳着指头算了一下，什么时间能还给她们，别耽误她们置备嫁妆，影响出嫁。

他们这样合计好了，总要跟弟弟妹妹们商量一下。吃晚饭的时间，爹爹把家里的时间安排说了说。桂枝微微笑了，桂花没有表情。桂仁皱了一下眉说："这样会很紧张，影响家人生活。不如今年两个妹妹出嫁，我们结婚拖到明年。"

娘说："不行！你们岁数都不小了，不能再拖了，就是借钱也要把媳妇娶过来。"

桂田不满地看了桂仁一眼，他怕煮熟的鸭子再飞走。

见没人再说什么，爹爹说："你们都找时间和对方通通光，没问题就这样定了。结婚的日子都是男方择。你们兄弟俩结婚的日子，你娘去找人择。你们姊妹俩出嫁的日子，和两边的爹娘通融一下，定在同一天。"

爹爹说完停了一会儿，张了张嘴又停下了。老伴见他难为情就接过话说："两个闺女抓紧时间准备，可有件事还想和你们商量一下。你们哥哥结婚还有半年时间，可也想尽早送上聘礼，订下亲事。现在家里钱不凑手，你们姊妹俩的聘礼钱……"

"我早就想到有这一出了。"还没等娘把话说完，桂枝就打断了她的话，"在家里拼死拼活地干了这么多年，出嫁不给陪送也就罢了，婆家给的还要扣下？"

她的话把娘噎在那了，全家人也张口结舌。稍停，桂柱说："娘的意思是把你们的聘礼钱挪用一下，早早给你两个哥哥定下亲事。入秋卖竹笆，卖了钱再还给你们。"

听了大哥的话，桂枝觉得自己太鲁莽。只是挪用，缓解一下家里钱不凑手的境况，是可以接受的。她不知该给家人一个什么表情，也不知该怎样回话，只是傻笑了一下。

桂仁看了看桂枝和桂柱说："挪用妹妹的钱，会耽误她们置备嫁妆。我们年底结婚，时间还早，下聘礼不急。"

桂田瞥了桂仁一眼，心里说：好人都让你赚了。

爹爹对桂花、桂枝说："这事就不要再说了，你们就用这钱置办嫁妆吧，你两个哥哥的聘礼钱再想办法。现在家里钱紧，就不给你们陪送了。"

"现在不给，以后还会给吗？"桂枝又把脸冷下来说。

爹爹没法表态，全家人面面相觑，十分尴尬。桂叶挨着看每一个人的脸，思索着。这是个现在谁也无法立刻回答、谁也无法做出保证的问题。桂枝总是善于制造让人难堪的场面。她不觉得这说不出口，倒觉得这样才显出自己凌人的气势，并从中得到快感。好像这个家的人都和她有仇，每个人都是她报复的对象。

桂柱紧皱着眉头。尽管妹妹的话让人不快，可这个家的兴起，她们功不可没，真该好好发送她们。可现在，钱进得多，需要花的地方也多啊！他算计着，赶多少个集，能拿出钱给两个弟媳下聘礼，把亲事订下。再赶多少个集能凑足钱去买木材、请木匠，给两个弟弟打家具。再赶多少个集，就可以给两个弟媳买"三转一响"。

家穷可以发送闺女，可娶不进媳妇啊！妹妹，只有家境更好了，才能顾得上你们。可这样的事无法做出承诺，只有沉默。

钱啊，钱！没有你，会让人失去尊严！

进入九月，桂柱开始卖竹箅了。他看看现在，再想想去年此时的情景，心

情无比畅快。去年，骑自行车，竭尽全力带上五十张竹箅；今年，开着三轮车能拉二百张竹箅。去年，绞脑汁是为一张竹箅多卖毛儿八分钱；今年看重怎样才能多卖竹箅。去年七月份才开始打算做竹箅；今年，年初买了两千元的竹竿，麦收季节过后，又买了两千元钱的竹竿；到七月份已把这些竹竿做成了半成品。去年，是自己家人做竹箅；今年请了两个人帮忙。要是都能销售出去，还可再请两个人帮忙。

更让他高兴的是：去年，一张竹箅卖一块七到两块钱；今年由于市场行情的变化，卖到了两块七到三块钱，涨了足有一块钱。今年还到火车站批发了一部分竹竿，价格比去年还便宜。

他每天赶集都尽量多拉竹箅，散了集不急于回家。到市集周边转一转，到沿街小商店里坐一坐。和他们商议能不能把剩下的竹箅放在这，让他们代卖，给他们多少钱的提成。一个月的时间，已在主要集市、村庄布设了十几个代销点。

桂柱的竹箅生意一天比一天火。

这两年，每逢店集，桂柱必去。这是个大集，下货量大；再就是能经常见到姜秀英的身影。他们很少凑一块说说话，可见到她，就觉得安慰，心里就踏实。很长时间没见到她了，心里空落落的。接连几集还是没见到她，他有种不祥的预感。这天，卖完了竹箅，他终于忍不住到对面小卖店打听了一下。小卖店的人告诉他：两个月前，她丈夫喝了酒，开拖拉机到山里给人拉石头，滚了坡，车毁人亡。消息像一记闷棍打在桂柱的脑袋上：她们母女这可怎么过啊！桂柱退出小卖店，漫无目标地走在人已稀疏的集市上，觉得天地间一切都变成了灰色。

该去看看她！可见到她又能说什么？又能为她做什么？是我这个不争气的背害了她啊！看见一个卖童装的在收摊，他买了一套女孩服装，又去商店买了一包点心和一包糖果，去了姜秀英家。

姜秀英见了他，泪水盈满眼眶，直想流下来，她强忍着。她把他让进家，给他搬了凳，倒了水。他把点心和糖果送到孩子面前，又拿出衣服在她身上量着。姜秀英见了忙对孩子说："叫伯伯。"孩子看着他，怯生生地叫了一声伯伯，就向娘怀里依偎。姜秀英抱着孩子对他说："家里正是用钱的时候，别乱花钱。我这里不富裕，可吃穿还不缺。"

桂柱感激地看了她一眼。方圆几十里都知道他家成了暴发户，是很富有的人家了。可这个光环下的艰辛，只有自己知道。没想到，他们相距几十里，她却说出了这样体己的话，她是这个世界上最懂他的人。桂柱心里五味杂陈、百感交集：我真想娶你啊！可我不配啊！你不应当嫁给一个佝偻着腰、背上背着包的人。咱们有缘吗？如果有缘你就等着我。再过两年，把两个妹妹嫁出去；给两个弟弟娶上媳妇；给小弟、小妹备足了上学的钱；再盖起两栋新房，装修一新。到那时，只要你一句话，我会用八抬大轿把你抬回家。孩子你放心，她就是我的亲闺女。如果没有缘你就找个人家嫁了吧。一个人带着孩子过日子，不容易啊！

姜秀英看着桂柱，六年前出嫁的场面又历历在目。没有桂柱的话为她撑腰壮胆，她抗不过爹娘，就答应了这门亲事。她人要出嫁，心可很难跟随！出嫁的那天早上，她眼泪哗哗地流，以致姨妈无法向她脸上涂脂抹粉，只好简单化了妆，盖上盖头。外面的鞭炮响了，该出家门了，她心慌得不行。她怕在门外见到桂柱，她会控制不住自己，扑向桂柱大声说："我不嫁了，这才是我的新郎！"这样的场面该怎样收场？她不敢想象。她也怕见不到桂柱，那样她就会跟随迎亲的人，来到一个把她和他永远分开的地方。出了家门，她不顾礼仪，掀开盖头四处张望。她没有见到桂柱，她失望地盖上了盖头，任眼泪淌流。

那时，桂柱躺在看庵的小房子里，叹息着为她祝福。

姜秀英是个知情知礼的人。到了婆家，她孝敬公婆，礼待丈夫、家人。丈

夫疼她，家人也体贴她，看上去他们的生活是那样和谐。可只有他们两人知道，这和谐中夹着一层厚厚的无形墙。她人在这个家，心却飞到桂柱身上。丈夫对她始终如一的情绪低迷、精神不振感到不解和无奈。他没有理由和她吵架，只有借酒消愁，以致酗酒成性，酿成大祸。

丈夫出事了，她觉得自己是罪人。自己的做法伤害了桂柱，伤害了丈夫，也害了自己和女儿。

她看着桂柱，幻想着跟桂柱一起的生活，那句"我还想嫁给你"的话几次要从胸中冲出来，都被她压住了。她觉得自己已没有资格说这句话了。自己从心灵到肉体，已变成了一个不洁净的人。一个带着孩子的寡妇，怎能奢望再嫁心中的王子？怎能在人家贫困时，离人而去，在人家兴盛时又去追随？这是卑劣的心！

她知道桂柱不会在这里坐太久，稍坐后她说："你还没吃饭，就在这里吃顿我做的饭吧！"说完就做饭去了。桂柱想说我吃过饭了，可从她的眼神知道，一切瞒不过她。一会儿饭端了上来。桂柱心里像窝了一把草，咽不下去。为不辜负她的心意，宽慰她，他使劲往下咽。可是，吃着吃着又涌起一种新感觉，让他感到温馨。这是另一种全新的，从来没有过的家的感觉！

吃完了饭，桂柱要走，她相送。走到门口，她望着桂柱离去的背影，手抓街门门环，身子软了下去。她多年压抑在心里的情感喷发了出来："如果你不嫌弃，就常来看看！"说完放声大哭。

桂柱站下了。他的心在急剧收紧，不知道是该回去安慰她一下，还是该尽快离开。他更坚定了他的那些想法。

第十八章

　　结婚择日子，是男方家长该主的事。两个女儿要同一天出嫁，桂花娘就不得不从中通融。刘平海的母亲提出，由她找占卦先生择日子，择出日子再征求桂花婆家的意见。桂花娘捎话儿给桂花婆家，问是否可以。桂花婆家回话：这事就由媳妇定，媳妇是我们家的当事人，她定了，就是我们老李家定的。

　　刘平海的母亲找到占卦先生，说明了情况。占卦先生对着皇历掐算了一番说："两个女儿同一天出嫁，就要选双二日子。你们有红运，十月的两个双二日，都是好日子。一天是农历八月二十二、阳历十月八日；一天是农历九月初六、阳历十月二十二。一天说发，一天说顺。你们喜欢哪天，就定哪天吧。"

　　刘平海的母亲把信息反馈回来。桂枝急切问桂花："姐，你说哪天好？"

　　桂花说："我看顺好。"桂花觉得，从自己的年龄、家庭现状，自己该出嫁了，尤其还找到了意中人。可当事情来到面前，要敲定日期时，心中的滋味又难以言表。她想把结婚时间再推迟十几天。这样能避开农忙时节，还能在家里多住几天。

　　桂枝说："我看发好，这天还是农历八月，是双二双发，咱们两家都发。"

桂枝和刘平海商量好了，结婚后刘平海出去做买卖。做买卖就要讲发，她对民间那些不着边际的讲究还是很在意的。她还有一颗对新生活急切期待的心。

桂花无奈地说："那就听你的吧。"

就这样，她们把结婚的日子选定在了阳历十月八日，农历八月二十二日。

自从确定了结婚时间，领了结婚证，桂枝就觉得自己是另一家的人了。对现有这个家已没有了责任，做竹笆与她没有关系了。和刘平海的接触也没了避嫌，不再在乎别人的评头论足和说三道四。娘觉得管不了了，也不管了，就由她去了。每逢黄村赶集，她总会借口置备嫁妆，和刘平海一块出去潇洒一天。有时会喊上姐姐一块去，桂花总是找借口不去，桂花听不惯他们甜言蜜语甚至腻歪的话，看不惯他们过于随意甚至轻浮的举动。更不想为置备嫁妆耽误太多时间。

一天早上，刘平海来到她家，约桂枝去赶集。桂枝对姐姐说："姐，咱今天一块去。再绕一下道，去叫上姐夫。"

桂花说："哎呀！真难听。"

"谁跟谁啊！都啥时候了，难道还要叫未来姐夫？说着绕口。再说，还非要古板地等到那一天才叫姐夫？"桂枝兴奋地用含蓄语言逗着姐姐。

桂花听着觉得脸红，就说："这么说我不叫妹夫，你们要生气了？"

桂枝不好意思地笑了笑，脸上透着些激动。刘平海听了说："这样听着才亲切！才像一家人。"

他们只一块去置备了一次嫁妆，桂花就再也不和他们结伴了。她觉得妹妹买东西很奢侈，还总是让刘平海付钱，直到把他口袋掏空。桂花对桂枝说："你这样不是难为刘平海吗？"

桂枝说："哟，结婚前啊，花的是他家里的钱。结婚后，可要花自家的钱了。

结婚前他们家愿意为咱花钱，结了婚啊，再要分钱就难了。婚前就要为自己多抠点。你不叫着姐夫来付钱，这才是傻。"她把他家、自己家和自己，婚前和婚后界定得十分清楚。

桂花不同意妹妹的看法。买东西要讲点实惠，更不能让自己未来丈夫为难。寻到了意中人，是找到了自己的归宿。婚姻的真谛，是相爱相守，相互扶持，同甘共苦。就是对他的家人也要体谅，不能图占谁的便宜。过日子都不容易。

桂花把嫁妆都置备齐了，趁着只有娘在家时，拉着娘坐在炕上，拿出一沓钱说："娘，我的嫁妆置备齐全了，还剩了四百元，这钱就留给您吧。"

听了女儿的话，娘一阵心酸。桂花十五岁就下学了，为这个家辛苦付出了十个年头。她二十岁时就有人为她说婆家，她不依。说家里不富裕，再为家里干几年。那次北街三婶来说亲，桂花坚持辞去。她见娘生气了，就说："娘，你怕女儿嫁不出去吗？放心吧，女儿剩不到家里。"是啊！这样的好女儿怎能剩家里？她有和善的面庞，有丰满匀称、结实能干的身板，有善良的心。这样的闺女不愁嫁。家里穷，婆家不嫌弃，人好就行，捉猪不捉圈嘛！

娘看着女儿递过来的钱，流下了眼泪。说："花儿，这个家最亏待的是你。你在家里干了这么多年，出嫁没有给你陪送，我心里难受。婆家给的钱，我不能再留下。"

桂花说："不知道我以后还能不能帮上这个家，这点钱您留着，用得着时，就拿出来。"

娘说："我没白养你一场，你心疼娘，应了那句俗话，闺女是娘的小棉袄。这钱算我收下了，给你做压箱钱。你把它放到箱里，和嫁妆一块带走吧！"

桂花流着眼泪对娘说："娘，您辛辛苦苦把我养大，我都不知该怎样报答您。"

她们相拥了许久，娘擦了擦眼泪又嘱咐道："到了婆家，要尽到做媳妇的孝顺，

对上对下要有眼色，别让人家挑了理。有什么不顺心的事，及早回来说道说道，别闷在心里。"

桂花也擦擦眼泪安慰娘说："娘放心，我会孝敬公婆、礼待家人的。我不会给您、给这个家丢脸。娘给我找的这主儿也挺好的，他知道疼我。"

儿子结婚娶新娘，是欢天喜地的大喜事。女儿出嫁，则是开始新生活的憧憬与告别把自己养大的家的不舍并存。多种情感交织着，混杂着，就像一口大锅里同时煮着各种东西，只有亲口品尝，才能知道其中的味道。女儿出嫁这喜事里面包含的复杂情感，也只能是当事人自己去品尝。

桂花、桂枝出嫁这天，来了不少亲戚为她们送行。桂花和桂枝在同一间房里，由姨姨和姑姑分别给她们"开脸"，整妆打扮。用结实的缝衣线，把她们脸上的绒毛剔掉，让一副姑娘脸变成媳妇脸；用粉、胭脂等把她们的脸妆得白净、细腻而又有红晕；把头发梳理出最美的造型，一根发丝都不放过；衣服穿得板正又漂亮。这是女人一生中最讲究的一天，谁都不会疏忽大意。常言道：当日的媳妇大如天。这一天，谁都把自己的女儿打扮得富丽而漂亮。

按照习俗，由女性长辈为她们梳理打扮，同时还要说说悄悄话。怎样做媳妇，这些由做娘的平日对她们灌输。那些让娘难以启齿的洞房话题，就由其他长辈在这个时间，用悄悄话的方式和她们说道说道。

桂花端静地坐着，面上平静无波。任由姨姨梳妆，并听着她的悄悄话。桂枝兴奋地指点着姑姑，该给怎么自己打扮。姑姑觉得，这个疯丫头恋爱几年了，什么事还做不出来？没有必要向她说那些不好张口的悄悄话。桂枝见姨姨和姐姐低声私语着，就问："你们在说什么？"

姨姨说："没说什么。"

桂枝不高兴了，用不快的腔调说："都是女儿，都是出嫁，有些话为什么告诉她不告诉我？"

姨姨说："我告诉你姐姐，晚上别不让人家动。"

"就这？"桂枝惊奇地问。

"就这。"姨姨板着脸答。

桂枝暗自笑了。又看看姐姐那木然表情，在想：我迫不及待地盼着这一天，你比我大四岁，还能忍得住？装什么装。

两家迎亲的队伍到了，在外面敲着锣鼓等待。突然响起了鞭炮声，她们明白，是她们该走出家门的时候了。姨姨搀扶着桂花在前，姑姑搀扶着桂枝在后向外走。走到院中间，桂花见桂叶搀着娘过来相送，眼泪止不住流了下来，把脸上的胭脂粉冲出了两道痕迹。姨姨安慰了她几句，就把盖头给盖上了。

娘看着要走出家门的两个女儿，喜悦与不舍在心里交织，一边笑，一边忍不住流下了泪水。

这哭是有说法的，闺女出嫁离开家门时，都要掉几滴眼泪，表示感激家庭的养育和对离开家的不舍。有的人是真带着这样的感情流下泪水。有的人掉不出泪，也要强挤一下，装装样子。

桂花心中感恩这个家，眷恋这个家，在走出家门的这一刻，她流下了难舍难分的泪水。桂枝心中对迎来新生活的兴奋以及对新生活的憧憬，淹没了对告别生她养她的家的伤感，她流不出眼泪。看着姐姐和娘在流泪，她也挤了挤眼睛，做出掉泪的样子，然后暗示姑姑，赶紧给她盖上盖头。

农村还有个说法，同一天出嫁的人，谁先到了婆家门谁有福气。所以，本村有同一天结婚的人，都争着先走先到，这叫"抢福"。桂花是姐姐，走在前面，桂枝虽无奈，心里却在想：你先走，我先到，这福你抢不过我。

出了门，桂枝偷看两拨接亲的人，觉得接她的这拨人要比接姐姐的那拨人多一些，显得气派，她发自内心高兴。

这些桂花也看到了，她没有不悦，倒觉得心里踏实。

第十九章

桂花和桂枝出嫁后，桂柱娘的负担更重了。每天天放亮，全家人就爬起来。桂柱忙着去赶集，桂仁、桂田去地里忙秋收秋种，桂柱爹去新房子做竹箔。晚上全家人做竹箔到十一二点。剩下的一大堆家务，桂柱娘要一人担当起来。

桂叶看着全家这样忙，娘这样累，深感心疼。她也明白，嫁女儿易，娶媳妇难。抓紧时间多做竹箔、多卖竹箔，是娶上哥哥们媳妇的前提。两位嫂嫂到家就好了，能帮娘一把。这又是家里的一道坎。

桂叶每天早上天不亮就和娘一块起来，帮着做饭，喂猪喂鸡，照顾爷爷。晚上放学回来帮着娘收拾完家务，就和家人一道做竹箔到深夜。星期天，她用小车推着全家人换下来的衣服去河里洗净、晒干、叠好。以前这都是姐姐的事，她打下手，现在她要全部担起来。即便是这样，桂叶还是觉得娘太辛苦。但她从没有听娘说累，只有晚上睡着了，才听到她睡梦中的呻吟声。

桂叶想，自己是否该退学，来帮娘、帮这个家？她把想法告诉娘。娘听了心凉又心酸，可还是硬着嘴说："你闭嘴！小孩家家的，那么多心事干什么！好

好上你的学！"

其实娘没指望桂叶学业有成，为这个家光宗耀祖，只是觉得做女人只能在当闺女时享享福，在娘面前任任性、撒撒娇。长大了，当了媳妇，到了婆婆手里可就要守规矩了，并开始操持家务、生儿育女的艰辛旅程。可她的女儿们在她跟前没享过福，也没时间任性、撒娇，她觉得亏欠女儿。大女儿十五岁就下学了，不能让小女儿再早早下学。愧对了大女儿，不能再愧对小女儿。

其实，桂叶心里是矛盾的。这个家真的需要她，可她也是真的喜欢读书。她觉得每个学科都是那样有趣，知识在陪伴着她一天天长大，使她的视野日渐开阔。她甚至嫌书本太薄，老师讲课内容太少。书上、老师给予的不够她吃，她时常向老师额外索取。桂叶听娘的话，没有退学。她和全家人一样，拼上了。她一进校门，就全神贯注地学习，一进家门就一刻不停地忙着。早上上学，她卡着时间走，下午一放学，她就立马赶回家。为了节省时间，她时常一路小跑。

娘见桂叶在家务上逐渐顶替了桂花，担当起一大堆家务，感到心疼。晚上，她常催促桂叶早点睡，早上尽量不惊醒她，想让她多睡会儿。可桂叶从来没早睡过，也从来没晚起过。

嫁出女儿，就要准备给两个儿子娶媳妇了。桂花、桂枝出嫁十几天后，抓紧凑足钱，给媳妇下了聘礼。又过了十几天，买了木料，请了木匠打家具。他们准备给媳妇的家具是二十四条腿，即大衣柜、写字台、高低柜、五斗橱和两把椅子。

高秀珍在孙家庄的街坊姑姑变成了"亲"姑姑。隔三岔五就借口来姑姑家跑到桂柱家新房子里看做家具。还像主人一样，对木匠指指点点。她知道做的家具是二十四条腿时，甚为不满。对木匠说：再做一个饭桌和一个茶几。木匠不能听她的，也不敢不把她的话当回事儿，就把话转给了桂柱。桂柱和爹娘说了。娘说："做吧，不差这两件了。不过一定要兄弟一样。"桂柱又去买了点木料。

这天，高秀珍约桂田一块去赶集，理由是置备嫁妆要两人看着满意。桂田告诉家人。桂柱拿出三十元给桂田，同时也拿出三十元给桂仁。桂田走后，桂仁把钱还给桂柱。这些娘都看到了，她感到心酸。

桂田和高秀珍置备了一些小件用品，也花光了桂田身上的钱。回来路上，高秀珍说："你们家做家具怎么还能做二十四条腿？真不是个吉利数，幸亏我发现得早。办事要讲个三六九，要是能做三十六条腿就更好了。"

桂田说："要不咱们就买个炕桌吧，冬天可在炕上吃饭。"

"让我买？你们家大业大的，还来跟我计较？"高秀珍说。

"好吧！"桂田答应着。他想，炕桌不管是做还是买，都花不了多少钱，家里会答应的。

高秀珍又接着说："房子咱们住东，这事定下了吗？"

"没有，必须住东吗？"桂田问。

高秀珍觉得，若自己坚持住东房，传出去有失脸面。她思量了一会儿说："要想办法去争取，实在不行就抓阄。"

桂田说："我和二哥商量一下。"

高秀珍说："他不同意就抓阄。同样是儿子，为什么要按大小指派？给父母养老时，也能区分大小吗？"

"好吧！"桂田无奈地答应着。

他们心里明白，家庭给儿子分房子，家长指派都遵循大住东、小住西的习俗。个人选择不产生冲突时，家长也会依着孩子。如果指派或个人选择产生冲突时，抓阄是常见的解决方式。

下地回来的路上，桂田和桂仁说："二哥，咱们结婚你想住哪栋房？"

桂仁一怔说："我没想这事，不一样吗？"

桂田犹豫着说："高秀珍想住东栋。"

桂仁本想说可以，瞬间又想，弟兄之间觉得无所谓，媳妇可不一定这样想。既然高秀珍提出了意愿，自己也应当尊重刘秀芹，征求一下她的意见。就说："等我听一下刘秀芹的看法，咱们再和爹娘、哥哥商量一下。"桂田答应着。

晚上，桂仁告诉家人，说明天想赶个黄村集，顺便找刘秀芹商量些事。桂柱掏出三十元钱递向桂仁。桂仁说不需要。娘挖了桂仁一眼。桂仁意会到了，见哥哥擎着钱一直没放下手，也就接着了。

刘秀芹原本没有打算置备多少东西，见桂仁上门来约她，心想一些必需品还是要买的，就一块去了黄村。他们在商店里挑选了茶壶、水杯、镜子、肥皂、肥皂盒、毛巾等日常用品。付款时桂仁先掏出了钱。秀芹说我带钱了。桂仁强付，她就依了他。

回来路上，秀芹问："你哪来的钱？"她知道，家大业大只能一个人管钱。也明白，这个家尽管名声出去了，可它没有根基。这么多要办的事挤在一起，花销肯定很大。她能揣摩到，家里把钱绳攥得紧着呢。

"大哥给的。"桂仁说。

"是给的，还是要的？"秀芹口气很硬地问。

"真是给的！"桂仁又说。

"一个大男人，千万别做抠门的事。"秀芹说。

桂仁急了说："我不想要，是大哥和娘非要让我拿着的！"秀芹看着他又急又委屈的样子，不好意思地笑了。

停了一会儿，桂仁说："咱们结婚，你想住哪栋房？"

秀芹一愣说："这事由我挑选吗？再说，两栋房子不是一样吗？"

"是一样，可它有'东''西'之分。"桂仁说。

"你什么意思？"秀芹盯着桂仁问。

"三弟的媳妇提出，她想住东。"桂仁说。

秀芹沉思了一会儿说："大哥能把整栋房子让出来，咱们还为东、西去争，那就没意思了。就依了她吧！"稍停她又说："东栋本该是大哥的，西栋才是咱们该住的，咱就住西。"

桂仁用感激的目光看着她。她说："看什么？有你那句我最爱听的话，就知足了，什么东西我都不计较了。俗话说得好：'好男不在家当上。'"

"我哪句话你最爱听？"桂仁不解地问。

"你说，凭这两只手，咱能把日子过好。"秀芹说。

桂仁鼻子一酸差点掉下泪来。秀芹看了看桂仁又说："我家的一些事，也说给你听听，听了别生气。"

"什么事？"桂仁急忙问。

"咱们结婚，我只去个净人。"秀芹说。

"那还要什么？"桂仁惊奇地问。

"我家家境不太宽裕，爹娘要给我陪送，我没要。我想，他们把咱养大已经很不容易了，不该再向他们索取。你家给的聘金，我给了弟弟要娶的媳妇了，还把几块好的布料给了她。我也是想帮帮爹娘。不知道这样你会不会有意见。咱们结婚我带的只有两套被褥、几件新衣服和今天买的这些日用品。"

"这不就很好吗？"桂仁说。

秀芹看着桂仁，稍停笑着说："我以为你会说句'好女不在陪送上'。"

"这还需要说吗？"桂仁笑道。

秀芹点点头，两双眼睛深情地对视着。以前，秀芹觉得桂仁是个懂事的弟弟；

现在觉得，他还是个能为她挡风遮雨的大哥哥。她真想把头靠在他那宽厚的胸膛上。他们同时伸出小臂，两只手又像掰手腕一样握在一起。

桂仁回来，把秀芹同意住西栋的事告诉了桂田，桂田听后，心花开了。桂仁说："这事只咱们同意还不行，还要告诉家里，由父母按咱们的意见给定下，这样才妥当。"

桂田说："那当然！"他们把这事告诉了爹娘和哥哥。

爹爹沉思着，尽管这不是分家，可已构成了实质性的分房子。把媳妇娶进哪栋房子，以后就不好再调换了。虽然他们弟兄俩和媳妇口头同意了，可媳妇还没有进门，不是在位身份，话也不是当面说的。结婚后如有异议，当长辈的该怎么解释？由于分家不公或偏袒引起家庭纠纷是常有的事。他不想在房子的事情上为家庭和睦留下隐患。吃晚饭时全家人都在，爹爹说："你们弟兄俩自己商量谁住哪栋房，这不合规矩。媳妇还没有进家，按老传统指定，又不符合你们心意。我看，这事就抓一下阄吧。"

桂田不满地看了看爹，心想：四个人都同意的事还去折腾什么？他看了看桂仁，二哥表情淡然，并没给予否定。他暗自思忖：难道二哥表面上同意，背后却在作梗？他心有不快。

给孩子们分房子，是家庭大事，习惯上都要找个亲近长辈做个见证。第二天晚上，孙常玉就把桂柱的堂叔孙常山找来了，并把事情说明了。堂叔说："你爹说得对，你们俩私下商量着定，本就不合情理。你们不要凭一时想法确定一生的事，以免以后不愉快。抓阄是天意，将来谁也不用抱怨谁。今晚咱就按老规矩来。"

他拿起桂叶递来的两块纸片和笔，在一块上写了个"东"字，在另一块上写了个"西"字。他给众人看了看，又揉成两个纸团，放到娘拿来的升里。他使劲地把升摇了几下，拿到桂仁面前说："按照规矩，你大，你先抓。"

桂仁伸进手去捏出一个纸团，展开。桂叶凑上来看，他迅速躲过，并顺手撕碎了说："我抓的是'西'。"桂叶一愣，难道是我没看清？

桂田听了，缩紧的心放开了，满意地微微一笑。堂叔又把升拿到桂田眼前说："你再抓。"

桂田说："我就不用抓了吧！"

堂叔说："不对，你一定要抓，还要拿到手展开看一下。要是作弊放进两个'西'，或两个'东'怎么办？这是抓阄的规矩，必须一一验证，一步不漏。"

桂田把手伸进去，很长时间才摸到那个阄。他拿出来展开，一怔。明明看到堂叔写了一个"东"、一个"西"，怎么这个也是个"西"字？他瞬间明白了，感激地看了二哥一眼。他也没有让别人看这纸片，撕碎了说："我抓的是'东'。"

细心的桂叶，看到三哥的表情和接下来的举动，明白了一切。她看了二哥一眼，泪水盈满眼眶。

抓阄结束，爹说："这是天意，你们就各自认了吧！不过要记着，这房子是你们大哥让给你们的。尽管房子有'东''西'之分，但咱布置新房时，两房要一样。媳妇带的嫁妆，是另外一回事。"

桂田为了自己媳妇，默认了二哥的相让。可他不明白，即使为了媳妇也不应当违背"天意"。十几年后的一个暴雨夜，一声霹雳把房子的东山墙击塌了。尽管没伤着人，可带来了经济损失，也给他们夫妇心里留下阴影。这个意外与他们争房没有关系，但在农村人心里难免把这霹雳认为是一种"报应"。

几天后，桂田见到高秀珍，告诉她已确定了住房的事。并把确定的过程告诉了高秀珍，但他没有把二哥暗自相让、自己接受的事情说出来。

高秀珍听了高兴地说："东房我越看越顺眼，越看越像自己的房子。咱就

该住东房。"

桂田听了犹豫着说："这房是二哥让给咱的。"

高秀珍说："什么让的，嘴上说让心里不让。老东西偏袒他，想用抓阄变过来，偏袒、抓阄都没有用，天意不可违！"

桂田没有再说下去，心里想：夫妻间也有无法沟通和不能沟通的事啊！

第二十章

桂仁、桂田结婚的日子定在农历腊月初九，阳历八三年一月二十二日。这日子是娘自己择的，她没有去找择吉先生，是根据女儿出嫁日子的说法，定了个双二，农历逢九，也是个吉祥的日子。

桂仁、桂田娶媳妇进入倒计时，他们忙活着收拾、布置新房。桂仁、桂田把竹箅的成品、半成品、原料，从正房里搬进倒厅里。桂叶和两个姐姐一起擦拭家具、门窗，铺炕、贴喜字、贴窗花……

桂花、桂枝是桂柱叫回来的。他觉得这姐妹俩给嫂子、弟媳布置新房是最合适的人选。她们懂得新媳妇的喜好，会装扮得让新人高兴，让街坊邻居看着漂亮。他这个做哥哥的不懂，再说，大伯哥也不好对弟媳房间动手和说什么。

几个人正忙着，桂柱进来了。他看了看新房，对桂花和桂枝说："要布置得漂亮、大气些，需要什么再去买。"桂花答应着。

桂柱说完又离开了。他还要去安排迎亲的人，制备酒菜，安排酒席，还想给全家人都做身新衣服……一大堆事在等着他。

看着桂柱离去的背影，桂枝说："姐，对待闺女和对待媳妇就是不一样。对咱那是铁公鸡，一毛不拔。对媳妇啊，你看这个慷慨，毫不吝啬，还唯恐有不周到的地方。"

桂花叹息一声说："你真不懂大哥。"

桂枝瞥了姐姐一眼说："就你懂！看在亲姐妹份上，想说说心里话，可和你一句也说不上。"

桂叶不插话，看看大姐，再看看二姐，两只大眼睛扑闪着。她把柜子的外面擦干净了，又打开柜门，把里面的边角、掌子都擦得干干净净。桂枝见了没好气地说："就好像你用似的，擦那么仔细干什么？"

桂叶本想说：正因为不是我用，是给嫂嫂用，才要擦得更干净。可看看二姐面带愠怒，把话又咽了回去。她委屈地看了大姐一眼，又继续认真擦拭。

桂花道："有话对我说，别这样对小妹。"

桂枝道："这个家好像就我是多余的。力没少出，东西没得到，凡事还都来指责我。"

桂叶望着大姐，大姐叹着气。

在桂枝看来，这个家好起来，是全家人共同努力的结果，自己却分文未得。两位嫂子住新房、用全套新家器，是不劳而获。享用的劳动成果，其中有自己的一部分，心里忿忿的。爹娘和哥哥心眼偏，甚至是歧视女儿。

在桂花看来，哥哥所做，不仅仅是为了两位新人，更是为了这个家，为了这个家的体面。哥哥对妹妹吝啬，一是因为家里钱紧张，更因为是他把妹妹看成至亲。被哥哥看成至亲，是一件暖心的事，该和哥哥同心相向，不该责备他。哥哥用心良苦，很不容易，太需要有人来体谅他！

自开始收拾新房，桂仁的心情就显得沉重。爹娘为这个家出尽了力，操碎了心。哥哥更是无怨无悔地奔波着，换来的是他领着媳妇住进新房。哥哥想得很细，连锅碗瓢盆，面板、面缸、擀面杖都给准备好了，不该由他操心的事也来嘱咐几句。他感激爹娘和哥哥，也觉得愧对他们。看着哥哥离去的背影，桂仁心情更加沉重。他对桂田说："咱俩以后要好好侍奉爹娘，有必要的话还要奉养大哥。"

桂田愣了一下说："这是以后的事，现在说这些干什么？"

桂仁说："不！就要在这个时候作出承诺！"

桂田问："就咱俩人？"

桂仁回答："不管别人，首先咱要作出承诺！"

桂田不高兴地看了桂仁一眼，见他一脸严肃，只好说："好吧，我承诺。"

桂田现在心情兴奋，他眼看新房，心想秀珍，把自己、秀珍和新房紧紧地联系在一起。对在新房里的生活，做着甜美的想象。桂仁的话打破了他的想象。他心里抱怨着：这个时候说这些，真让人扫兴。

结婚一切顺利，而且风风光光、热热闹闹。桂柱安排迎亲的人较多，再加上两人同时结婚，更显得队伍庞大。这也招来了街坊很多看眼的人。酒席办得更是大气、排场。多年不走动的亲戚朋友都请来了，要好的街坊邻居，以及多少年来欠人家人情的也都请来了。包括公社李主任，村支书孙常海，生产队长孙常先，还有做竹箔的几个老汉。

爹娘还有爷爷参加拜堂仪式，接受新人叩拜，妹妹们更是忙前忙后。桂叶做事，总是让人感到恰到妙处。她跑前跑后弥补着那些大人没想周全的微事、细节，灵巧的身影，也成了婚礼上的一景。

一切安排就绪，桂柱觉得自己是多余的人。尤其是自己的形象，不会给这喜庆场面添彩，就回到了老房子里。黑头在新房子跑了几圈，见桂柱要回老房子，

也就跟着回来了，躺在地上陪着主人。

桂柱尽管没有在婚礼现场，尽管不是他娶媳妇，可他比现场的人，比娶媳妇的人更高兴，一种成就感洋溢在脸庞上。他躺在炕上，该让自己歇歇了，这是难得的白天在家里躺一下。

身子歇下了，脑子却兴奋得停不下来。他回想着这个家十几年的窘境，特别是弟兄们长大了娶不上媳妇的窘境。他回想着这两年的拼搏，回想着一年的时间里，盖了两栋房子，嫁出两个妹妹，娶进两个媳妇。每件事都办得风风光光，三里五村的人羡慕不已，这些让他欣慰。可又有谁知道，这风光背后，每件事都剥他一层皮？尽管这样，他仍是高兴。他觉得这个家就像一条摔倒了、摔得很重的汉子，终于爬起来、站起来了。还要抖掉身上的泥土，向前奔去。

他把一年的收支情况结算了一下，做竹笆数量是上一年的三倍多，由于价格上涨，收入多了可远不止三倍，是堂堂正正的万元户了。一年办了这么多事，还结余了两千多。今年要好好置办年货，新人到家，要让她们和家人一起过个欢庆祥和的年。可惜的是两个妹妹从来没有在家过上个像样的年，这让他再次感到对她们的亏欠。

他划算着，明年家里没什么大事要办，安心做竹笆会轻松许多。家里只一个弟弟和一个妹妹读书，花费不会太大。他还划算着，两个妹妹出嫁了，两个弟媳妇不可能完全代替两个妹妹。少了两个劳力，就再请两个人帮忙。今年集中精力做竹笆，产量和收入都会比上年再上个台阶。积攒一年，下年再盖两栋新房，家里所有事就办完了。到那时，家里也就真的充裕了，那才是真正的轻松。他还想起姜秀英，心里说：你坚持一下，我不会让你等得太久，不会让你失望的。

他还在想，新房子娶进了媳妇，就不能在里面做竹笆了。他想到了生产队的竹箅铺，那是理想的地方。可那里是孙常先占着，五六间房子，还有院子，只有两人干活，大地方小用了。如果提出租用，孙常先是否会借机提出合伙？他又想到生产队弃用的饲养院。

饲养院里只有饲养员住过的三间房子是完整的，其余就是养牲畜用的棚子，门窗不整。他去看过几次，废弃两年了，荒芜得不像样子。他细细端详，如果下点功夫整修一下，还真是个做竹箅的好地方。那三间房子他可以住里面。棚子很大很宽敞，做竹箅，来回搬运竹竿都很方便。院子也很大，能开进三轮车和拖拉机。

他又想起了赵明伦的指点，要扩大经营品种。明年做竹箅的同时，还要用竹枝子捆扫把，哪头赚钱多，就往哪头倾斜。思来想去，这饲养院又成了最佳的地方。他想春节前就和孙常先谈妥，节后就整修一下，尽早搬进去。

婚礼上两对新人拜天地，拜高堂，夫妻对拜，喜煞全家人。当两个孙子和两个孙媳妇向爷爷行大礼时，爷爷满脸喜悦，可嘴里只会说那句说了无数遍的话：好兆头！好兆头！

仪式结束，该入洞房了，桂仁转头四处张望。做司仪的姨姨低声问，你在找什么？他说：找哥哥。姨姨明白他的意思，又低声说：你们是平辈，礼就免了吧！心里有就行了。桂仁听后微闭眼睛，心里想：拜天地朝南，拜高堂朝北，拜哥哥应当朝哪？他想，哥哥现在该在老宅里。他稍一转身，朝着北偏东的方向——自家老宅，深深地鞠了一躬。心里默念：哥哥，请接受弟弟一拜！

婚礼上，秀芹一直矜持地伴着桂仁，参加婚礼的人赞赏不已。她见桂仁又要行礼，心中明白其中缘由，急忙跟随，心中感谢着，深深鞠躬。

他们行这个礼没有经过司仪引导，出乎在场人意料。有人揣测到当中心意，默默地点着头，有人揣测不到，感到不解。桂田、高秀珍不明缘由，好奇地交换

着眼色。

两个哥哥结婚，桂生没有在场。学校还没有放寒假，他也没有请假回家。他觉得这些事与他没有关系，也没有喜庆感。家里给他捎去喜糖，他都懒得与同学分享。

三天后，爷爷只知道傻笑，喂他饭他也不张嘴了。家人请来医生，医生检查后说："他没有病，是到了老人归天的时候了。给他准备后事吧。他能没有痛苦地寿终正寝，是他的福，也是家人的福！"十天后，爷爷安详地离开了人世，享年八十九岁。

丧事按照喜丧办理，桂柱主持着用守灵三天的礼仪发送了老人。丧事办得排排场场。

桂柱找到孙常先，和他谈租用生产队饲养院的事。这是孙常先早已预料到的。他们家不能再在新房里做竹范，势必会想到生产队的竹范铺。孙常先想，自己过去是生产队长，现在是名义队长，明年这个名义队长也不是了。生产队剩下的资产，明年就要归村里统一管理，不能再难为这个主儿了。两年来，农忙时桂仁总是来帮他两三天。他们结婚又请他去，给了高座。他觉得这不是个忘恩负义的主儿。竹范铺那么大，自己用不了。自己留两间房就行，其余的给他家，院子合用。没想到桂柱要租用饲养院。他说："饲养院荒芜两年了，要用得好好收拾。你就到竹范铺吧，咱两家合用。"桂柱说："怕放不开，我还想捆扫把。"孙常先吃一惊，佩服地看着桂柱说："只要你愿意，可以。"桂柱问："租金多少钱？"孙常先说："今年我还说了算，你就象征性地给个三十五十的吧。明年要归村里了，到时候你再和村里谈。"

　　一切事情办妥，也迎来了春节。全家人在欢乐喜庆气氛中度过了春节，门前的鞭花也比其他人家多了许多。

　　正月初四，桂柱就领着弟兄们干上了。没出十五，就把饲养院的房子、院子和原来的十几间牛棚、驴棚整修完毕，收拾干净。地面压上新土，打平。墙壁用石灰水粉刷了一遍，显得明亮、整洁和宽敞，让人看了还真像那么回事。桂柱也搬到了原来饲养员住的一间房里。他们还把饲养院改称竹笆院。他们的家庭作坊变成了小工厂。

　　桂柱把钱筹集了一下，过了正月十五，拉来了两千元钱的竹竿和一千元的竹枝子，竹笆场正式开工了。

　　桂柱把未来两年规划得很美好，而且觉得这个美好就在眼前。

第二十一章

过了节，进入正常生活。未经磨合的新家庭，每个人都是头一遭的角色。新家新成员，面临新情况，喜庆里时常夹杂出一些不和谐音符。

俗话说：人多乱，龙多旱，媳妇多了婆婆做饭。桂柱娘是个明事理的人，明白这里面的道理。婆婆使唤媳妇的年代已经过去，她不奢望有了媳妇，就把自己从繁重的家务中解脱出来。只要她们能和儿子们恩恩爱爱地过日子，她就满足了。多年盼着给儿子娶媳妇，媳妇进了家，可不能怠慢她们。她觉得自己还不老，家里做饭的事还能担当起来。她从来不等媳妇回来做饭，每当她们回来时，她几乎就把饭做好了。

每当到了做饭时间，秀芹总是叫着秀珍一块回家做饭。秀珍总是拖拖拉拉，秀芹很为难。如果不叫她自己回去，就会让人觉得这是在突显自己，感到尴尬。这样拖拉地一块回去，让上了年纪的婆婆忙这一大家子人的饭，也难为婆婆了，觉得很对不起她。婆婆似乎把这些看得很淡，从来没抱怨过她们一句。

一大家子人坐在炕上吃饭，两个媳妇按照习俗坐在炕沿上，以便盛饭。桂叶好像是永远站在地上吃饭的人。家里不缺吃的了，谁都能吃饱。可饭不可能一个花色，馒头有白面的、黑面的，就是稀饭还有稀有稠呢。尤其是这个有了媳妇的大家口，饭要做得宽裕些。这样，每顿总有上顿剩下的饭。

桂柱娘自做媳妇以来，总是把好吃的留给长辈、丈夫和孩子们，还经常等全家人吃完了，自己吃点残羹剩饭。当然，这也是大部分农村妇女的习惯。这是旧时代妇女地位不高的体现，也是贤妻良母的自我约束。家里不缺吃的了，她依然吃着黑面馒头、玉米饼子或上顿的剩饭，从舍不得吃白面馒头。这不是孩子们不孝顺，而是没有人能改变她的习惯。

常言道：媳妇吃饭看婆婆。桂柱娘明白这个习俗。媳妇进了家，她不忍心让媳妇也跟着吃粗粮，更不忍心把上顿的剩饭扔掉。吃饭时，她总是先拿个白面馒头，掰下一小块吃着。等媳妇们也拿起了饭，她再拿起玉米饼子和上顿剩的半碗菜汤。

看着婆婆的样子，秀芹心中暗忖，真难为她老人家了！她理解婆婆，就主动吃上顿的剩饭。秀珍明白婆婆，也明白秀芹，可心里还是向往着吃白面馒头。

秀珍吃完了一小块玉米饼子，皱着眉不知道手再伸向哪里。桂田见状，忙把一个长了锅巴的白面馒头拿起来，把有锅巴的一半掰下来，递给高秀珍说："我的牙痛，咬不动，你吃了吧。"高秀珍笑着回敬了一句："看把你娇娇的。"

桂仁见了，也拿起一个带锅巴的白面馒头，想如法炮制。他把眼睛扫向秀芹，见秀芹挖了他一眼，他放弃了。

桂田要添稀饭，高秀珍接过碗。她拿起盆里的勺子，挖底、靠边、慢提，一勺稠稠的稀饭就舀进了桂田碗里。桂柱把碗递过来，桂叶没等嫂子们接，就迅速接过。她学着三嫂的动作，也给大哥盛了一碗稠的。

这些举动谁都看见，可谁也装着没看见。尤其是爹娘，觉得这尽管是有心

所为，但并无大碍。现在不缺吃的，管饱，不浪费就行。他们希望这些小事像风一样飘过，别在谁心里留下阴影。

晚上，桂田两口子躺在被窝里，秀珍说："咱们什么时候分家？"

"分家？"桂田不解地问。

"是啊！弟兄这么多，还能总在一块过？"秀珍说。

桂田想了想说："是不能总在一块过，可也不能结婚不到两个月就分家，别人笑话！"

秀珍说："这么一大家子人凑在一个锅里搅勺子，真是别扭，吃顿饭都让人不舒心，那个丫头片子也跟着烦人。"

她对桂叶吃饭时的表现感到不满，把桂叶对大哥的关心，看成是与她抗衡，是对她的挑衅和不敬。对桂叶饭前饭后抢着端饭、收拾，看成是有心表现自己，贬低嫂子。她对这个小姑子本能地反感。

"咱不是配合得很好吗？"桂田说。

秀珍说："是很好，你没看招了白眼？"其实他们吃饭的表现，全家人塌眼皮，没人计较。白眼，只是她自己的感觉。

稍停她又说："不分家，挣的钱怎么分？"

桂田说："这两年挣了不少钱，可都用在盖房子和咱们结婚上了。大哥说，今年家里没什么大事要办。再干上一年，明年再盖两栋房子，让家境彻底好起来。"

秀珍说："好起来？供着两个小的念书，再盖两栋房子，赚多少还不花光了？再说，这些事与咱有关系吗？"

"怎么没关系？全家人一块拼了这么多年，挣了钱，给咱盖了房子，娶上媳妇，咱就闹着分家，家里的负担不管了，这说得过去吗？"桂田不满地说。

"你说的是这个情理，可我们总不能再忙两年，弄个两手空空吧！"秀珍说。

"大哥总是想着弟兄们，这两年赚的钱全花在咱们身上。以后是有事要办、要花钱，可他不会亏待咱们，让咱白忙。"桂田说。

"那可不一定。钱在他手里，不给你你还能抢过来？给你盖上房子，娶上媳妇，再让咱为家里白出几年力，补偿家庭对你的付出，这该是他的真实想法。"秀珍说。

桂田本想说，这样不应该吗？可犹豫一下还是说："做竹箔很赚钱。大哥打算得很好，今年还要再雇两个人，增加经营项目，扩大生产规模，会挣更多的钱。如果分了家，再赚的钱可真就与咱没有关系了。别往歪处想，就跟着干吧，不会吃亏的。"

秀珍寻思着，这么挣钱的买卖是不该放弃。不过再没其他进项，任听家里摆布，这死板日子过得也别扭。她想了一会儿说："你说的也是。要不这样，咱们一边和家里合伙做竹箔，一边自己再做点生意，赚点零花钱。"

"做什么生意？哪来本钱？"桂田问。

秀珍神秘兮兮地说："我告诉你个秘密，咱置办嫁妆花的，全是我娘家门的钱。你家给的聘礼钱，一分也没花，全带回来了。我也打听好了，现在做服装买卖最赚钱。咱用这个钱做本，去卖服装。"

桂仁说："你就别折腾了，这不光是咱俩的事，还有二哥、二嫂呢。"

"你说得对，我找机会和二嫂说道说道。我想，她也不是傻蛋，也该有自己的想法。要是咱两家能想到一块，这事就更好办了。"秀珍说。

"好吧。"桂田答应着，熄了灯。

与此同时，隔壁的桂仁夫妇也在被窝里谈论家事。秀芹说："守着一大家子人，

有老有小的，你也做得出？"

桂仁知道她说晚上吃饭的事，就说："看着你一个刚过门的新媳妇，每顿都抢着吃剩饭，你不知道我心里有多难受。总觉得亏待你。娘也给我使眼色，让我关照你。"

秀芹说："不吃扔了？还是让娘一个人吃？要是像你说的、做的那样，这一大家子人还有法凑到一块过吗？你要是娶了媳妇忘了娘，我可不给你生儿子！"

"别别，儿子还是要生的。"桂仁急忙说。

秀芹又说："再说，咱才吃了几天饱饭，就忘记吃野菜的时候了？现在的生活和以前比起来，不是天天在过年吗？能吃饱就行了。"

桂仁说："要是咱单过，我会把好的让给你吃。"

秀芹不理桂仁的话，接着说："以后别在人前给我献殷勤，我受不了！你也要有个男人样，别婆婆妈妈的。"

"别说了。我明白，明白了。"桂仁说着就去抱秀芹。

秀芹迎合着桂仁，缓和着口气说："我说你，你别生气。一大家子人凑到一块过日子不容易，咱别给家里添乱。"

"我不生气。我只有妹妹，没有姐姐。你到来，我觉得有了姐姐，有了做弟弟的幸福感。"桂仁更紧地抱着秀芹说。

秀芹说："别想着在我眼前撒娇，好好做你的男子汉。"

"好的。"桂仁乖乖地答应着。

许久，秀芹说："桂叶这个小妹妹真懂事，很勤奋，真可爱。"

桂仁愣了。秀芹说："怎么？我说的不对？"

桂仁思量了一会儿说："她从小就这样。我们看惯了，就觉得这很自然，很正常。她是咱兄妹中最小的一个，可她从不任性，也从不撒娇。多少年了，她默默地，不停歇地帮娘操持家务。做竹筢以来，特别是两个妹妹出嫁后，更是辛苦她了。你这么一说，让我感到愧对小妹妹了。"

秀芹说道："哦，是这样。以后咱多照应她点儿。"

桂仁答应着说："真该这样。"

沉默片刻，秀芹又问："今年家里怎样打算的？"

桂仁说："大哥把生产队的饲养院租下了，要搬到那里去做竹筢，又请了两人帮忙，今年还要捆扫把卖。今年家里没有大的开销，积攒一年，明年再盖两栋房子。"

"哦。"秀芹答应着。长时间没作声，桂仁说："你是不是觉得这样干咱们是在空忙？挣的钱与咱们关系不大？"

"是这样，可也只有这样了。还能结了婚就把家的挑子撂给大哥一个人？那样就太不仁义了。大哥弯着腰，没日没夜地东奔西走，看着让人心酸。"秀芹说。

"大哥心里装着这一大家子人，对整个家庭想得周到。同情他的最好做法就是协助他，把咱的家业干起来。家业大了，全家人受益，包括咱们。"桂仁说。

"是这个理。"秀芹答应着，熄了灯。

新家庭在磨合，不和谐音符时隐时现。这时，桂枝与高秀珍姑嫂俩倒和谐上了。桂枝结婚后，就与婆婆分开过，享受着二人世界的生活。刘平海的爸爸在黄村给他们租了门头房，开了个小百货店，做起了生意，朝出夜归。桂枝也去帮着看过店，觉得没意思。之后，除去节日、集日去帮忙外，总是闲在家里。她感到寂寞，总想找人说话拉呱。自两个嫂子娶进门，她察觉出三嫂是个有情趣的人，和这样的人聊天才有意思。

那天，她没事回家转悠，来到竹筢场，见拉来了竹竿，两个哥哥和两个嫂

子在忙着向屋里搬。她想躲开，可想和秀珍聊闲天的愿望又迫使她走过来。她走近三嫂，帮她打下手。每人一次都扛一支，这次桂田扛起两支。桂枝见了对高秀珍说："三嫂，我三哥能干吧？"

高秀珍听着桂枝嬉笑的口吻，就疑惑地打量她。桂枝躲开他人目光，朝她做了个鬼脸儿。高秀珍领会了她的意思："这个死丫头，你等着！"说完半嗔半喜地剜了她一眼。

秀珍的话和表情让桂枝的心骚动起来，让她寻着与三嫂聊扯的机会。傍晚时分，桂枝走进了高秀珍家。高秀珍好像也知道她的来意，见面就嬉笑着挑逗说："死丫头，你来干什么？"

桂枝回答："三嫂不是让我等着吗？看来是你在等我。"

高秀珍向西房努努嘴，小声说："小点声，到做饭时间了，她又该叫着回去做饭了。"

正说着，隔着院墙传来刘秀芹的声音："三妹，家里来客人了？"

桂枝抢着回答："是我，二嫂，没有客人，我找三嫂有点事。"

刘秀芹说："有事你们说着，我先回去，你们别耽误回去吃饭。"然后听到她出门、关门的声音。

桂枝说："她走了才好，不碍咱们说话。"

"你要说什么？"高秀珍嬉笑着问。

桂枝小声说："装什么傻！你跟我说说……"

她们从试探对方开始，由浅入深，谈起了那些闺蜜间也难以启齿，只有夫妻间在夜深人静时才交流的话题。她们觉得这是幸福生活中的重要部分。这部分生活中还带有艺术。有艺术就应当相互交流探讨，启发提高。她们直谈得身子发热，脸发红，耳朵发烧。说完了桂枝问："晚上，没听到西屋的动静？"

"没有。"在农村，有闹洞房的习俗。也有些低俗人，去新婚人家爬墙头、听墙根。高秀珍没好意思说，她曾把耳朵贴到墙上，把身子探出窗口也没听到想听的声音。

"你和二嫂不谈这些？"桂枝又问。

"那个不开窍的榆木脑袋，她才不说这些事呢！"高秀珍说。

"就是的，装出一副正经相，就像自己能不养孩子似的。"桂枝接着说，"你就不能整出点动静来，给他们上上课，让他们开开窍？"

"那屋里有大伯哥，我可不敢造次。"秀珍明白，大伯与弟媳之间是稳重的关系，切不可轻浮到这个地步。稍停她又说："再说，她不一定不开窍，也许人家的窍就在两人间，不肯与别人分享。要是你住那里……你的课肯定很精彩。"

桂枝说："我已经对你什么都说了，你要是有什么不告诉我……"

高秀珍嘻嘻地笑了笑说："彼此彼此。早早回去吧，刘平海回来见不到你，该吃醋了。"

桂枝起身要走说："愿你晚上睡个好觉！"

"我知道你是来找什么的，别把自己的心思往别人身上按。"高秀珍说。

"别装了，你说的彼此彼此倒是最恰当！"桂枝说。

她们相同的趣味、相近的品行碰撞，产生了共振。后来一段时间，她们频繁地交往着，谈论着共同感兴趣的话题。

第二十二章

吃完早饭，收拾完毕，妯娌俩本该到竹笆场去。秀珍说有话要对二嫂说，就拉着秀芹向新房子走去。到了门口，秀芹打开自家的门，把秀珍请进了家。

这个家秀珍来过几次。房子是一样的房子，家具是一样的家具，可桌子上、炕上的摆设远没她家丰富，品级也相差很大。这是从娘家门带来嫁妆的差异。她也为这事自豪过，曾在心里笑二嫂寒酸，没有品位，也不会审美，是个"土老帽"。可今天进来，突感这里有别样的简洁美。墙上没有红红绿绿的年画，显得家里亮堂；桌子上梳妆用品、茶杯茶壶，摆放得整齐别致；炕上的被子，也像军人们叠出的豆腐块。家里每件每物都占据着看着让人舒心的位置。就是一块抹布也叠得整整齐齐，放得规规矩矩。这个家给人以清新优雅之感。她瞬间想到，这个二嫂并不简单，再不能把她当"土老帽"看了。

欣赏完家里的摆设，秀珍把话转入了正题，说："二嫂，年过完了，新的一年有什么打算？"

秀芹说："家里不是打算得很好吗？咱们就跟着干吧。"

秀珍说："哎哟，真要嫁鸡随鸡，嫁狗随狗啊！你真的就没有点自己的想法？咱们是妯娌，听着名字又像姐妹。咱俩就把心肝掏出来，说说心里话。"

"咱是一家人了，有什么话就直说。"秀芹说。打嫁进这个家，秀芹就觉得这个妯娌不是善茬。不能和她计较，且要保持适当距离，切不能和她搅作一团。

"你说咱这一大家子人凑到一块，挣钱养着老的小的，还要盖房子。咱是不是在瞎忙活，到后来弄个两手空空？"秀珍说。

秀芹不想跟她说太深。她寻思一会儿说："听你二哥说，做竹箅很赚钱，大哥又打算得挺好。我想，咱们跟着干就行了。"

秀芹的话让秀珍心里一沉，看来做竹箅真是块肥肉，都瞅上了。不放弃和家里合伙做竹箅是对的。但自己的想法不能改变，还是要想法挣点私房钱才对。她想了想说："就算竹箅挺赚钱，可赚了钱能分到咱们手吗？就是能分，除去老小的费用，盖房子，还能分几个？二嫂，我是替咱两家着想，你可别把我当外人，说我出馊主意。我想，咱们该做竹箅还合伙做，以维持这个家。在这之外，咱们是不是可以再做点生意？挣个零花钱，日子过得活泛，好了还可攒点家底。别傻乎乎地跟着空忙，到头来让人给要了。"

"有什么生意可做呢？"秀芹随口说道。

"现在开放了，做点什么生意不赚钱？老实巴交的，一辈子受穷。"秀珍说。

"咱们刚结婚就提出这样的要求，这对里对外都不好交代吧！还是等一两年再说吧。"秀芹说。

秀珍说："这没有什么不好交代的，结了婚就分家的主儿多着呢。我这样想，是为了咱两家，也是为了这个大家。只要咱两家有同样的想法就行。我和桂田再商量商量，你和二哥也商量一下。你们不好开口，就让桂田去说。不过，你们可不能把我们填进去。"

秀芹不知该怎样回答她的话。她见秀芹不回话就说："这事就这么定了。"

晚上，秀芹把这些话学给桂仁听，桂仁说："我就知道，这两口子不会服服帖帖地跟着干。"

"那该怎么办？"秀芹问。

桂仁无奈地说："走着看吧！"

桂田找到桂柱说："大哥，你说咱们家还只做竹箔、捆扫帚吗？"

"那还能干什么？"桂柱问。

"听说现在卖服装挺赚钱，咱是不是做点服装生意？"桂田说。

"咱家做竹箔的事不能扔，也没有做其他事的打算。你是想另挑头干吗？"桂柱问。

"不！不！大哥别误会。我是想，家里该做竹箔还得做。我和二哥也不离开。另外我们哥俩可不可以抽空出去做点买卖。家里忙不过来，可以再雇人。做买卖赚的钱，总比雇人用的工钱多。"桂田说。

桂柱明白了他的心思，沉思一会儿说："那你和爹说说吧，我也和爹商量商量。"

桂田说："我就不找爹了，你和他商量商量看行不行。"他觉得自己提出的要求不合时宜，有点理亏，不好和爹爹开口。

晚上，桂柱和爹娘坐在一起，说了桂田的想法。娘说："养孩子就像养鸟，长大了就想飞。要飞就让他们飞吧，窝里圈不住他们了。"

爹爹看着桂柱脸色不快，说道："柱子，别上火，就依着他吧。屈了他们的性，闹起来、打起来就不好了。现在分家还太早，过两年家境好了就分开，个人奔个人的吧！"停了一会儿爹爹又叹了口气说："田子有的是心眼子，做买卖应该行。仁子老实巴交的，能做什么呢？"

桂柱说："小鸡不尿尿，各有各的道。都长大了，你就别总操心了。"他想了想又说："再说，天不欺负这样的人。"

"你说的也是。"爹说。

古语道：知子莫若父。儿子的真实想法做爹的怎能不清楚？自己翅膀硬了想飞走，逃避家庭责任。可还不想放弃家里的利益，吃着碗里的，看着锅里的。

桂柱何尝不知道弟弟的内心？兄弟如手足，从小抱着、领着弟弟妹妹们，看着他们长大，他们的生性在他面前明白纸似的。长大了，学会掩饰自己，可骨子里的东西永远留在哥哥记忆里。可以说，哥哥、姐姐对弟弟、妹妹的了解不亚于爹娘啊！

吃过晚饭，桂叶和二嫂收拾饭桌，洗刷碗筷。秀珍向桂田使了个眼色，意思是早早走，尽早进入他们的二人世界。爹瞥见了说："今晚都先别走，把一些家事说道说道。"

收拾完毕，全家人坐下。爹爹说："仁子、田子，你们结了婚，有了自己的小天地。不过这个家现在还不能分，做竹筢也不能散伙。结了婚就分家人家笑话，对老对小都不好。咱们这个家名声出去了，可实际是个空壳啊！再有两年时间，咱就能把这个家充实起来，该办的事也就办完了，到那时再分家。

"不过，总把你们圈拢在一块也不是个事。就按田子说的办，你们俩都找点营生做，自己挣点零用钱，也积攒个家底。我和你大哥下不了地，你们弟妹还上学，地里的活你们要担当起来，不能撂了荒，要保障一家人吃饭。你们上午去赶集做生意，下午去地里摆弄庄稼，晚上和闲下来去做竹筢。做竹筢挣的钱怎么个分法，因现在家里有事情要办，还不能明确出来。反正没有白出的力。还要根据农节，做竹筢的淡旺季和你们做生意的情形，把心思和力气适当偏偏。这些你们要听你大哥打算。"

149

桂田两口听了很高兴，他们如意了。桂田说："爹放心，我们会听大哥安排的。"

桂仁没有说话，只是叹息了一声。

娘说："你们愿意起灶自己做点吃，就自己起灶。家里米、面有的是，来家拿就行。不愿意起灶或忙不过来时就过来吃，我这身子骨还能做饭。"

躺在地上的黑头，哼唧了几声。

回家的路上，桂田、桂仁走在一块，妯娌俩走在一块。秀珍说："二嫂，我说对了吧！两年后把事办完了，把家充实起来再把咱们分出来。到那时他们充实了，咱可就成空壳了。分钱？在生产队还有个保管、会计呢。这里一个人把持着，谁知道赚了多少钱？"

秀芹说："爹爹不一定是这个意思，别总往坏处想。"

高秀珍说："你就做老好人吧，到这一步也是我争取来的，赚了钱，你可别忘了我！"

回到个人的家，桂田两口很兴奋。商量着近期就到省城服装批发城去看看，带上钱，如果合适直接批发一些回来。

桂仁显得沉重，对秀芹说："咱们这个家，真该抱团干几年。没想到老三闹得这么急，更没想到爹和大哥竟答应了他。"

"对这个家是这样，可对自个呢？"秀芹问。

"对自个？他们两口子够精明的了。把事情看得很透，把自己打算得很好。脚踏两只船，家里的利益要占着，责任要抛开，自己再出去捞一份。"桂仁说。

"咱们怎么办？你打算和家里一样也做竹笆？"秀芹问。

"不行，那会把家搅得更乱，让爹和大哥不好处理。"桂仁说。

"哪咱干什么呢？"秀芹问。

沉默了一会儿，桂仁说："没有思想准备，真不知道干什么好。村里对外的承包地还没包出去，过几天要叫行。要不咱去叫几亩地种着？"

秀芹思索了一会儿说："咱们已有十几亩口粮地，好好种着够吃的了。想赚钱，不能去种地。我娘家邻居生绿豆芽卖，看着买卖挺好。要不我回去跟他们学学，咱们也生绿豆芽卖？生绿豆芽投资不大，就买几口缸，再就是买绿豆，有百八十块钱就够了。"

"你姨姨不是在县城生豆芽卖吗？跟她去学多好？"桂仁问。

秀芹说："不用，去县城一百多里路，耽误时间。在家时我经常帮邻居的忙，看着挺简单的。我回去住两三天，详细问问他们，再跟着亲手干几天，我想会学会的。"

"也好。"桂仁说。

第二天，桂柱娘找来四个面袋，两个装了些白面，两个装了些苞米面。又找来两个油桶，装上花生油。又从坛子里挖出两碗食盐，分别装到两个小塑料袋里……她正忙着，桂枝进来了。见娘像出铺一样摆了一地就问："这是干什么？"

娘说："给你两个嫂子准备的，他们愿意起灶就自己做点吃。"

"哟，媳妇、闺女就是不一样，我起灶这么多日子了，也没见你给点什么。看你为她们想得这个周到，在家里吃着大锅的，回去还能吃小锅的。"桂枝说。

娘说："你想吃跟你婆婆要去。"

桂枝说："跟婆婆要不气势，他家的粮食不是我出力种的，咱家的粮食可有我一份劳动。"她边说边把四个面袋打开看了个遍，看完了说："不一样就不一样吧！少给我点，玉米面我就不要了。"说着，拿起一袋白面和一桶花生油就走了。

其实桂枝的婆婆给她准备得也很周全，她也没少跟婆婆要，家里什么也不缺。然而就像贼不走空一样，见到便宜不沾，她心里就不舒坦。东西有地方出，她绝不肯多花一分钱。娘无奈地摇摇头，又找了一个面袋和一个油桶重新给儿媳准备上。

吃完了中午饭，桂柱娘对两个媳妇说："我给你们准备了点面、花生油和盐什么的，你们走时带着。家里还有地瓜、芋头、土豆和杂粮，想吃随时来拿，离得又近。一时也想不周全，再给你们二十元钱，酱油、醋什么缺少不齐的，自己买点。"她说着把钱分别递给两个媳妇。这是她昨天晚上和桂柱要了四十元钱。

秀珍接着钱说："哟，用不上我们了，这么快就要赶我们出去？"

婆婆被噎得说不上话来，憋屈着脸，苦涩地一笑。秀芹见状，向秀珍使了提醒的眼色。秀珍回过头，背着婆婆向秀芹调皮地做着鬼脸。过了好长时间婆婆才上来话，歉意地说："家里没有嫌弃你们的意思，就是想着，这样你们更方便些。不愿意做还可以回来吃。"

秀芹爽快地说："好的，娘，我们走时带上。"

秀珍把四个袋子都掂了掂，她把觉得重的那袋白面放到自己这一边，把重的那袋玉米面递向秀芹，说："这些多，给你。"

秀芹接过说："好的。"

其实婆婆的心比她还细，怕装得不一样多媳妇再有意见，是用秤称好了装的。

回家的路上秀珍对秀芹说："你瞪眼看我干什么？咱就要给老东西点眼色看看，做媳妇可不能掉到婆婆手里。"

秀芹说："咱婆婆是个老实人，心眼好。她诚心地对待咱，咱该知足。"

秀珍说："你别只看表面现象。俗话道：西方不亮东方亮，好煞的公婆不如亲爹娘。咱傻乎乎地把她当亲娘看，她可未必把咱当闺女看。"她从"俗语"里为自己上不了台面找来依据。

秀芹说："也许俗语说得对，可咱不要去想这些。咱做媳妇就尽到做媳妇的责任。"

秀珍不满地说："二嫂就是会说话。"

第二十三章

三天后，桂田和秀珍来到省城服装批发城。商品琳琅满目，他们大开眼界，也眼花缭乱。来时想的头头是道，到了实地，要做出选择时，没了主意。他们不知道什么品种、款式适合自己经营，符合市场需求，急得团团转。无奈，只好向同来的孙玉明求助。

孙玉明告诉他们，冬装商家都急于甩货，价格便宜得都不够本钱了。可现在进入春天，进了冬装要存货到秋冬卖，这需要本钱和眼力。谁知道到冬天又流行什么？夏装都是新款上市，价格很高，又不知道这些新潮服装能否被市场接受。春装价格适中，可又卖不了多长时间了。进入夏季，也要压货的。不知你们是怎么打算的，想经营什么品种、款式。

桂田和秀珍说不出个所以然，说："我们刚干，没有经验，就拜托你了。"

孙玉明说："你们就先进点低档男裤吧。在农村，春夏男裤没有明显区别，都能卖，不会有大闪失。你们卖着，慢慢积累经验，然后确定适合自己经营的品种、款式。"

桂田觉得他说得有理，就进了一批低档男裤。

桂田和秀珍回来的晚上，在家里整理批来的裤子，准备第二天去赶集，这时桂枝来了。她进门就热情地说："听说三哥三嫂做起服装生意，我来看看进的时装。"说着就把他们整理好的裤子展开看，边看边说："哦，进的是男裤。"她把裤子在自己腿上比量着，"裤子还不错，正好刘平海需要一条。买别人的也是买，买自己人的，肥水不流外人田。就在这里买条吧！"说着又拿起几条进行比较。

高秀珍的心缩紧了，反感地瞅着她。桂田说："都是一样的裤子，没有什么可挑拣的。看好了，选一条腰围、长短合适的就行了。"

桂枝像没听见一样，抖开六七条，从面料质地到缝纫针脚，进行认真查看和细致比较，看上去像服装厂的质检师，在认真检验产品质量。不知她是看花了眼，还是眼睛真那样煞底，同样的裤子能看出颜色深浅的不同，找出做工的差异。很长时间才选中了一条，她把选中的裤子装到带来的兜子里，放一边，说："这裤子卖多少钱？"她做出要掏钱的样子。

秀珍不知该怎样回答，看了一眼桂田。桂田犹豫一下说："二十块钱一条。"

桂枝说："卖服装太赚钱了。买衣服时，还价要拦腰砍。后来听说拦腰砍也砍不到骨头。咱们是自己人，你卖二十，就给你七块钱吧。"

桂田说："自家人，不要钱，你拿走就是了。"

桂枝说："那怎么行？赚个钱不容易。卖给我少赚点就是了。"

秀珍听着，气得肚子都鼓起来了。进一条裤子花十块钱，你给七块还说少赚点？她带着火气说："给七块我们可就赔了。"

桂枝说："卖服装的人都这么说话，可腰包都赚得鼓鼓的。"

秀珍更生气了。心想，你给我十块钱，我就说没零钱找，你也就别想再要了。

桂枝开始翻兜找钱，翻了好长时间才找出五元钱。她把钱递给秀珍说："三嫂，真不好意思，身上就这五元了，那两元先欠着，以后给你。"桂枝心里的小算盘打得啪啪响，她在高秀珍面前也算是个透明的玻璃人。两人心里都明白，这两元钱就别想了。高秀珍无奈地接下了这五元钱。

桂枝走了，两口子在鼓气。憋了好长时间，桂田说："你为什么要接她的钱？"

秀珍说："我不接，这五元钱也没了！你为什么还说不要她的钱？"

桂田说："这是做买卖的规矩，和亲戚朋友之间的买卖，就是亲爹娘也一样，要么最少收成本价，要么就白送。你这样可倒好，赔上钱，人家还觉得你赚了。既赔了钱，又赔了人情！"

秀珍又鼓了好长时间的气，说："哼！我还就不信了，等着吧，在哪里丢了，就在哪里找回来！"

向来和谐的夜晚，让这个妹妹和这条裤子给搅稀溜了，两人闹了一晚上别扭。

秀芹回娘家住了三天，学会了生绿豆芽，并带回一本指导生绿豆芽的小册子。他们一块去黄村买了五口缸和三十斤绿豆，就开始生绿豆芽了。七天后，第一缸绿豆芽出缸了，他们异常兴奋。早上，他们打开缸，把豆芽装进筐子里，桂仁要带着去赶集，这时桂枝进来了。进门见他们在忙着，就说："听说二嫂二哥生绿豆芽了，过来看看生的什么样儿？"

秀芹说："二妹来得正好，带点回去尝尝鲜，省着我去送了。"

桂枝听着舒服，可心在想，就是会说话罢了。我可不相信她舍得白给别人，更不相信会送到门上。桂仁、秀芹装满了一筐向外抬，桂枝借机凑到缸前看。见豆芽绿绿嫩嫩的，太诱人。她急不可耐地伸手抓出一把说："我还真要带点回去，正好家里没菜下锅了。"

155

秀芹从院子回来，看到她不在行地大把抓豆芽，急忙制止说："二妹，应当这样拿。"说着做出示范动作，"你那样拿会把豆芽拿乱、拿断，就不好看也不好卖了。"

桂枝傻笑了一下。秀芹把拿出的豆芽装到一个塑料袋里，递向桂枝说："这些够不够？"

桂枝接过，见这些豆芽够吃两顿的。她还在犹豫说够还是不够，这时秀芹又给她装上一些说："别不好意思，愿吃就多带点。"

桂枝笑着说："够了，谢谢二嫂。"说着就把装好的豆芽放在门口，以免走时忘了。

他们装完，桂仁把装着豆芽的筐子向自行车上绑。桂枝见地上还有几个小塑料袋装着豆芽，急忙说："别忘了，这里还有些。"

秀芹说："那是给娘、堂叔、你三嫂和邻居们准备的。你有了，就把你那份捎给你婆婆吧。"说着拿起一袋递给桂枝。

桂枝接过，又傻笑着说："谢谢二嫂！"

秀芹说："不用谢，愿意吃以后常来拿。记着，要早上早点来，来晚了，你二哥走了，可就拿不到了。"

"好！"桂枝答应着，提着两包豆芽屁颠屁颠地走了。她觉得自己很有脸面，可又没有到三嫂家拿裤子那样的快感。满足里夹杂着她也说不清的感觉。

看着她的背影，桂仁说："你不用说，她以后也会经常来拿。咱二妹就这德性，到时候你可别觉得烦。"

秀芹说："不就是一把两把绿豆的事嘛，我就不信供不起她吃豆芽。"

听了秀芹的话，桂仁看了看她，深情地说："娶了你这个媳妇，我心里真踏实。"

秀芹抿嘴一笑说："大白天说肉麻话，没脸皮！"

秀芹送走桂仁，把准备给亲戚朋友、邻居的豆芽送到各家。在婆婆家帮着洗了一下碗筷，回来的路上又去了趟竹箔场，看没有需要帮忙的，就回来收拾家务，照料正在生长的豆芽。她回想着桂仁"心里真踏实"的话，心里美美的。自己嫁给桂仁，共同生活了几个月，也感到心里很踏实。

这天赶黄村集，秀珍和桂田一块来到集市上。她帮着把铺摊摆好，又帮着张罗了一阵子。见顾客不多就对桂田说："看样子不忙，你先自己卖着，我出去有点事。"说完就向刘平海的小百货店走去。

集日，桂枝总是来小百货店帮忙。她远远看见秀珍走来，心里咯噔一下。她装着没看见她，心里惴惴不安地念叨着：千万别来！千万别来！可她还是来了。刚到门口桂枝就急忙打招呼说："来了，三嫂，前几天买裤子还欠着你两元钱，现在给你。"说着麻利地从兜里掏出两元钱，递给秀珍。

秀珍潇洒地擎手一挡说："这是谁跟谁啊！两元钱还记着？这钱不要了，你也别当回事了。"

刘平海正在忙着招揽顾客，给顾客介绍商品，和顾客讨价还价。见秀珍来了就说："三嫂自己坐，怠慢了，有什么需要自己选。"

秀珍说："你忙你的，自家人别客气。我正要去买点日用品，你们这里有就在这里买。钱让自家人赚总比别人赚强。"说着拿出准备好的兜子，搜寻着自己需要的东西，看好了就向兜里放。两块肥皂，两块香皂，一盒牙膏，一卷卫生纸……她每拿一样东西，就像揪一下桂枝的心。桂枝不错眼珠地盯着她，她装作没看见，心里有种报复的快感。直到兜子装满了，心里满足了才停下来，并落落大方地递向刘平海说："妹夫查一下，该多少钱？"

刘平海说:"都是自家人,三嫂拿着用吧!"

秀珍浪声浪气地说:"那就不客气啦,谢谢啦!"说完,提着兜摇摇摆摆地走了。

桂枝气得眼珠都要鼓出来。心里想:你够狠的,我拿你裤子还给了你五元钱,你却白拿!她带着火气朝着刘平海说:"你为什么说让她拿着用?"

刘平海说:"你的嫂子,难道还能不客气一下!"

"对这种人就是不能客气!"桂枝恼怒地说。两个人憋着气,一上午都没说一句话。

从此,桂枝与三嫂间的和谐、亲密告一段落了。没了频频接触,也没了共同话题。

第二十四章

农村实行联产承包责任制，产生了大量剩余劳动力。劳动力欠缺出路，蜂拥挤向了市场。社会上流传着"十亿人民九亿商，还有一亿在观望"的说法。早进入的赚了钱，后进的就像陷入了沼泽地，进退两难。桂田属于后进者。市场上卖服装的摊位一排接着一排，真可谓卖的比买的多。卖者望眼欲穿，买者则广有选择余地，顾客真正成了上帝。桂田进一条裤子是十元钱，要价十五元，时常被砍到十二三元才卖出。这个价一集能卖出十条八条也可以，可每集只卖两三条。

这天，要散集了，桂田还没有开张，要打零蛋了。他懊恼地拿起摆在地上的裤子，拍打着一上午落在上面的浮土，叠起来向箱子里放。这时走来两个穿着时髦、言行招摇的年轻人，一个问："裤子多少钱？"

"五十！"桂田没正眼看他们，发泄地扔出一句。

两人一愣，站下，每人拿起一条裤子仔细看。两人低声嘀咕着："二十元就买好裤子了，他卖五十？这集市上能有这么高档的裤子？"两人把裤子端详了一番。一个转头问桂田："这是什么面料的？能不能再便宜些？"

桂田心中亦惊亦喜，裤子卖十几元没人问，卖五十元倒上钩了？他窥视他们一眼，装作不屑，来劲地说："不识货就别买。散集了，说的是最低价，少一分也别想拿走！"

两人又嘀咕一番，很慷慨地说："来两条。"说着他们选了长短、腰围合适的，付了钱，潇洒地走了。

这两条裤子让桂田动起了歪脑筋。此后，他赶集都先把市场上的服装看个遍，并把款式、面料记下来。到省城进货，专拣本地市场上没有的款式，没有的面料，且价位偏低的服装买。回来后把价格拉高、再拉高，卖出高档服装的价位，且不讲价。这一招迷惑了外行人，满足了农村一些暴发户的虚荣心。每集总能卖上两三件，甚至四五件，收入颇丰，他为自己的精明得意。

一个月后他的生意又惨淡下来，常打零蛋。他找不到原因。一次两个人走过来，一个问："裤子多少钱？"桂田还没来得及回答，另一个就说："走吧！别买他的，他是个骗子。"

常言道：不怕不识货，就怕货比货。当桂仁来到集市，和同行把绿豆芽放到一起时才发现，别人的绿豆芽胖而白亮，看上去就清脆、鲜嫩。相比之下，自己的绿豆芽，又瘦又有须根，显得不肥嫩、不洁净，让人没有食欲。别人的豆芽卖得红火，他的无人问津。他无奈地落价再落价，并努力张罗着，还是买者甚少。直到别人卖完了，他才有开卖的机会。还好，散集时他总算卖完了。

桂仁深感沮丧。心里想，听说别人一斤绿豆能生出十七斤到二十斤豆芽，自己却只能生十三四斤，卖的价格还要比别人低，这怎么赚钱？回到家，把这一切说给秀芹听。秀芹说："别怕，咱们刚干，没找到诀窍，相信别人能做到的，咱也一定能做到！"

接下来几天，他们精心呵护自己的绿豆芽。别人洒润豆芽的水用手试一下温度就行了，他们买来温度计，准确把握水温。别人一天洒润四次，他们洒润六次。别人用草帘给豆芽缸保温，他们用棉被。十几天过去了，状况依旧没有改观。

堂叔孙常山吃了桂仁送的豆芽，觉得很好吃。这天来到桂仁家，进门见两口子都在，就说："你们生的豆芽真好吃。"桂仁两口没觉得高兴。邻居也都这样说，白送的，吃了说句好话而已。

堂叔见两口苦闷着脸，就问："怎么了？"桂仁就把生豆芽、卖豆芽的情况告诉了堂叔。堂叔说："十里八村的，占着同一个市场。他把技术都传给你，他怎么赚钱？碍着面子教会了你，可还是留了后手。自古以来行行都这样，师傅教徒弟总要留一手。你们别心焦，再想想办法。"

堂叔走了，秀芹说："叔叔说得对，他们没有把技术全告诉我，也不愿全告诉我。我要进一趟县城，去姨姨家重学。咱们是亲戚，做买卖的地域相距又远，他们会告诉咱实情。我走后你辛苦些，不愿做饭就回家里吃，怕卖不了就减少量，生豆芽的事不能放弃，断不能停下！"

桂仁深情地看了她一眼说："好吧，你也要照顾好自己。"

秀芹又说："放心，这次取不到真经，我就不回来！"

秀芹第二天就去了县城。

秀芹走后，桂仁有了新发现，他的豆芽卖得快了。他试着把价格向上提，提到了和别人相同价位，每集还是能全卖掉。

这天集散了，他的豆芽也卖完了，正在收拾。这时和他并排卖菜的老汉和他搭讪："小伙子，生几年豆芽了？"

"才一个月呢。"桂仁回答。

"哦，原来是个处子，怪不得呢！"老汉说。

"咋了，叔？"桂仁不解地问。

"你没见别人的豆芽品相好、产量高，卖的价钱还比你的高？"老汉说。

"是啊！这是因我生豆芽的技术不高。"桂仁说。

"技术高了，豆芽可就不好吃喽！"老汉说。

"这话怎讲？"桂仁忙问。

"我问你，你用漂白剂对豆芽进行漂白了吗？你用豆芽催生素让它长胖了吗？你用豆芽无根剂让它变得干净了吗？你用防腐剂让它别出现腐点了吗？"老汉一串发问让桂仁目瞪口呆。老汉看着桂仁继续说："你用上这些，豆芽就会像别人的一样好。"

"这些药物对人有害吧？"桂仁问。

"那当然，闹不好吃完了就给你颜色看——拉肚子。"老汉说。

桂仁想了想说："别的药可以不用，可是这防腐剂……我生了不到一个月的豆芽，就开始出现腐烂点了，我真害怕有一天一整缸都烂掉。"

老汉说："生的时间长了，缸用久了，就会出现腐烂现象。这好解决，出完豆芽把缸用开水烫一遍，再放到太阳底下暴晒。"

"那下雨阴天怎么办？"桂仁问。

"那就用火烤！"老汉说。

桂仁想了想说："谢谢你，大叔！"

"不用谢，可我再也吃不上这么鲜美的绿豆芽喽！看我这张多事的嘴。"说着，他已收拾完毕，推起自己的小车，头也不回地走了。是的，桂仁每次赶集，这老汉只要遇到他，总要买一份豆芽。

"你放心大叔，我保证让你永远吃上放心豆芽！"桂仁朝他背后喊着。

桂仁回到家，见秀芹从县城回来了。秀芹迎上来，边帮着他卸豆芽筐边兴奋地说："我取来真经了，咱们的豆芽也会像别人的一样漂亮！"

"用漂白剂把豆芽漂白？"桂仁说。

"是。"秀芹答。

"再用催生激素让豆芽变胖，用无根剂把须根去掉，用防腐剂保证豆芽不出现腐烂。"桂仁继续说。

"我学的东西怎么跑到你肚子去了？"秀芹问。

桂仁说："我刚听人说的。"

秀芹说："并不那么简单，用量要严格控制，用的时机也要把握准。用不好真能闹出事来。姨姨可是真心教了我，我也觉得心中有数了，把各种药品都买来了。"

桂仁笑了笑，秀芹看着他不以为然的样子说："怎么，你不打算用？"

"那样就变成了不良食品，只好看，不好吃。"桂仁说。

秀芹说："是啊，姨姨把这些都告诉了我。只要把握好用量和时机，是吃不出来的。可是，不用的话，产量低，还不好卖。"

桂仁说："咱们不该去做丧良心的事。时间久了，人们对豆芽好坏会有正确鉴别的。现在，咱们的豆芽已经开始好卖了，产量低，赚钱少，咱们可以多生点，在量上补上。"

秀芹说："这么说我这趟县城白跑了？"

桂仁说："没白跑。尽管咱不用，可技不压人，也没有多余的。它会引领、帮助咱把豆芽生得更好。"

他们又同时竖起小臂，掰起手腕。

农村女人们话就是多，买斤豆芽还要打听一下买了谁的。赶集回来的路上，一个见另一个提着绿豆芽就问：你买了谁的绿豆芽？答：桂仁的。这一个说：桂

仁的绿豆芽不好看，但好吃。另一个问：你是买了看，还是买了吃？这一个说：当然是吃。另一个又说：那就买桂仁的绿豆芽吧！这个又说：看着不好看，吃着好吃又觉得它中看了。

　　"桂仁的绿豆芽"说着绕口，长了就简化成"桂仁豆芽"。很快，"桂仁豆芽"成了十里八村的招牌货，桂仁的买卖也越做越红火。

第二十五章

　　自从桂仁、桂田做起买卖，他们就各自起灶做饭了。桂柱娘总想着处事公正，对两个媳妇一碗水端平，别因自己的过失，带来家庭不睦隐患，那自己可就成了罪人。

　　桂田外出卖服装，秀珍闲时常来婆婆家转悠，寻找自己需要的东西。她很快把家里的地瓜、土豆和各种杂粮往自己的小家搬弄齐了。

　　秀芹也时常来婆婆家。给婆婆家送点绿豆芽或是桂仁买来的好吃好用的东西，问一下有什么需要帮忙的。每次来，婆婆总会拿出秀珍带走的等量东西给秀芹。秀芹也总是说留着家里吃吧，婆婆不依，她也只好拿着。

　　一次，秀珍来到婆婆家。婆婆明白她的来意，不想让她失望，想了一下说：桌子底下筐子里有芋头，你走时带点。秀珍把筐子拖出来，找了个塑料袋，可犹豫怎样装。是捡大的呢，还是一杂揽装？正犯嘀咕时桂枝来了。桂枝见三嫂手拿袋子，站在芋头筐旁，心里明白了，急忙说："三嫂，我帮你装。"

　　桂枝把筐子又向外拖了拖，倒在地上，又拿来一个塑料袋，边捡大的向里

165

装边说："别那么虚伪，捡大的，谁不知道大的好吃？反正记在你头上的是拿走一兜芋头。大的小的都是一兜。"她们很快装满了两兜，桂枝还把它摆弄得一般多。剩下的连毛带土装回筐子，推到桌子底下。桂枝满意地对秀珍说："我先走了。"

她连个招呼都没跟娘打，提着一兜芋头就走了。

秀珍站在那里傻了。起初觉得桂枝善解人意，为她解围，为拿到大芋头感到高兴。当桂枝拿着芋头走了，她才回过味来。这是老孙家的东西，你一个外人来捡着大的拿，还这样气势？看上去你是这里的主人，我倒成了客人。你凭什么？这是个好刮地皮的东西，要把这个家看紧。她心中忿忿不平，对桂枝更反感了，也更留意了。

婆婆坐在炕上做针线活。看着这场景，大气没出一声，任由两人折腾。

第二天早饭后，秀芹来送豆芽，见婆婆在收拾饭碗，忙舀水帮着洗碗。婆婆说："不用，没多少活儿。桌子底下有芋头，你走时拿些回去吃吧。"

秀芹答应着。洗完碗，她从桌子底下把筐子拿出来，一看是半筐芋头，就把它搬到院子倒出来，一个个择干净，并按大小分开。她边择边说："娘，给桂枝和秀珍留点吧。"

婆婆说："她们昨天拿走了，这些你拿走一半。"

择完了，她把两摊芋头分别装到两个兜里，把筐子放好，把院子收拾干净，把大的一兜放到了桌子底下，提着一兜小的要走。婆婆见了忙说："你拿那兜大的。"

秀芹说："大的小的都一样吃，我就带这些小的。"

婆婆急忙放下手中的活计走过来，把秀芹放好的那兜大的芋头拿出来，递给秀芹坚持说："你就拿着这些。"

秀芹对婆婆举止有些不解，说："娘，你就把媳妇当闺女看吧，有什么不周地方就直说。"

古语道：好儿不如好媳妇，好闺女不如好女婿。有这样的好媳妇站在面前，她还有什么好说的呢？

婆婆执意要把一兜大芋头给秀芹。秀芹没办法，只好把两兜芋头相互匀了匀，提走了其中一兜。婆婆望着她的背影，想想自己的儿女，眼里噙满泪水，一母生九子，九子各不同。

常言道：远是亲近是邻，一天一趟恨死人。说的是农村嫁出的闺女离家太近，经常进出娘家门，惹得娘家人反感。

桂枝婚后就成了这样的人。她出嫁本村，回趟娘家是几分钟的事。丈夫白天不在家，她闲来没事经常串门，串娘家门就更随便些。

桂花出嫁后，也时常回家看望爹娘，还顺便带点好吃的。回来后也总不闲着，里里外外地忙。二哥和三弟结婚后，她回家次数少了些，回来看看挺好的，没什么事就找借口上午返回。她觉得家口大，留下吃饭别惹嫂子、弟媳反感。她走，娘总想让她带点什么给公婆，别让亲家挑着礼，让桂花难堪。桂花每次都对娘说：都过农家日子，家里不缺什么。我回来带的东西，都是公婆准备的。他们知道咱大家大口的不容易，我回去带了东西，他们还埋怨我。

桂枝对姐姐来去匆匆很不满意。她对姐姐说，俗话说：儿的江山，女儿的饭店。我们回到娘家，吃得堂堂正正。尤其是我们对这个家有贡献，吃得更气势。桂花听了只是摇头。

桂枝不仅经常回娘家，还经常留下吃饭。自从做竹箅搬到了饲养院，两个嫂子又自己起灶，她回家就更频了。见有顺口的，就不走了，她来可从不带什么。一次公爹带回一些牡蛎，婆婆让她送给娘家。她先拿回自己的小家，要留下些和

刘平海一块吃。她留下三分之一，要走，觉得留得太少，又拿下几个。想了想，又拿下几个。反复几次，最后只拿了不到一半送到娘家。她当然要在这里吃午饭。吃饭时，爹娘吃了两三个就不吃了，想留几个给赶集未回的桂柱和中午不回家吃饭的桂叶。桂枝不客气，直到全部吃完。边吃还边说：这是我孝敬您的，他们想吃，让你儿子去买！现在家里富裕了，买得起。吃完后问娘：好不好吃。娘说好吃。她说：好吃就付钱，否则别想我再送给你。娘生气地说：就是不花钱的你以后也别送了，不稀罕吃你的东西。

桂枝不知道凡事适可而止，物极必反的道理。她这顿饭吃得太多，过饱，回到家就闹肚子。她还有点羞耻感，没有把吃牡蛎太撑结果拉肚子的事告诉家人。

当年，桂柱娘生了四个孩子后，就觉得不应当再生了。可这时又来了个桂枝，就取乳名叫多儿。桂枝七八岁时，懂了多儿的含意，就对自己的名字不满。每当有人这样叫她，她总噘起小嘴嚷：你是才多儿！你才是多儿！家人又顺着她的大名，改口叫枝儿。也许是多儿这个名字，也许是在姊妹中的位置，也许是天性，她性格特殊——争强好胜。哥哥、姐姐得让着她，弟弟、妹妹争不过她，这让她成了兄妹中最任性的一个。这样的性格又渐渐演变成爱沾便宜。结婚前，一母同胞凑一起，没有太多计较。当各自成家后，有了自己的天地，贪婪习性愈发凸显、膨胀起来。她也是穷怕了的人，曾发誓，一定要把日子过好。她精打细算，斤斤计较，刻薄得让人无法接受。买东西，凡是现场可试吃的，她总要先尝，甚至尝个饱。去买樱桃，她一份一份地尝，等选中一份，自己吃得也差不多了。选中了，又是挑了又挑，捡了又捡，几经讨价还价，过秤时还要添添秤，付款时要割去零头。卖樱桃的人见了她，恨不得躲开。

她经常让别人捎着买东西，也愿意给别人捎着买东西。捎到家付钱时，她总要在心里盘算一下，造成找不开零钱，又对自己有利的局面。当找不开钱，别人说零头就算了吧，她表面上装出不好意思地默许，心里则高兴又得意。

她很会算账，时常把账算给抽烟、喝酒、喝茶的人听。一盒烟多少钱，一斤酒多少钱，一斤茶多少钱。一天能抽多少烟、喝多少酒、喝多少茶，能花多少钱。算下来一月要花多少，一年要花多少，十年会花多少，一辈子又会花多少。她像个数学大师，算得让人惊心动魄，以此显示自己多么精明，别人如何傻气。

她很好事，凡事都有自己的见解，而且愿意把见解说出来。就是邻居夫妻、婆媳拌几句嘴，她都会主动站出来给他们评评理。她没有调解家务事的能力和水平，只是自以为是。多数都成了帮倒忙，周围人背后都称她是搅屎棍子。

结婚后，她回娘家见了好吃的、需要的，顺手就带走。就是一棵葱、一头蒜、两棵韭菜她都不嫌弃。她不仅对家人这样，对亲戚朋友、街坊邻居也这样。谁手里拿着东西，都不敢向她谦让。她不懂得吃了别人嘴短、拿了别人手短，任何所得都理直气壮。她是名副其实的、人们常说的属竹篦的人。

人们对这种人很反感，把这种行为称作癞蛤蟆跳脚背——不咬人，膈应人。对于桂枝，人们觉得这样形容还不够，就又给加上一句——膈应人管够。

一次她来到家，看到桌子上放着哥哥半年前买的收音机，思量了一会儿对娘说："刘平海出去做生意，把我扔在家孤单。这收音机我就拿着听个响吧，家里人多用不着。"娘摇了摇头，没说什么。她拿着收音机，抓一把哥哥从地里拔来的葱就走了。

又一次她来到家，端详桌子上坐镜下面的皮匣子。听娘说过，这皮匣子是日本鬼子投降时，她家分得的战利品。娘结婚时作为嫁妆带来了。匣子是用牛皮做的，可看上去像用木头做的一样齐整。大红的底色，用抹布一擦，锃亮锃亮的。这是做什么用的？她想象不出，可看上去像医生背的医用箱。她拿下坐镜，取下皮匣子，找了抹布边擦边说："我出嫁，你也没给点陪送，老规矩是闺女接娘的

黑头·竹范

家底，你就把这匣子当陪送给我吧！”

躺在旁边的黑头朝她叫了几声：接娘的家底？你娘还没死呢！桂枝不懂黑头的话，可也知道它的叫声不怀好意，就踢了它一脚。黑头没和她计较，站起来走远了几步。

娘说："以前都没结婚，什么事都由着你。现在有你两个嫂子，你就收敛点吧！"

这话让桂枝生气，她说："我为这个家出了多年力，帮了多年忙，这点东西算什么？这是老孙家的东西，那些外来人管得着吗？"她看娘不高兴，又说："古语说得好，天灯不如地灯亮，好煞的媳妇不如个亲闺娘。你就好好辮乎着闺女吧！等他们把你发到墙头上，还有人来照看你。"她无理搅三分，从众多俗话中找出支持自己行为的一句。

娘叹息说："怎么养了你这么个女儿！"

桂枝生气地说："我这女儿不好吗？不好也是你管教出来的！"

"管教你，你听过吗？"娘说。

"现在管教晚了，都长大了，就这样了！"桂枝说。

娘知道，管教桂枝没有意义，从来如此。她总有办法把别人对她的善意批评扭转过来，让人无可奈何，甚至自责。

她从不会示弱——除非在绝对实力面前，别无选择。看着娘难过，她不知内疚，仍旧耀武扬威着。

娘进里屋找东西，桂枝趁机赶快打开皮匣子，向里一看，吃了一惊，里面装的是戥子。曾经听爹爹讲古时说，爷爷的爷爷做过医药生意，后来败落了。传下来的只有这只戥子秤。她以前见过，秤杆是象牙做的；秤盘是银子做的；装秤的小盒子是红木做的，周边银片镶着。这是老孙家的传世之宝。要说把它带走，

170

娘肯定不会答应。她赶紧把皮匣子盖上了。趁娘还没从里屋出来，抱着皮匣子匆匆离开了。这回她没来得及抓把葱蒜之类的东西，不知良知是否让她脸红、心跳。

娘从里屋出来，见桂枝和皮匣子都不见了，叹息了一声。她生养了三个女儿，从小就注重教养。她在二女儿身上费心最多，可偏偏她最不省心。她时常在想，本性与教养到底哪个更管用。桂枝生就这样的，父母又有什么办法呢？

黑头从地上爬起来，朝桂枝娘嗷嗷叫了两声：这不是养娘的主儿！这不是养娘的主儿！又追着桂枝走出家门，对脚步匆匆的桂枝嗷嗷大叫两声：你是悍妇，你在抢东西！桂枝回头看看它，骂道："你个畜生！看家要看好外人，你傻得连自家人和外人都分不清！"

自从做竹箅搬到饲养院里，家里常常只有老主人一人。黑头觉得老主人寂寞，自己也老了，懒得跑动，就常常躺在家里和老主人做伴。见了今天的一幕，它愤愤不平，就吼了起来。

对于桂枝骂它畜生，它没有生气，觉得自己就是畜生。记得跟着主人在山里，第一次听到有人喊它畜生时，它很生气。它知道这不是个好字眼，是骂人的。自己是一条狗，一条堂堂正正的狗，没做错什么，为什么要用这个词来骂自己呢？可细想想也是，叫声畜生算不上骂自己。自己长大了要离开娘，离开时娘叮嘱，去找个主人吧，并忠诚于他，他会对你好，并给你养老送终。当时，它并没把这话放在心上。到了成年，它也生育过三窝小狗。它们长大离开，它也像自己的娘一样叮嘱孩子。孩子们走了，它曾思念它们，可它们谁也没有回来看望它。它绝望了，决定不再生育了。可想想，自己曾看过自己的娘吗？也没有，也不知道它生活得怎样。我们只知道享受母爱，接受娘养育，却不知回报，这就是畜生。所以，说自己是畜生是恰当的。用畜生骂那些不孝的人，也是恰当的。

跟着桂柱下了山，来到这个家。看到这个贫穷的家尊老爱幼，和睦相处，齐心协力，它感叹：人啊，就是人！这让它对这个家更忠诚了。它见证了这个家的振兴。可红火之后又会怎样？近来种种迹象，让它为这个家暗自捏把汗。

高秀珍要做午饭，见家里没有菜下锅，就到婆婆家踅摸。她拐过墙角，看到了桂枝的背影。见桂枝两手没有下垂，就知道她那双竹笆手又回来划拉走了什么。看那慌张的样子还敢断定，这次拿走的可不是一棵葱、两头蒜的事。她想喊住桂枝，还没来得及开口，桂枝已拐过墙角，没了踪影。进了婆婆家，她四下打量，看到桌子上的皮匣子不见了。这个家，引起她特别注意的也是那个皮匣子。这皮匣子看着奇特，似乎里面藏着秘密。她早就想找个说辞一探究竟，归己所有。没想到桂枝先下了手，心中煞是不忿。她看着婆婆，拖着腔儿说："家里值钱的东西，手中独门手艺，可要传媳妇，不传闺女。传了闺女可就改姓了！"

婆婆明白她有所指，没回答她，急忙顺着她的来意转换话题，说："家里有你二嫂送来的豆芽，还有昨天你大哥赶集买的菠菜，想吃就拿点吧。"

秀珍答应着，拿了菜走了。

晚上，桂柱见桌子上的皮匣子不见了就问娘，娘嗫嚅着，没答。桂柱明白了，眼睛又看向爹爹。爹无奈地说："如果两个媳妇不追究，这事就过去吧。易主了，还不算丢，总比家里闹起来好。"

桂柱说："欠女儿的，用钱来还，不能用祖传物件来还。"爹娘无语。桂柱暗忖：这物件不能易主，要在适当时候收回。

当晚，秀珍告诉桂田："那个属竹笆的，把家里桌子上的皮匣子拿走了。"桂田一惊，皮匣子拿走，里面装的物件她更不会放过，肯定也拿走了。

秀珍问："皮匣里面装着什么？"

桂田心虚支吾说："我不知道，不过不会有值钱的东西。"

看着桂田，秀珍说："看来你没跟我说实话。在我和你妹妹之间倾向谁，你可要搞清楚。我可是一心为咱家，你千万别和我两个心眼。家里有什么值钱的东西，要早告诉我，咱们想办法。要不，这个家早晚会被她掏空的。"

桂田急忙解释说："我怎么会和你俩心眼呢？这个家穷了十几年，能有什么值钱的东西？"

第二天，桂田把这事告诉了桂仁。桂仁想了许久说："这是老孙家传世的东西，绝不能在咱这一代失去。她喜欢就让她先收藏一段时间吧。"

桂田说："这事就由你处理吧，我不管了。"

桂田明白，如果秀珍得知实情，会把这个家闹翻的。姐姐当年的话灵验了，这两个人凑一块，真的没有安静日子。他恨桂枝自私，更恨她怎么不远丢丢地嫁出去，偏偏留在家门口。这个搅屎棍子，让这个家不得安宁。

第二十六章

　　一九八三年春天，桂柱家的竹笆生意异常红火。两个妹妹出嫁了，两个弟弟白天忙自己的事和地里的活，可这丝毫不影响今年竹笆的产量。今年雇了四个人，加上爹爹五人一天也不停歇地干。晚上两个弟弟和小妹妹还来帮忙。被雇的人见他们父子晚上也干，就问：我们晚上来行不行？桂柱说：可以，干一晚上算出半天工。他们高兴地答应了。

　　竹笆和扫把的产量噌噌地向上涨。正月买来的竹竿和竹枝子很快用完了。这带来两个问题，一是资金不足，二是销售问题。资金问题好解决，他们家已得到社会和银行完全认可，到信用社贷款容易办到。销售可不能有闪失。付了钱买来料，付了工钱做成竹笆、扫把，要是销不出去，垛在家里，那可是要命的事。

　　尽管还没到销售旺季，桂柱不敢怠慢，每天都去赶集。麦收季节打麦场上需要竹笆和扫把，这是销售竹笆和扫把的旺季，绝不能出现差错。他每天把三轮车装得满满的，捎带着卖点，主要是去布设代售点。由于桂柱舍得让利，很多商店都愿意为他代售。去年秋季他已布了十几个代售点，今年麦收前已布到了二十几个。桂柱忙得不可开交，可心里亮堂。他预测，今年麦收小旺季，竹箅、扫把的销售收入，有可能与去年秋冬大旺季媲美。

近来有件让桂柱闹心的事，李村市场的货出现了滞销。李村是公社所在地，也是本县除县城外最大的镇。这里不仅集日下货量大，就是平日销量也很可观。桂柱在这里布设了三个代售点，开始销售状况令人满意，可十几天后，销量急剧下滑，代售的人表示不想再代销了。桂柱明白，这是李村镇上的"地痞"张大山作的妖。

张大山家也做竹箅，父亲领家人做，他在外面销售。他家做的竹箅论质量和桂柱家的不相上下。他见桂柱在这里设了代销点，立刻布了六个代销点，把桂柱的代销点全夹在中间。并对桂柱的代售人放言威胁。他用心不善，起到的作用更是显而易见，他要把桂柱挤出李村市场。

该怎么办？桂柱想，这块蛋糕即使不能独占，也要拿下一半，绝不能拱手让给别人。参加县个体经济誓师大会同寝室的"高人"对他的指点用上了，落价！桂柱找到给他代售的人，说给你落价五角，你把零售价也落下五角，这样你获利不变。代售的人见供货价低了，仍有利可图，同意继续代售。五天后桂柱回来，代售的人告诉他，张大山的竹箅也下调了五角。桂柱说，我再下调五角。这对桂柱来说没什么，他有的是竹箅、扫把与之抗衡。桂柱对成本进行过仔细核算，再下调五角仍有微利。张大山扛不住劲了，他的经营规模没有桂柱大。桂柱在这里微利经营，只占生产经营的一部分。张大山拿出全部产品微利经营，与桂柱抗衡，可就惨了。这天散集后，张大山找到桂柱说："咱们别两败俱伤地竞争了，把价格都调回来，做共赢的买卖。"

桂柱说："是你先挤兑我，你先把价格调回来吧。"桂柱这样说，心里却在想：

你是这里的"地头蛇",我把价格调回来,就等于我放弃了这个市场。要共赢?就这么大的湾,就这么多的水,里面有多少鱼是个定数。你得多了,我就少了;我得多了,你就少了,这里面没有共赢。

张大山一听,说:"这是我的地盘,容不得你来兴风作浪!"

桂柱说:"没有哪家王法规定,这里不许别人做买卖。"

张大山说:"敬酒不吃吃罚酒?那就走着瞧!"说完转身走了。

桂柱听了张大山使横的话,心里忐忑。明里竞争,他坚信张大山不是对手。要是采用下三滥手段,自己还真弄不过他,尤其自己的身体无法与常人抗衡。桂柱怕家人为他担心,没把这事告诉家里人。他的不安没有逃过黑头的眼睛。每天早上桂柱装车,黑头都站在旁边。这天赶李村集,桂柱装好车,见黑头站在那儿,就在车斗里挪出点空间,黑头忙跳了进去。这天,黑头形影不离地跟在桂柱身边。

散了集,桂柱到各个代销点把要处理的事情办妥,要返回时发现,三轮车的轮胎被人用锐器割破了。他费了一下午时间才找到修车店,把轮胎修好。当他发动起三轮车时,天已黄昏。

他出了李村,走到一个偏僻坡陡的狭窄路段,见路中间有几个大石头挡住了路。他急忙刹车,这时路边灌木丛中冲出两个手拿棍棒的蒙面人,其中一个举起木棒向他劈来,桂柱上身一躲,打在他的左膝盖上。与此同时,黑头从后车斗一跃而起,跳向挥棒的人,咬住他的肩头把他拖倒。另一个人本想也擎棍打桂柱,见状急忙砸向黑头。桂柱一惊急喊:"黑头!"这一棍子下去,正好能打在黑头腰上,这对黑头是致命的。机灵的黑头闪身一躲,他打了空。黑头松开前一个人,又扑向第二个人。桂柱要下车助黑头,可受伤的那条腿一着地,他便栽倒了。

这两个人斗不过凶悍且为了主人发疯的黑头。瞬间,他们衣裤破碎,胳膊、腿上都流着血。他们无法与黑头抗衡,抽身就跑,黑头紧追。桂柱见他们已跑远,喊一声："黑头！"黑头急忙转头跑回来，站在桂柱身旁，头机警地转着，扫视四周。桂柱感激地抱着黑头，把脸贴到它的头顶上。要是没有黑头，今天很可能就是个车翻人亡的惨剧。

桂柱忍着疼痛，扶着黑头爬起来。他觉得左腿已不能支撑身体。他爬到路中间，在黑头的帮助下，移开了石头，摸着黑启动起三轮车，黑头跳上后斗，上了回家的路。

当他走到村头，见到了急切眺望他的两个弟弟。回到家，桂柱把发生的事情说了。娘抹着泪问他伤势，他安慰娘说："没伤着骨头，就是点皮肉之苦，过几天会好的。"

他嘴上这样说，可左腿膝盖的疼痛感告诉他，这里有可能留下终生伤痛。桂柱在想，他们有可能是冲着这条腿来的，要不是自己护得紧，这条腿恐怕就废了。

桂叶依偎着娘，看着大哥，流着泪水。

桂田说："明天咱弟兄四个一块去李村，收拾那小子。"

爹爹说："强龙不压地头蛇，李村这市场咱就放弃了吧！"

桂田说："不行！就是放弃，这顿打也不能白挨，明天到派出所报案！"

第二天，桂柱在桂田陪同下，拄着双拐到了黄村派出所。派出所答复，案发地在李村，那里由李村派出所管辖，你们应当到那里报案。两人失望地出了派出所，不知如何是好。到李村报案？那是张大山的地盘，到那里会有好果子吃吗？

他们正不知所措，迎面走来公社李主任。李主任见桂柱拄着双拐，惊讶地问："这是怎么了？"桂柱把事情的来龙去脉详细讲了，并把黄村派出所的答复也告诉了他。

李主任深感沉痛：随着改革开放，人民生活改善的同时，不少地方、行业出现霸市现象，严重干扰市场的正常运行。桂柱是他培育起来的万元户，为桂柱，

也为市场秩序，自己不能坐视不管。他说："在李村管辖地上发生的事，打的却是我们黄村的人！这是跨域案件。现在就走，我领你们到县公安局报案！"

他们到县公安局报了案。法医对桂柱的伤势进行了鉴定。鉴定结论，左腿髌骨粉碎性骨折，大腿的股骨和小腿的胫骨均有裂纹。结论是：暴力钝器导致左腿重伤。医生要求桂柱住院治疗，桂柱思量再三没答应。他觉得家里离不开他，麦收就要到了，竹筢、扫把的销售旺季就在眼前，不能耽搁。他觉得自己能支撑，只做了骨头定位和包扎就回了家。

案子是作为全县整治市场环境典型案例立案，使案件加快了侦破和审理。三天后李主任告诉桂柱，这是张大山指使手下人干的，他们已被刑事拘留。一个月后李主任告诉桂柱，张大山因犯有欺行霸市罪、故意伤害他人罪被判处有期徒刑三年，包赔桂柱医疗费二百元，动手的两人被判处有期徒刑一年。

桂柱问：判他欺行霸市罪是因为我吗？李主任说：他欺行霸市几年了，涉及多个行业。他寻衅滋事，打架斗殴，并有前科，是数罪并罚。他民愤很大，罪有应得。

桂柱心里踏实了。张大山的竹筢生意倒台了，李村的竹筢市场又回到了桂柱手中。

桂柱从县公安局回来躺在炕上，心焦地想着竹筢、扫把销售的事。让他宽慰的是，麦收销售旺季还没有来，且他已把各个代售点铺满了货，耽误三五天没问题。

晚上秀芹对桂仁说："大哥身体本来就不好，这一伤就别让他出去了，让他好好休养一下，咱把生豆芽的事先放一放，你替他出去跑一阵子。"

桂仁没回话。过了一会儿秀芹又问："你不愿意？"

桂仁说："我当然可以顶替大哥，可你没想想老三两口会同意吗？"

秀芹沉默了。她明白，老三两口本来就惦记着家里的钱，对大哥都不放心，会对桂仁放心吗？桂仁去卖竹篾，他们肯定又会闹出新幺蛾子。她考虑了一会儿又说："他们要是对你不放心，就让三弟去吧，反正不能让大哥再去跑了。"

桂仁说："让他去接替大哥，他们会很高兴的。我问你，这样你放心吗？全家人会放心吗？退一步讲，咱们及哥哥、爹娘对他们的贪婪不去猜疑、计较，对桂田的经营能力还不放心呢。再说，钱绳到了他们手里，别人且不说，桂枝就能把这个家闹翻。"

秀芹说："桂枝还管这事？出嫁的女儿回来争家产？"

桂仁说："你看着吧，她会的。"

"这该怎么办啊！"秀芹担忧地说。

桂仁说："再等等，看看大哥的伤势再说。各代售点已铺满了货，停几天没问题。"

隔壁桂田两口，也在谈论这事。秀珍说："大哥还能去卖竹篾吗？"

桂田说："他伤势不轻，真不该让他再去了。"

秀珍说："那谁去？"

桂田说："就让二哥去吧。"

"让他去？你要把这个家的钱绳交给他？让他当家？"

"不是他当家，他卖了钱回来交给爹或大哥。"

"他能交出来，可兜里留下多少，你知道吗？"

"二哥是个靠实的人，不会那样做。"

"他不那样做，有人会教他那样做。"

"二嫂也是个正直人。"

"你就这样信任他们？你就没有听说过天下第一家的故事吗？天下第一家之所以能成为天下第一家，就是因为在他们家里，娶了亲的人不能当家。人娶了亲，就有了私心，就是没有私心也有老婆拽着。"

"那你说该怎么办？总不能我说我去接替大哥吧？"

秀珍想了想说："如果他们让你去你就去。"

"我去卖竹箆，家里服装怎么办？"

秀珍说："服装好办，那东西也坏不了，放多长时间也没问题。再说，我也能把它处理掉。"她知道，竹箆场这块肉要比卖服装大得多，也肥得多。何况现在服装生意惨淡。

桂田说："二哥接替大哥你不放心，我去他们就放心了？"

秀珍又寻思了很长时间说："既然谁对谁都不放心，就借这个机会把竹箆场好好理顺一下。大哥当总管，在家里照看着，你和二哥卖竹箆，让二嫂当会计，我管现金。这样就清清亮亮的了。"

桂田说："为这么个小作坊兴师动众，会成为别人的笑柄。"

"那也不能一锅糊涂浆，让人不舒服。"秀珍说。

"还是看看大哥的伤势再说吧！"桂田说。

钱啊，钱！你能营造安宁的港湾，也能掀起惊涛骇浪。

第二十七章

桂柱被人打伤后，就从竹箔场搬回家里来住。娘把炕烧得热热的，宰了老母鸡，为他煮了汤，让他补补身子，好好休养。家人天天盼着他早日康复。

爹娘心里明白，这个柱子，尽管是个弯腰的柱子，但在家中地位无人可替代。如果他倒下，无疑是家中的一场灾难。五六天过去了，爹娘的心事在日日加重。

桂仁每天晚上都回家看望哥哥。这晚，桂仁来了，爹爹对桂柱说："你感觉怎样？别硬撑着，不行就让你二弟或你三弟去各个代售点跑一下。"

这几天，桂柱也一直在思考这个问题。自己还能不能开车跑下去？不能，由谁代替？考虑的结果是没有合适的人能替代他。他已感到，自弟弟妹妹结了婚，一向和谐的家中隐含着危机。原来全家人齐心协力，同向而行，朝着同一个目标。现在，有人怀揣小算盘。这些问题处理不好，可能会招来大麻烦。自己还没到能歇息的时候，还要干下去，直到把该处理的事处理完。

可自己这条腿，不可能恢复到原来的状态了。自己还能支撑下来吗？他想起了赶集经常见到的独腿人。他只有右腿，左手里的拐棍垫在左屁股下，就成了

他的左腿。他一手拖着装有四轮的箱式小车，一手扶拐棍，每天到街上做生意。时常有好心人要帮他一把，他总是感谢而又拒绝，笑笑说："谢谢！我能行！"他谢绝别人的帮助，是因为他有自己独特的用力方法和行动方式，别人无法理解和适应。帮忙往往会使其失衡，变成帮倒忙，甚至会导致他摔倒。

桂柱想，他只有一条腿，我毕竟还是两条，尽管一条是坏的。他能行，我也一定能行！现在，不管桂仁还是桂田，谁来顶替他都会使这个家庭失衡，出现变数。要继续撑下去，让这个家渡过关口。他咬着牙告诉爹："我能行！"

桂仁说："要不这样，我开车拉着你去。"

桂柱察觉到桂仁理解他，清楚这个家的现状，很欣慰地说："你早上帮我装好车。到了集上，我让代售点的人帮我卸车，其余的我能干。"

就这样，他受伤后休养了五六天，带着双拐又上了赶集的路。

这天，桂柱赶集半下午时回来了。他开着三轮车进了竹箷场，见小妹妹桂叶抱着一抱竹批子从屋里走出来。他一想，今天是星期天。

桂叶每天晚上下了自习，都跑过来和一家人一道干到十点多，星期天更不例外。她觉得竹箷场里，有她该承担的责任。她在竹箷场也着实有别人不可取代的作用。

桂叶见哥哥归来，快速向外走去。她知道哥哥下车困难，想去扶他一把。她顾不上看脚下，一支竹竿绊了她一下。她一个趔趄，抱着的竹批子滑出了手。她哎哟一声，迅速用左手握住了右手。血霎时顺着右手指滴下来。桂柱下了三轮车快速走来。他边走边想，妹妹细细嫩嫩的手，怎经得这锋利的竹批子割？他拿起妹妹的手，惊呆了。妹妹是一双大手，硬硬的，手上的老茧不比他手上少。这哪里是一双少女的手？这是一双劳动妇女的手啊！手掌割破了，血顺着手指流。

他说："快去村卫生室包扎一下。"

桂叶说："不用，洗一洗，找点布包一下就行。"

"不行！"他拉起妹妹，挥动着拐杖往外走。

桂叶多年来的身影在桂柱脑海里飘过。小妹妹从小就默默地干活。家境不好时，她放学去挖野菜，捡烧柴。家里不缺吃的了，她一日三餐帮娘做饭。从家里开始做竹箔，她更是里里外外地忙。从来听不到她说学习上的事，家人也从不过问。

农家道：大的穿新的，二的穿旧的，三儿穿补补丁的。桂叶在家中女孩排三，从小到大穿的全是两个姐姐穿下来的衣裳。她十六岁了，只记得给她做过一身新衣裳。是在她两个姐姐出嫁时做的。她两个哥哥结婚时，全家人做新衣裳，也想给她做一身。她不依，说自己有新衣裳了。是的，两个妹妹结婚时，家里钱紧张，家人都没做新衣裳。觉得她是女孩，又要场面上帮忙，就给她做了一身。这身衣裳她着实穿过几次，他清晰记得。一次是姐姐出嫁，一次是哥哥结婚，再一次就是过年。她舍不得穿啊！

她穿得破旧吗？街坊邻居和她的同学可没有这印象。她把姐姐穿下来的衣裳洗得干干净净，在敲衣石上用棒槌捶得板板正正。再经她修整，穿在身上是那样得体。她从小就跟着娘学缝补衣裳。十岁时就能像娘一样，把补丁补得平平整整，针脚匀称。十二三岁时就胜过了娘，因为她补的补丁带有设计。肩头上扎着用红、绿、蓝各色碎布拼成的花儿，膝盖上有一对瞪着红眼睛，捧着红萝卜啃的小白兔。俗语道：笑脏不笑旧，笑破不笑补。不知内情的人，不认为她穿的是旧衣服，还以为她是在着意装扮自己。知道内情的人对她更是怜爱有加。

她从没有多余的话，话出口总是在窝在场，更不和姐姐争什么。她从不惹人讨厌，也从不惹人注目。在家中似乎有她不多，无她不少。可桂柱细想一下，

这个家中，有她不多，没她可真就少了，她有太多不可取代的作用。家中做饭、洗衣、喂猪、喂鸡鸭，收拾家务，没有她，娘不可能全担当起来。竹笆场里没有她，也不会这样整洁有序。她为这个家做着不易被别人察觉的事，默默地付出着。

　　繁重的家务耽误她学习了吧？是啊，这个家从来没有把学有所成、出人头地的希望寄托在她身上，而是对小弟桂生寄予厚望。家人从不敢耽误小弟的学习，相反，一再催促他学习。桂生今年第三次参加高考，桂柱时时挂在心上，为他捏把汗，却从来有没关注过小妹妹。只是听街坊说，小妹妹是个好学生，学习成绩很好。好到什么样？他说不清楚，把小妹妹疏忽了。他自责现在才想起小妹妹，深感内疚。小妹妹今年参加中考，能考什么样？他心中无底。

　　第二天下午，桂柱赶集回来，在竹笆场停好三轮车就回了家，来到桂叶房间。

　　这个多年来一直住多人的房间，现在只有小妹妹自己住。桂叶为这事很高兴，她说："我比姐姐幸运，有自己的房间。"这个旧房间经她手整理，变得很整洁。破损的炕边、墙角，她用纸糊好，显得整洁；陈旧的窗户她擦干净，糊上白纸，显得亮堂。炕上墙壁的摆放台上，放着一个纸箱子。桂柱知道，这里面有小妹妹的秘密。她时常把它拿上拿下，却从来不让别人动。桂柱上了炕，把纸箱拿下来，打开了。箱子里最上面是个大牛皮纸袋子，他感到好奇，打开一看，里面是一摞厚厚的纸。他把它拿出来，一张张地看。看完了这十张纸，他惊呆了。五张是她上初中五个学期的三好学生奖状，五张是五个学期全公社统一考试名次奖。名次奖中，是两张第一名、两张第二名和一张第三名。妹妹啊！别人都是把奖状挂墙上，你却把它藏到了纸箱里，不！这是藏在自己心里。

　　他不需要再看下去了，这十张纸已把她交代得清清楚楚，明明白白。他把这十张纸装进牛皮纸袋，放进纸箱，又小心地把纸箱放回原处。

　　这时桂叶放学回来了。他端详她，她在他眼前像突然长大了。她的裤子短了，裤脚触不到鞋面，露出脚脖子。衣袖短了，更显得她手臂修长。窈窕身材不亚于被全村人称为美女的桂枝。他拿起挎包，抽出十张大团结，递给桂叶说："星期天去黄村买身新衣裳。"

桂叶不敢接。她清楚，这是她老师近三个月的工资。她看着哥哥，拘谨地说："哥哥，我不需要。"

"你需要！就要中考了，你要打扮得庄重、漂亮，落落大方地去考试！"桂柱郑重地说。

"就是要买，三十元就够了，不需要这么多。"桂叶说。

"那就买两套、三套，里里外外全换新的！"桂柱说完，把钱塞到桂叶手里转身就走。他怕当着妹妹和娘掉出眼泪。

娘说："你就接着吧，十六岁的大姑娘了，真该打扮打扮了。"

桂叶看着弯着腰，背着包，拄着拐离开的哥哥，再看看捂着脸的娘，掉出了眼泪。

俗话说，好钢用在刀刃上。钱啊，钱！你这个没有钢火的东西，应当把你用在哪里？

今年麦收期间，这个家把经营竹箅、扫把的生意推向了新高峰。一春天制作的产品几乎全部销售完，销售额突破万元。桂柱舍不得提高消费水平，又拿出六七千元新进了竹竿和竹枝子。就现在的形势看，秋冬还能拿回两万多，甚至三万多的销售收入。今年，要把万元户踩到脚下，向双万元户、三万元户迈进。桂柱不忘盖房子的事，他去了村支书家，递上了明年盖两栋房子的申请。他要让爹娘离开那老旧房子，住上新房。也要为自己和姜秀英准备一栋新房。

美好的愿望下，桂柱在为自己的腿担心。这一个多月，他是咬着牙，流着

汗干下来的。开车途中，卖竹笆的集市上，晚上躺在炕上，他的膝盖都钻心地痛。一个多月来，没有好转的迹象。进入七月，销售竹笆、扫把已进入淡季。桂柱把各代售点布满货，把原材料备齐，要在家里休息几天。

自受伤后，娘多次催他到医院看一下，可时间就是金钱，耽误不起。现在进入淡季，他答应了娘的要求。

桂花夫妇主动提出陪哥哥去医院检查。他们到了县医院，检查结果是，大腿股骨和小腿胫骨裂纹恢复良好。但由于缺乏休息和保养，导致膝关节发炎并产生积液，并随时有可能转成化脓。医生建议手术治疗，否则这条腿有可能残废。他问大夫需要多少钱，需要多长时间。大夫告诉他，第一次手术治疗需要一个月，花费要上千元。但现在他的病情已不是一次手术就能完全治好的。后续时间、花费现在没办法确定。

桂柱没答应立即住院，说回家准备一下，就拿了药回家了。桂柱要求桂花不要把病情告诉家里人。桂花不同意，说要抓紧时间治疗，这是关系到一辈子的事，不能有闪失。桂柱说，告诉了也只能是让爹娘焦心。不如暂时不告诉家人，我准备足了钱，就来住院。桂花说：如果钱不凑手，就告诉我们一声。桂柱答应了。

桂柱回家后告诉娘，吃着药，休养一个月就好了。

钱啊，钱！人人、事事都瞅着你！

第二十八章

　　桂柱没有把自己的病情告诉家人，是因为家里有事情等他处理。桂生参加了第三次高考，分数公布下来了，越过中专录取线六分。桂生去查了体，填报了志愿，能否被录取？录取了又需要花多少钱？桂柱心中无底。桂叶参加了中考，她上高中也需要钱。桂柱想，只有把这些事情处理妥了，才能考虑自己的事情。

　　桂生考试结束后，一直在家里转悠。他不愿意去做竹箆，更不想一辈子当农民。他心里盘算着，录取了就去上学，录取不了还要复读。一年长三分，下一年超分数线九分就能被录取。退一万步讲，再复读上两年，超分数线十二分，就有把握上学了。爹爹对他这种不气馁、勇于向上的精神很支持。

　　中考分数还没到公布的时间。考试结束后桂柱问小妹妹："考得怎样？"她轻松地说："可以。"桂柱知道，这个"可以"，就是在全公社不下前三名。他高兴得差点掉出眼泪。桂叶看着纳闷，问："哥哥，你怎么了？"他说："小妹妹，你才是最棒的！"桂叶明白了哥哥的意思，不好意思，也自信地笑了笑。考试结束这段日子，她除了帮娘做饭，就是靠在竹箆场，里里外外忙个不停。

桂柱从县医院回来的第二天，桂生在学校里得到了个重要信息。老师说："你考了三年了，尽管分数年年在涨，却涨得很少，说明你的水平就这样了。继续复读，甚至会有倒退现象。但是，今年你这个分数能否被录取，我看还是很渺茫。"老师的话让他感到沮丧，可接下来的话又让他高兴。老师说："上级给了咱公社两个中专委培名额，毕业后由县里统一分配。委培生要交六千元委培费，由个人负担。这也不是谁想去就能去的事，也要从未被录取的高分考生中选拔。你符合条件，也最适合你们这些考了几年，且进步不大的考生。你考虑一下，尽快给我个答复。"

他想，别说上学深造拿文凭，就是花六千元买个吃商品粮的"国家人"，也是多少人连想都不敢想的事。他觉得这是他几年努力的成果，值得自豪。这个消息把他从抑郁中解脱出来，像打了胜仗的将军，兴致勃勃地回到家，把事情告诉了爹。爹当然高兴，可还是叹息了一声：六千元啊！这不是个小数目，能拿得出来吗？再说，两个儿子结了婚，家里有了媳妇，还没有分家，他们会怎样看待？会同意吗？这需要和他们商量一下。

钱啊，钱！你是个浑身长刺、要拿扎手的东西！

下午收工了，爹爹站起来。桂叶走过来，用笤帚把爹爹身上的落尘扫干净，又把自己身上清扫、整理一下，最后和爹一块离开竹箆场。出了门爹对她说："去告诉你两个哥哥和嫂子，今晚都回家，有事商量。"

桂叶知道爹爹要商量的事，对此，她心里觉得很不安。她去新房子告诉了两个哥嫂，又顺便去了堂叔孙常山家。见了堂叔她说："叔叔，今晚有时间，就到我们家坐坐。"

"有事吗？"孙常山问。

"没什么事，就是我爹要和哥哥们商量四哥上学的事。"

"哦。"孙常山听说了桂生要花钱上学的事，思索着点了点头说："好，我去。"

晚饭后，两个媳妇和两个儿子一块来了，一家人坐在一起。今晚要商量的事，全家人都知道，却都沉默着。桂叶向门外张望着，惦记着叔叔怎么还不到。这时孙常山进来了，桂仁给他搬凳子，倒水。堂叔坐下说："恭喜生子有上学的机会了！"

常玉不知道堂弟怎么会在这个时候来。又觉得今晚他在也好，就接过话题说："生子考到这个份上也不容易。我想，咱抻抻腰筋，这学就上了吧！他上了学，自己有点出息，毕业后在外面工作，还能给家里省栋房子。"

没人回话，五分钟过去了。桂田慢悠悠地说："六千块钱啊！能盖几栋房子？一个公社干部或教师，一个月的工资是三四十元，挣这六千元需要多少年？"

其实这话用不着说，全家人都明白。堂叔不好表态，一直在观察着。没有人说话，爹爹的眼神在儿子、儿媳脸上转了一圈，适时说道："账是这么个账，可咱几代农民，现在出个读书人，以后家里有个有头有脸在外面工作的人，也是件幸事。能供得起，还是供吧。"

全家人理解爹爹，都认了这事。桂生暗自高兴着。长时间沉默后，爹爹想说，没有什么看法，这事就定了，再议一下怎样筹钱。这时，三媳妇秀珍看了公公一眼，塌着眼皮说："你是当家人，你说了算。你拿了主意，那还商量什么？"没人回话，她又接着说："一个大男人，真能啊！一年挣三分，这分数也太值钱了，一分就是几千块。"

桂生觉得全家都认可了，三嫂这是在挑事，就气哄哄地说："这分数当然值钱了，我考了四百多分，按你的算法我挣了多少钱？现在差这三分，需要六千元，家里补上，有什么不可以？"

秀珍说："哟，你倒成了功臣了，你挣了几百分，价值几十万，与我们有一毛钱的关系吗？你需要六千块，这六千块与你又有一毛钱的关系吗？"

桂生说："怎么没关系？关系大着呢！咱家几代没出个读书人，没有个'国家人'。我学业有成，跳出农村成了'国家人'。给这个家争了光，耀了祖，成了村里数得着的人。这是我为这个家做出的大事。不像你们鼠目寸光，拼命挣钱，就是为了盖个房子、娶个媳妇、过个小农日子。"

秀珍说："你当这是古代考状元啊！考到七十岁也要考，考不上就花钱去买啊？"

桂生说："笑话我？你也有机会，你怎么不去考考看？"

秀珍恼怒地说："有本事就自己挣钱去买！花别人挣的钱，还理直气壮，亏你说得出口，脸皮像鞋底一样厚。"

桂生说："我花钱也没花你的钱，与你没有关系。"

秀珍说："没花我的钱？与我没关系？我嫁过来就是这个家的人，是内当家。你哥哥挣的钱，就是我的钱，我发言权大着呢！"

桂生说："哥哥挣的钱我没花，花的是爹娘的钱，是爹娘供我上学。"

秀珍说："爹娘就在这，你问问他们，他们能挣这么多钱吗？"

桂生说："不管爹娘挣多少钱，反正我上学是他们供的。你们非要说我花的钱是你们挣的，那也是你们在帮爹娘，与我没有一毛钱的关系。"

全家人都瞪圆眼睛看桂生，稍时又转向爹爹。桂仁见话扯远了，就圆场说："都别说了，不管钱是从哪来的，这学该上还是上吧。别说为了谁，就算为咱这个家吧。"

桂柱叹息了一声，对着弟媳秀珍说："老小在家总是受些宠，任性一些。为了这个家，咱们做哥嫂的不去和他计较，让一让就过去了。"

"我怎么受宠了？我怎么任性了？"桂生对着桂柱说。

桂田说："这不是明摆着嘛！咱们是一奶同胞，都是吃娘的奶水长大的。你没为家里挣一分钱，是爹娘和哥哥、姐姐们齐心协力改变了这个家，才供得起你上学。现在你要花这么一大笔钱，你不感激哥姐也就算了，怎么还能自以为是？"

"我占便宜了吗？一奶同胞也是你们吃了娘的第一口奶。"桂生说。

"你不是吃我的奶水长大的？"娘急了说。

"吃也是吃他们吃剩下的。"桂生说。

娘放声大哭："畜生啊！畜生！"

爹爹也怒不可遏："你这个畜生！"他可从来没骂过自己最宠爱的小儿子。

黑头仰头狂叫：别侮辱我们畜生！我们畜生长大了忘了娘，却没长大了还拖累娘。

桂柱从凳子上站起来，蹲下，抱起黑头的脖子，说着黑头能懂，家人可不一定懂的话："别委屈，你们畜生一直是畜生，人啊，有时是人，有时是畜生，有时连畜生也不如！"说完又叹息一声说，"禽有禽言，兽有兽语，混账也有混账的逻辑！"

黑头又叫了两声：禽言兽语也有自己的道德准则。这混账逻辑没有道德底线！

全家人无语。其实，尽管爹娘、哥哥们对桂生不满，还是同意他上学的，毕竟家里出个念书的不容易。大家都默默抱怨桂生，你说句暖人心的话，这事就过去了。你就是不想说，闭嘴不也就完了吗！可恨桂生，以自我为中心，心中没有他人，振振有词，胡搅蛮缠，一派自私的逻辑。说得让人寒心，让人刺痛。家人沉默着，不知道该怎样收场。

又是秀珍打破沉默说："花了钱买学上，上了学还要花钱。后面还一个呢！"

大家明白她在说桂叶。爹爹说："叶子考上不花钱的重点高中就去。如果

成绩差，需要花钱就不去了。考上普通高中，考大学没有希望，也就别去了。"

桂叶说："我初中毕业了，就不上高中了。"说着含泪低下头。

桂柱情绪激动，说："你要上高中！你告诉他们，你能考上重点高中，以后还能考上大学！不是中专！"

桂叶哭了，不语。桂柱吼着说："你说！"

桂叶抬起头，两行泪水直流下来。她看着大哥使劲地点了点头，声音很小，底气十足："我能！"

秀珍说："这不来了？等挣着钱把他们供到大学毕业，我们也就老了。我们嫁过来是为过日子，不是挣钱扶贫上大学的，我们没这责任。"

"小妹妹的事就不用你们操心了。"桂柱说。

"是啊，女孩嘛，心眼一活，钱来得容易着呢！"秀珍妖声妖气地说。

桂柱站起来，颤抖着身子走到堂间，拿过菜刀，放到自己的脖子上，愤怒地说："谁再敢侮辱我小妹妹，我就跟他拼命！"

秀珍说："哟！要出人命啊！我嫁过来就没想离开，就想死在这里。早死晚死都是死，你就动手吧！"说着从炕上站起来向下走。秀芹急忙抱住她。桂仁也急忙下炕抱住哥哥。黑头迅速从地上爬起来，两眼在桂柱和秀珍之间机警地巡视。堂叔孙常山急忙站起来，去夺桂柱手中的菜刀，说："柱子！你这孩子，快放下！别干畜生事！"

黑头汪汪叫了两声：要是我，非撕开她的肚皮，看看她的心是黑的还是白的！

秀珍嚎啕大哭，边哭边说："这日子没法过了，在一起穷不死也气死了！分家！赶快分家！"

桂田说："分家就说分家，别闹了！"

过了十几分钟，家里静了下来，只有娘和桂叶仍在啜泣。爹爹痛心地说："强扭的瓜不甜，既然到了这个份上，分就分吧！宜早不宜迟，过两天就分吧！"

第二十九章

　　秀珍和桂田回到自己房里。一进门秀珍就对着桂田吼："你说这家怎么个分法？"

　　"这还用问吗？把咱和二哥分出来，他们继续一起过。"桂田说。

　　秀珍说："这么大的家业，让我们走净人？有这么便宜的事吗？"

　　桂田说："那你说怎么分？"

　　秀珍说："我问你，竹箅场值多少钱？家里还有多少钱？"

　　桂田说："竹箅场有六七千元钱的竹竿、竹枝子和半成品，家里存钱说不清，不过也没多少了。"

　　秀珍说："我是问你竹箅场的原料做成成品能卖多少钱！"

　　"能卖两万多块吧。去了工钱、料钱，能剩一万多块。"

　　"把咱分出来，这些钱就不要了？这是一家人出力积攒的家底，有咱的一份！"

　　"有咱的一份，你说该怎么办？"

"分给咱啊！"

"你说分竹箧场？把竹箧场的物料都分开，都别干了，还是各人干各人的？"

秀珍语塞。她是个糨糊脑子，只知道钱，谈到正经事就说不出个所以然。桂田见状又接着说："竹箧场走到这一步不容易，也真的很赚钱，不该把它搞黄了。本来以前那样就挺好的，不管账目清不清，总还有咱一份。你坚持分家，分清亮了，咱们脱了钩，你再想闹也没地方闹了。"

"你想放弃？没那么容易！我倒要看看他们怎么个分法。要是不公，我就跟他们没完！"

"你还是少闹吧！"

"少闹？都要动刀子，出人命了，你还在这里充大个？看你这个窝囊样！自己顶不起来，该争的不争，老婆替你去争你还拦着？老婆叫人杀了你也不管！"

桂田见无法与她说下去，就换了笑脸抱她，哄她说："好了，咱们才是最亲近的人，这些事以后再说。"

她一推说："不跟我一个心眼，就离我远点儿！"

她不理桂田，衣服也没脱，把被子卷到身上就熄了灯。

隔壁的桂仁和秀芹也在议论分家的事。秀芹问："这个家能怎么分？"

"这不是明摆着嘛！"桂仁说。秀芹无语，过了一会儿问："做竹箧是不是很赚钱？"

桂仁说："是很赚钱，可这是全家人抱团，才形成的很赚钱。大哥对外是高手，买竹竿很内行，卖竹箧、扫把更内行。他在各集市设上代售点，一个人就能把咱七八个人做的竹箧、扫帚销售出去。做竹箧爹爹是高手，领着把竹箧、扫把做得又好看、又好用，到了哪个市场都压市。咱做竹箧内行，雇来的人就不糊弄咱，都尽心尽力地干。咱家做竹箄赚钱了，别说咱村，就是三十里、五十里的，谁不眼红？可谁敢试试？不管是做竹箄还是卖竹箄，谁都没有咱的实力。"

秀芹说："咱这竹箄场真不该散伙。"

桂仁说："是啊！前年咱们是假万元户，去年就是真万元户。要是抱团干下去，今年就是双万元户，甚至是三万元户。家业干好了，老四和小妹花那点钱算什么？老四是有点不像话，让一让也就过去了。老三两口子这一对蠢货，只会算小账，不会算大账。好好的家业不干，耍自己的小聪明，想做大买卖，你看他们卖衣服赚钱了吗？我看还不如咱这生豆芽的。过春节闹一次还不算，现在又闹，他们不把这个家闹散了是不罢休啊。"

"咱两家分出来，爹爹和哥哥经营着竹箄场，供弟弟妹妹上学，没有问题吧？"秀芹问。

"应该没有问题，可我还是担心哥哥的身体。"桂仁说。

"天下没有不散的筵席，那就分吧！分家后家里需要，咱就帮一把。用不了几年，困难就过去了。"秀芹说。

"能这样顺利吗？这两个吃着碗里看着锅里的人，肯罢休吗？你看着吧，不知道他们还在想着怎样折腾呢！"桂仁说。

他们叹息着熄了灯。

民谣说：驴耳朵长，马耳朵短，骡子耳朵听满瞳。这话是农村人用来骂那些总愿窥探别人家的私事，并到处嚼舌头的人。桂柱后屋二婶，就是这样的人。桂柱家发生冲突的那晚上，她就在屋后，竖起耳朵听了争吵的全过程，并似得到了天大的秘密。得到秘密，就像得到了财富，总要炫耀一番。就这样，这个村的暴发户要分家，很快传遍全村。人们七嘴八舌地议论着。

　　桂枝听说了，急忙回家问了娘。桂枝很生气，生桂生的气，更生秀珍的气。桂生从小捧在爹爹手心里长大，不思劳作，只知索取——无止境地索取，还自诩为功臣？秀珍无偿享受全家劳动成果，还想在这里称霸？这两个与家庭振兴无关的人要来搅浑这个家？这个竹笆场能发展到今天，自己功不可没。自己出嫁家里没给陪送，本就觉得不舒心。当时看在哥哥们还没结婚的份上，暂且忍了。看着竹笆场一天天壮大，心中颇多幻想。想象着有一天，也能回家分享一份。

　　桂枝心想：分家？那个妖狐狸住着新房子，不给她债务也就罢了。她要是贪天之功，对竹笆场打主意，我可不能坐视不管。这里有我一份功劳，有我一份财产，也有我一份权力。

　　第二天她来到姐姐家，把事情经过向桂花说了，又说："家里分家，咱们是不是也该回去？"

　　桂花说："咱们出嫁了，娘家分家的事，咱就不要掺和了。"她不放心，叹息一声又补充说，"就不要回去添乱了。"

　　桂枝说："你说我这是回去添乱？你在家里干了十几年，两手空空嫁出来，积攒的家底拱手让给那些刚进门的人，你就甘心？那个妖狐狸是个不劳而获的人。她是看着咱家富了才嫁过来，还要闹分家获利益。咱一家老实人，谁是她的对手？咱不能坐视不管。这个歪歪人，也只有我能直溜直溜她。"

　　桂花听着直摇头。停了一会儿桂枝又说："姐，你一定要回去，你回去就是不说话，也好给我掌个鞭，壮个胆。"

　　桂花想了想说："好吧，我回去。"

　　两天后的晚上，桂柱叫了堂叔，和爹娘一起商量分家的事。

　　爹爹说："没想到生子这么不懂事，说出戳人心的话，闹成这种局面。生气归生气，这学还得叫他上。柱子，钱能凑起来吗？"

桂柱说："麦季卖的钱本来够了。没想到有这一出，多买了些竹竿和竹枝子。欠点，倒一倒能凑起来。再过一个月卖竹箳，很快就能补上。"

爹说："听街坊议论，说叶子能到县城一中上学，是真的吗？"

桂柱说："县一中要从各公社抽调拔尖学生，她一定能去。"

爹说："这费用……"

"爹，我小妹妹是争气的人，她这学更要上。越好的学生花费越少，她花不了多少钱。"桂柱打断爹爹的话说。

爹说："这样，这两件事就定了吧。分家，不是这个家的本意，也不是分家的时候。这个家再抱团干几年，等富裕了，和和气气地分家，咱老少脸上都有光。但看这架势不分不行了，那就分吧。怎么个分法，他叔你说说看。"

堂叔说："这个穷家能把孩子们带大，不容易啊！现在好了，盖起房子，娶上媳妇，分出去又不带饥荒，他们该知足了。咱村里，分家不给儿子饥荒的少。"

"这竹箳场他们不会来争吧？"爹爹问。

"他们没有理由争。柱子没有房子，也没娶亲。还有两个上学的弟妹。现在又不和他们要养老钱，竹箳场顶了这些该是合情理的。再说，他们都会做竹箳，可以到竹箳场干活，给他们工钱，这个分家时要说清楚。以后的事，弟兄们再商量着办。"堂叔说。

"如果他们非要争，就每家给他们一千块钱。做个本钱干点什么，权当是上半年给他们的分红。现在没钱，就等秋天卖了竹箳再给他们，这样行不行？"爹爹问桂柱。

桂柱说："可以。我更希望像叔叔说的那样，他们还来竹箳场干活，继续抱团干下去。分了家也是亲兄弟。"他叹息一声接着说："这个家有今天的不愉

快，也许是我导致的。说来道去都是为了那点钱。亲兄弟，明算账，这起码的常识被我忽略了。我对不起爹娘。"

堂叔说："你对这个家够赤心的。稍有良心，就不该对你起疑心，更不该指责你。你不要自责。"

爹爹对桂柱说："这个家，最累的是你，最亏的也是你！"

"亏就亏吧！谁让我是老大呢。看着弟兄们能把日子过好，我心里高兴。"桂柱说。

堂叔说："这哥俩摊上了好爹娘，好哥哥。娶上亲，一身轻松去过自己的日子，真是掉进福窝里了。"

娘叹息一声说："人心哪有知足的时候！"

桂叶也在场，她不时地给堂叔、爹娘和哥哥倒着水，一言不掺，细细地听着，思量着。

秀珍听说分家时桂花、桂枝也要回来，怒愤地问桂田："那个不要脸的东西回来干什么？"

桂田没作声。他从爹娘那里得知，分家时姐姐和妹妹要回来。他和爹娘有同感，家里这么大的事，女儿回来该是好事。可他也清楚，桂枝回来，会给分家带来更不和谐的音符。

秀珍见桂田不吱声，又说："出嫁的闺女还要回来当家？她的脸皮不要了，还要来撕家里人的脸皮？"桂田还是没话，秀珍继续说："这个家只要有媳妇一天，就容不得闺女横行！我就不信了，我倒要好好会会这个泼妇！"

桂田很失望，眼中的美人儿不见了。以往看她，脸皮白净嫩滑，现在看，脸上的肉横了起来，像个无赖泼妇。他管不了桂枝，也管不了秀珍，无奈地摇着头。

秀珍找到秀芹，问道："二嫂，你说这个家该怎样分？"

秀芹很为难地说："就让爹娘和大哥看着分吧。"

秀珍说："你就会做老好人。我是要争的，争来也有你们一份，你就跟着吃现成的吧！可别胳膊肘往外拐！"

秀芹无奈地摇摇头。

钱啊，钱！都是钱惹的祸。

第三十章

　　四天后的晚上，全家人坐在一起。桂枝、桂花回来了，堂叔也被请来了。十几个人坐在一间老屋里，显得拥挤。几个人抽着旱烟，烟雾缭绕。前后窗户都打开，闷热的空气懒得流动，人的嗓子火烧火燎的，全家人都绷着脸。桂叶泡了茶，给堂叔和家人们倒着水，极力营造和谐气氛。

　　爹爹忧虑地环视了一下子女们，又看了一眼堂弟，低沉着声音说："今晚咱们就把家分了吧。这几天跟你们叔叔和大哥商量了一下，有个初步意见，由你叔叔先说说。说完你们再说说自己的看法。都是自家人，说话悠着点，有事慢慢商量，别闹起来让人笑话。"

　　堂叔喝了口水，清了清嗓子说："我说说和你们爹娘、哥哥商量的意见。口粮地就别按人口分了，三一三十一地分。你们爹爹、大哥身板不好，下不了地。生子、叶子还要上学，你们弟兄俩都帮帮忙，把吃饭的事保证下来。房子，仁子、田子留着自己住的新房。除此以外，剩下的老房子、老家什也就没什么可分的了。竹笆场还由你们大哥顶着，这个家里的费用，弟弟、妹妹上学花销以及你大哥以后娶亲、建房的费用就从这里面出。力气活你们兄弟帮帮忙，钱就不用你们出了。家里现吃的粮食……"

"这竹箅场就归大哥了？"堂叔还没把话说完，秀珍忙插话问。

"是这样。可他要担当的事情并不少，担子不轻啊！分家后你们可以来干活，适当分利。你爹爹还说，再给你们每人一千元，有个本钱做点什么。现在家里紧张，这个钱等年底再支。"堂叔说。

"这个竹箅场值几万块钱，家里还有多少钱，也没人知道。这可是他们弟兄三人挣的家底，给我们一千元就完事了？再来干活，这是给地主老财打工、扛活吗？"秀珍说。

桂枝说："这是弟兄三人挣下的家底吗？这是爹娘和我们兄弟姐妹共同挣下的家底。你们得到了新房子，安了家，其他人得到什么？还要来争，真没脸皮！"

秀珍说："你没得到东西？这个家让你那双竹箅手划拉完了，又用扫帚扫。再不分家，地皮也能让你刮下三尺。再说，这是老孙家在分家，你算哪根葱？轮不到一个外人来说三道四。这才是没脸皮！"

桂枝说："外人？还不知道谁是外人呢！这个家有现在，与你有一毛钱的关系吗？"

秀珍说："没有关系？关系大着呢！有这个家的现在，我们才肯嫁过来，否则这个家就是光棍之家！是我们让这个家有妻、有母、有子孙，当然也是这个家里堂堂正正的主人，那些呲溜绊脚的东西，远点搁着！"

桂枝说："要这么说，我还就不算了呢，这个家的兴隆，也有我的一份功劳。没有刘平海帮着赊竹竿，前年能赚到钱吗？去年能盖起房子、娶上媳妇吗？为了家里赊竹竿，我把自己声誉都搭进去了；为了盖房子，我也累脱了几层皮。这个家给了你们一栋房子，也要给我一栋！"

秀珍听说过桂枝婚前谈恋爱的风流韵事，结婚后又见识了她的种种风情。听了她说为赊竹竿搭名誉的事，失笑地说："为了这个家？笑话，你本就是那号人！"

桂枝说："你才是那号人……"

"住嘴！"桂田知道她们要说什么，会越说越难听。她们曾经为交流共同情趣，把五脏六腑都吐了出来。现在，为各自的利益，也能把脸皮撕掉。他再次想起大姐的话：这两个人凑到一起可有好戏看了。他喝住两人说："为什么事说什么事，别扯那些不着边际的事。"

桂枝说："说正事，这个家要分，也有我和大姐的一份。"

秀珍说："嫁出去的闺女，泼出去的水。你与这个家已毫无关系，家里没你一分一厘。"

桂枝说："老一套不管用了，法律规定，女儿是家庭财产的继承人，媳妇可不是。"

秀珍说："看把你会说的，这些财产是爹娘的吗？这是爹娘死了分遗产吗？这是弟兄们分家！你已不是这个家的成员，放明白点！"

桂枝说："不服吗？不服就让法院来分这个家。七个子女，一人一份！"

桂生说："都分了，我拿什么上学？我喝西北风上学？"

秀珍说："哟！又冒出个没脸的东西。你不是说是你爹供你上学，与我们没有一毛钱的关系吗？那就站到一边去，等你爹出钱供你上学吧！这个家的财产你没出一分力，也别想拿走一分！"

娘说："你们长大了，翅膀硬了，想飞就飞走吧！为什么还要赖着老窝不放？非要把这个家拆散？"说着哭了起来。

桂枝说："娘你放心，七个人均分，就有七个人给你养老，你们需要什么，七个人摊派。"

堂叔说："别吵了，这样吵下去没意义。各自说说自己的看法吧！"等静下来他又接着说："生子，你先说吧！"

桂生说："怎么分家我不管，只要准备好我上学的钱，有钱供我上学直至毕业就行。"他想象着，只要毕了业，参加了工作，成了"国家人"，就能远远离开这个家。

桂叶接着说："我不读书了。"

桂柱对桂叶吼着说："你出去！这里没你的事！"桂叶向来听哥哥的话，她流着泪，到了另一间。

"田子，你再说说？"堂叔问桂田。秀珍抢话说："我替他说，竹篾场是他们弟兄三人干起来的，是三个人的资产。要分就三一三十一地分；不分，就合伙干，三一三十一地分利。而且要清清楚楚地分利，不能一本糊涂账。至于养爹娘，不是有法律规定吗？就按法律规定来养。"

桂枝抢着说："要分就彻底分。参加分配的人，是所有享有财产权利的人。要分配的财产，也是全部财产，包括竹篾场、老房子和两栋新房子。不能让某些人占一份，去抢另一份！"

"你……"秀珍要说话，堂叔打断了："有话不要争着说，等都说完了你再说。"他又接着说："花儿有话说吗？"

桂花说："我出嫁了，娘家分家，我就不掺和了……"

"你……"桂花没说完，被桂枝打断了。她愤怒地注视着姐姐又要说话，被堂叔制止住了。她在想，我是在争家产，可争来的也有你一份。更主要的，我是想对付三嫂这个妖狐狸。你这样说话，不是打我脸吗？不是助纣为虐、不知好歹吗？

桂花没在意桂枝拦话，继续说："可有件事我要说清楚。不知大哥是否告诉家里，他现在的病情很严重，急需住院治疗，否则会落下终身残疾。他的身体本来就够差的了，不能再雪上加霜。这个家不管怎么分法，都要留足哥哥治病的钱。如果钱不够，咱们兄弟姐妹们要担负起来，保证给哥哥治好病。"

全家人把吃惊的目光都集中到了桂柱身上。娘更是慌了神说："你不是说，吃一个月的药就好了吗？怎么会是这样？"娘说完泪如雨下。全家人沉默了。

过了一会儿，堂叔又问桂仁："仁子，你说说看。"

秀芹抢先接过话激动地说："我替他说。这个竹筢场是大哥的，谁也不能动！是他领着一家人做起了竹筢，赚钱盖起房子，嫁出妹妹，给弟弟娶上媳妇。他得到了什么？到手的房子让给了弟弟……"

秀芹擦了一下眼睛，接着说："他两手空空。还在为了这个家隐瞒着病情。咱一个个事事想着自己，谁说了句想着爹娘，想着大哥，想着弟弟妹妹，想着这个家的话？

"我们长大了，成家了，能独立生活了就闹分家，争家产，我们叩问过自己的良心了吗？弟弟、妹妹还在上学，他们需要家庭扶持，也应该对他们扶持。这是爹娘的责任，也是做哥哥、姐姐的责任。大哥的病，大妹妹说得对，竹筢场赚的钱要首先保证给大哥治病。如果不够，咱们弟弟、妹妹有义务担起来。要分家，我们带着房子出来就知足了。"

全家人一时没了言语，都在看秀芹。桂叶也不知什么时候从另一间走过来，站在房门口仰视二嫂，静听她的话。黑头躺在桂叶脚下，抬起头，竖着耳朵。桂柱看看秀芹，又看看爹娘，爹娘拭着眼泪。桂仁的泪都要掉出来。秀芹说出了自己要说的话。或许她说更有力，或许她才是这个家最有发言权的人，她的话为这个家打开一扇透进阳光的窗户，他感激地看着秀芹。

桂枝觉得二嫂把自己也数落进去了，愤怒地看着二嫂。可细一品，又觉得针对三嫂的意思更强些，想说的话又咽了回去。要是大哥接了竹篾场，她勉强能接受。她静观事态变化。

好长时间秀珍才回过味来，说："哟，二嫂，我是给自己争吗？这是为咱两家。你背地里纵容我出头，当着全家人面又来踩我？你就踩着我向上爬吧！这可不是什么大树，小心树倒了摔死！"

秀芹刚要张嘴，桂仁瞅了她一眼，她把话咽了回去。秀珍接着说："说的比唱的还好听，把自己扮演得那么高尚。真有心为这个家，六年前为什么不嫁过来共患难？非要等半老徐娘了才出嫁？还不是等有了房子，家境富裕了才找上门来了！"

她听说过二哥二嫂六年前在"战山河"兵团就认识，而且他们的姻缘都传成佳话了。她从来不相信也不认可这种佳话，她觉得秀芹和自己及其他女性都一样，是一类人，骨子里别无二致。只不过人家会编故事，会美化自己而已。

秀芹说："你……你说话别把人往死角里逼。我们是等到他们有了房子，家境富裕了，娶得起媳妇才嫁过来。可仅仅是因为家庭富有了，为了家里的财产才嫁过来吗？我觉得，是冲着他们兄妹有志气、有能力改变这个家才嫁过来。

"他们兄妹抱团努力让家境变好了，但还没有彻底好起来。咱们嫁过来，该和他们一道抱团努力，让以后的家境变得更好才对。而不应当因为咱们到来，使这个家产生隔阂、产生分歧，甚至伤害亲情。财富不是天上掉下来的，也不是靠红赤白脸争来的，是用两只手干出来的！"

秀珍说："以后？以后还不知道是怎么回事呢！别唱高调，有本事做个样子，现在搬到大街上去，把房子让给大哥，自己出去另盖！"

"别胡说八道了！"桂田吼。

秀珍说："朝老婆使厉害？你那点本事也就敢对老婆使厉害。窝囊废！"

桂田说："你……你太不像话了！"

秀珍说："怎么？喜欢够了？想抛弃？告诉你，老娘不是好惹的！就是闹离婚，也要分你一半家产！"

全家人又鸦雀无言。过了一会儿，桂仁说："既然分家分到这个份上，咱就把想说的都说出来。大哥为这个家出尽了力，操碎了心，在弟兄中起到了顶梁柱作用。咱们弟兄要知道感恩。他的身体本来就不好，现在腿伤又这样重。他的身体以后会怎样，还不好说。以后，咱不仅要承担起赡养父母的责任，还要承担起照顾大哥的责任。"

秀珍说："哟，又冒出一个需要供养的。新老社会的规矩都是赡养爹娘，没有听说赡养弟兄的。"

"如果大哥真的失去劳动能力怎么办？"桂田想起结婚前二哥曾让他做出的承诺，问秀珍。

秀珍说："社会主义好啊，可以当五保户，还可去养老院！反正用不着你操闲心。"

桂仁对秀珍说："我想对我的弟兄们说几句，你先不要掺和。"

秀珍说："想把媳妇当外人？没门！我这个媳妇当家当定了！"

桂仁说："咱们这个家从来没把媳妇当外人。现在要提醒的是，做媳妇的不要把自己当外人！这个家里有爹娘，做媳妇的要摆正自己的位置！"

秀珍看到桂仁目光锐利，心中一怯，但还是强做镇定，说："你对你弟兄说话？有本事你就对着老四说，别说给我们听。二嫂也把嘴闭上，把说的话收回去。"

桂仁说："我是要对老四说几句。老四，你别把眼睛只盯在家里助你上学上。你上学，需要家庭供给，家庭也应当供给。可你考虑过对家庭，你应承担什么责

206

任了吗？你享受了家庭对你尽的义务，也应当和我们一道，承担起赡养爹娘，照顾大哥的责任！"

桂生说："那是以后的事。"

"不！就要在这个现时、这个场合，对着爹娘，对着兄弟姐妹作出承诺！"桂仁严厉地说，并用锐利的目光炯炯注视着他。

"我可以作出承诺。那样，我现在上学，我以后结婚，我以后住房等事宜，家庭也要为我承担起来。"桂生语气带怯懦。

"不要脸的东西！一口能说出几个我。"桂田说。

桂仁说："老四，没有你，我们照样赡养父母，照顾大哥。我是看在弟兄份上，给你机会，让你说出句还有点男人味的话！让你在大庭广众面前还有脸站着！"

桂生没上来话，只在那里把鼻子吭一下，再吭一下。

家里安静了。娘在抹泪，桂叶依偎着她。爹爹长吁短叹。黑头从地上爬起来，哼哼唧唧在地上转一圈又一圈。

桂柱一直坐在那里，不知道怎样说好。以往，他在这个家里有自然形成的权威，凡事都等他拿主意。今晚他听了每个人的话，感觉自己的权威削减了，甚至没有了。他的话还有人听吗？爹娘很无奈，应替他们收拾场面。他焦急地思索着，试探着想开口。

这时秀珍怪声怪气地说："这个家是谁领着干起来的吗？这是弟兄共同干起来的，要把功劳归于一人？有本事十几年前为什么不领着干起来？何必受穷十几年。别把自己扮成救世主，这世界上就没有救世主！真是笑话！这世上离了谁，地球都照样转！"

桂柱愣住了。家里的嘈杂声再也入不了他的耳朵，脑海在急剧翻滚着。

我把自己当救世主了吗？几年来劳碌奔波，操持着这个家盖新房，嫁女儿，

娶媳妇，发送老人。看着这个家一天天兴起，自己兴奋、自豪。觉得这个家的兴起自己功不可没，苦心经营有结果。或许真的自己把自己当成了家中不可取代的角色。

原来自己只是一片过往浮云，太阳出来就该退场了。弟媳妇说得对，这个世上，离开谁地球都照样转，这个家离开自己也许会更好。尤其自己现在需要花大钱治病，以后还可能会失去劳动能力，成为家中负担。到了摆正自我位置的时候了。

我是在做梦吗？要是做梦，这个梦是从什么时间开始的？他觉得突然清醒了，我是在做梦，是个长长的梦。

民间有种说法：孩子分三种，有来报恩的，爹娘前世修来的福，别人欠你的情，今世来还；有来讨债的，爹娘前世欠人家的，今世跟着来还；还有过路的，跟爹娘有缘，做了儿女，相伴一生，和睦相处，来世谁也不相欠。

他突然觉得眼前是一群陌生的熟人。有报恩的天使，有讨债的鬼，他们使尽解数表演着，竞争着，无所保留地展示出自己的本性。

他们卑鄙吗？也许这个世上没有卑鄙与高尚之分。任何人所做所为都有着自己的理由和目的。真正清心寡欲、纯洁良知，不图私利的又有几人？

自己也是利益竞争者。卖竹笆，千方百计提高价格、挤着同行，以获取更大的利益。只是这竞争利用了人们默认的、貌似合理的规则。用规则掩盖贪婪本性，自己与他们没有区别。

他想着想着，脑子糊涂了：我是谁？我从哪里来？又要到哪里去？是上天怕我误入红尘，给我背上一个大包？

如果是一场梦，这梦该结束了；如果是一出戏，这戏该散场了，自己也该退出角色了。

"柱子，你说说。"堂叔的问话把他从迷茫中拉回来，进入现实。现实中有当急的事情需要处理。他思索着，小弟和小妹上学要有保障，爹娘需要赡养，再无其他了。他沉思一会儿坦然平静地说："这样吧，竹篾场现有的竹竿、竹枝子，做成竹篾、扫帚由我卖掉，卖的钱归我，并由我付清工钱、料钱。"

秀珍急忙插话说："哪头大哪头小别以为别人不知道。这些钱给我，房子我也不要了，聘礼也给你们退回去。"

桂柱看了她一眼继续说："我恳请爹娘、弟弟、妹妹、弟媳妇们答应我的请求。我需要这笔钱，也只要这一笔钱。竹篾场以后赚的钱，我就不要了。"

全家人愕然，静了下来，都疑惑地注视着桂柱。全家人能想到，他要用这笔钱支付弟弟、妹妹上学用钱，剩余的留给自己治病。这合乎情理，也能为家人所接受。但对他一改常态，出奇冷静决绝地放弃竹篾场感到不解和不安，倒是桂生心里踏实了。

当家里吵嚷声停下来，夜已经很深了。天空大地连到一起，黑得出奇，静得出奇。好像苍天、大地，周围万物都停止了运行，都在注视这个家。

是黑头打破了寂静，它从地上爬起来，走到堂间门口，对天狂吠着。

堂叔见没有人再说话，于是说："都是一家人，才坐在这一间房子里。你们是一奶同胞，俗语道：打断骨头连着筋。不能为各自的小利益，损失全家的大利益，撕碎兄妹情。竹篾场是这个家的财富，它使这个家从贫穷中走出来，还要让它使这个家走向富有。不能让它成为这个家崩裂的祸根。今天就到这里吧，都冷静冷静，好好想一想。过几天再分吧！"

分家在沉闷的气氛中暂停了。

第三十一章

第二天早饭后，桂柱拄着拐杖沿着村前小路走着。

出门时，爹娘担心地看着他，娘说："别出去了，就在家里歇歇吧。"他深情地望着娘说："娘放心，我能行，会照顾好自己。"黑头从地上爬起来，跟着桂柱出了门。

或许他从来就没有散过步，几年来都是来去匆匆。今天，他拄着拐杖默默地走在村前的小路上。

这个家，十几年的风雨苦难在脑海里走过。他记得，寒风刺骨的冬天里，弟兄几人躺在冰冷的土炕上，盖一床单薄的被子，挤在一起度过一个个寒冷的夜晚。他记得，吃饭时娘把一个玉米饼子掰成七块，弟妹们都捡小的一块去拿。这个家像大海里的一叶扁舟，摇摇晃晃、跌跌撞撞，步履艰难地走过来了。这个家，在艰苦的岁月里饱含亲情。可在财富面前，在自身利益面前，尽显出人性的丑陋。

竹笆场他引为自豪，也是他的希望。做竹笆使这个家一步一个脚印向前迈，走出了困境。他想象着，这个竹笆场还会使家走向富有、更富有。把小弟、小妹供成大学生，再盖上两栋新房，让爹娘住进去，把秀英娶过来。让这个家变成一个和和睦睦、温馨幸福的家，一个让人羡慕的家。他一度觉得这个愿望很近，就在眼前。一夜之间，这美好愿望离他而去。这个寄托他美好愿望的竹箅场，真的成了家庭破裂的祸根？

分家的场景在他脑海里再现。这是他的意料之外，可是否又在情理之中？他站在每个人角度上想，为利益竞争的人，都有自己的理由。而善良的人，是否包含着对自己的怜悯？

钱啊！让你牵着鼻子走，真的让人很无奈啊！

他向前走着，见本村的孙贵走过来。他近几年患了精神病，见人也就能说三句正常话，三句过后就颠三倒四地说疯话。桂柱不想和他说话，他却热情地和桂柱打招呼："你要到哪里去？"

桂柱一愣，我这是到哪里去？几年来，自己的每一次来往，都有目的地，都在沿着自己的信念奋进。这个信念清晰，目标明确，从没偏离。今天失去了目标，不知道自己要走向哪里。

他抬起头，眼前是老孙家的祖茔，茔地中松柏林立。茔中间古老的坟头小得像一口口扣着的大锅，被荆棘淹没着。没人考究这些是哪个年代、哪个人的坟墓。爷爷坟头上长满了青草，中间长着从棺椁上面五谷囤里长出的高粱。旁边还有几个没来得及长青草，却也长出了高粱的新坟头。这高粱高高绿绿，在众多坟头中彰显生机。可这生机能维持多久？

这里是老孙家百年来的人生归宿地，也该是未来这个家族的人生归宿地。葬在这里的人们，有父子、兄弟，也有婆媳、妯娌。他们生前难免有过争执，活着不同，但结局相同。

他看着茔地，又听到孙贵高声向他喊着："喜笑悲哀都是假，贪求思慕总因痴。"

他又是一愣，想起了去看庵时，孙贵给了他一本《红楼梦》和一本字典，说："在山里没事干，看书消遣。"他不知道把这本书看了几遍，只知道十年没离手，经典语句他都能背过来。可这三年没动过它了。

"假去真来真胜假，无原有时有非无。"孙贵又高声喊着。桂柱明白了，只要能看透眼前的一切，就能超脱这俗事。

时过境迁，物是人非。别让现实的虚幻遮住眼睛。人生本是过往客，何必千千结，放下吧！

我不需要怜悯，不需要同情，更不能去做家人的负担！

钱啊，我不想再跟着你的脚步走。

五天以后再次分家，要对竹筢场叫行。

这期间堂叔做了很多工作。对桂柱提出的要求，全家人接受。秀珍和桂枝虽有不满，但势不可当，也只能作罢。其他事宜也没有异议。怎样处理竹筢场，成了分家难题。

堂叔对桂柱说："国有国法，家有家规。不能因个别人的私欲搅了这个家。这个竹筢场必须由你来经营。"

桂柱不语，桂仁说："你身体不好，就什么也别干了。只要你坐在竹筢场，我倒要看看，谁敢叽叽歪歪！"

听了桂仁的话，桂柱眼睛湿润了。这个一向温顺的老黄牛，在需要他的时候，显示出了血性。他看着桂仁，觉得这个家还有顶梁柱，该放心了。

堂叔说："国有大臣，家有长子。你该担起长子的责任。"

桂柱说："两个妹妹出嫁了，不需要管了；两个弟弟有房子、有媳妇了，也不需要管了；小弟有了学费就用不着管了；小妹妹从来不需要别人管。爹娘已经年迈，该子女对他们尽孝了。我一切该放心了。"

"你有什么打算？"堂叔问。

桂柱说："不用管我，我累了，要歇歇了。"

桂柱甩了手，爹娘和堂叔要求桂仁、桂田合伙经营竹箔场。桂田要看二哥的态度，也要看秀珍的脸色，没法表态。秀珍对竹箔场志在必得，实在迫不得已再和二哥合伙，桂仁还没表态，她在等待着。桂生对谁接竹箔场不感兴趣，依旧关心着自己上学用钱。桂叶不说话，静静观察、揣摩着家里的每一个人。桂花表示不参与娘家的分家，只是一再强调大哥治病的事。桂枝觉得这是一块肥肉，自己应当分一份，更不能让谁独吞。唯独桂仁迟迟没有表态。全家人纳闷，密切关注着他。

爹娘和堂叔为如何处理竹箔场犯了难，倒是桂枝拿出了主意："既然大哥不干了，谁也没有资格凭空接下，白白拿走。为了公平，就叫行来决定，谁出钱多，就由谁承接。叫行的钱给爹娘，留作养老。"没人能拿出更好的办法，也就只有这样了。

全家人明白，这个竹箔场除了原料和产品外，没有什么值钱的东西，空空的。可谁都知道，这空空的场地里有种无形的东西，这无形的东西有价值。它值多少钱？没人能给出具体数。

堂叔征求桂柱的意见，桂柱说："竹箔场空了，我的脑子也空了，不知道值多少钱。"

堂叔又问桂柱爹，桂柱爹说："做竹箔的家什不值几个钱。可咱铺垫的这底子，三千五千的值啊！"

堂叔说："那就三千块起底吧！"

晚上，全家人坐定，堂叔做了说明。见没人提出别的意见就说："那就开始叫行吧。你们谁先叫？"

话音刚落，秀珍说："我叫三千一。"

桂枝紧跟说："我叫三千五。"

秀珍说："我叫四千！"说完仇恨地看着桂枝。

桂枝看向桂仁。几天来，桂枝和刘平海周密商量，几次找二哥。他们知道，二哥做竹箢、捆扫把的手艺已胜过爹爹。这个家除了大哥，只有二哥能把竹箢场的生产组织起来。她想和二哥合伙做竹箢。她对二哥说：刘平海家是经商世家，取代大哥销售竹箢没问题。只要你把竹箢场的生产组织起来，竹箢场的生意不会比原来差，获利平分。桂仁没有答应。她又说：你不好意思弟兄相争，就由我去叫行，叫到手还以这种方式经营。桂仁还是没有答应。她急了说：你怕有风险，就答应我，我叫到手后你进来干活就行，给你两倍甚至更多工钱，不用你担风险。桂仁还是没有答应。

叫行到这个份上，她的心扑扑直跳。如果叫到手，二哥又不参与，她可真就抓瞎了。她明白，自己和刘平海没有能力组织起竹箢场的生产。她的眼睛一次次扫向二哥，只要二哥一回眼神，她立刻加码到四千五！她和刘平海掂量过，这个竹箢场只要二哥参与，就至少叫到六千！可是，二哥没有给她回应。她无奈、不平地放弃了。

几分钟之后，家里人也把目光投向桂仁。不同的眼神，不同的期待。

桂枝的期盼是：二哥，不愿和我合伙，就自己干！你行的！你叫啊！竹箢场绝不能落到那个妖狐狸手里！

秀珍看看桂仁，又看看秀芹，心里祈祷：你们别叫，咱们别弟兄相残。我叫到手，你们提出合伙，我都可以考虑。

秀芹用征询的目光望向桂仁，她不插嘴。她相信丈夫有能力做出恰当的决定。他做出什么选择，她都支持。

桂仁看见了秀芹递过来的眼色，微微摇头，没有说话。

"仁子，你叫不叫？"堂叔问。

"我不叫。"桂仁说。全家人很惊讶。

堂叔看了看全家人，斟酌着说："这样竹箔场就归田子了。怎样交接，柱子和田子你们俩商量着办。这四千块钱，田子根据经营状况，适当时候交给你爹娘。都是自家人，全家人都在场，就别履行什么手续了，那样就见外了。"

分家在深夜中结束了。桂枝见桂仁、桂田、秀芹、秀珍和堂叔都走了，对着爹娘和姐姐、妹妹说："二哥、二嫂这两个不争气的东西，眼看着一块肥肉让那妖货叼走了。他们发财了，以后你们就看他们的脸色吧！"说完愤愤地走了。

爹娘没回话，只是叹息。

桂叶依偎着大姐，看着一晚上一直平静着脸，没说一句话的大哥，思索着对爹娘说："爹，娘，大哥，咱都别愁，咱们家会好的！"

听着桂叶的话，桂花欣慰地搂着桂叶，拍拍她的后背。

桂柱也看向桂叶，目光由惊讶转向欣慰。

黑头从地上爬起来走向自己的窝，发着怪异的叫声。

桂田、秀珍回到家，秀珍愤怒地说："那个搅屎棍子，一句话抢走了我九百块！"

桂田没回话，秀珍瞬间又转怒为喜，说："买卖好不在税上，不差这点儿。咱雇二哥去干活，给他两倍工钱。"

桂田说："他不会去的。"

"那就给他加到三倍、四倍。有钱能使鬼推磨，我就不信拿不住他！"秀珍自信地说。她不明白，这世上还有用钱买不到的东西。

"那他也不会去的。"桂田说。

秀珍一愣，带着疑问："他想和咱合伙？"

"放心吧，也不会的。"桂田说。

秀珍又担忧地说："爹不会不去吧？"

"他应当能去。"桂田说。

"那就行。"她思索了一会儿接着说："退一万步说，就是他爷俩都不去，我看着雇来的四个人干活，你跑外，咱也是好买卖！想看咱的笑场？没门！就等着羡慕咱的钱吧！"

她还不明白，只有相信自己的双手，才时时有奇迹伴随；肤浅的目光盯着的财富，是虚幻的。

"但愿吧！"桂田叹息。

桂仁、秀芹回到家，秀芹说："你怎么不叫？觉得不值吗？"

桂仁说："要是对外，就是五千起底，我也会叫。弟兄相争，有意思吗？"

"你说得也是。"秀芹答应着，想了想又问："那你打算干什么？另起火做竹笆，还是继续生豆芽？"

"不能做竹笆，那还是弟兄相争。生绿豆芽只是顺带手。"

"那你想做什么？"

"我想做竹器！"

"你能行？"

"你不是很相信我这两只手吗？"

他俩又同时竖起手臂，掰起手腕。桂仁说："做点饭吃吧。"秀芹说："好。"

他们遵循着古老传统，分家后进入新家，不管多晚，也要做顿饭吃。这是离开老巢，独立生活的第一顿饭。这饭的味道，只有当事人自己能品得出，他们细细地品尝着。

第三十二章

分家，是家庭的一场变革，每个人都踏上了自己开辟的新路。路，远望平坦，走起来坎坷。每一条成功、幸福的路，都是给有信念、有坚韧精神的人准备的。

桂生如愿上了中专，桂叶也上了县一中重点班。他们的费用都是大哥筹办的。

秀芹生着绿豆芽，操持着家务。桂仁上午出去卖绿豆芽，下午就在家里做竹器。他从最简单的竹凳子、竹椅子做起，再慢慢发展。

桂柱开始销售竹篾、扫把。黑头发现自己的主人变了，一副深沉的面孔，很少说话，令人担忧。以往黑头觉得老主人孤单，自己也懒得跑动，就多数时间陪伴老主人。现在它觉得该陪伴一下主人了，他对自己有养育之恩。它从不离桂柱，他去赶集，它就早早跳到三轮车上。桂柱懂它，觉得它也懂他，开动三轮车时，总是在后车斗留出它站或躺的位置。

爹和娘几次催促桂柱去医院治腿。他说：不急，等处理完竹篾、扫把再去吧。

到深秋，桂柱把竹篾、扫帚处理完了。桂田也顺利承接了竹篾场，当然是爹爹协助他干起来的。他许诺给爹爹两倍的工钱。爹爹没回话，只是叹息一声。

桂柱处理竹箔,赶过几次店集,见过姜秀英。那是姜秀英特意来找他的。她说:"我一步错,全盘输,想起来就伤心。他死了,我又想起你,想去找你,可又觉得不配。我想,总会有个有眼力的好姑娘,看出你是真丈夫,和你组建一个美满家庭。听说你要离家,我想,你就别走了,一个人出门在外不容易。只要你不嫌弃,就过来咱俩一块过吧!相互有个照应。咱的房子临街,开个百货小店,你看店,家里的活儿我干,咱们会把日子过好。"

桂柱仰天长叹:"来世吧!"

姜秀英呆呆地看着他,伤心地哭了。她哭着说:"几年前,我想和你私奔,你不给机会。现在有了机会,我又放不下这孩子啊!但愿有来世,那时,你就是缺胳膊少腿,我也要嫁给你。"说完转过身,一手抱着孩子,一手抹着泪走了。

黑头哼哼唧唧地叫了几声:人啊,人!你们和我们畜生差不多,能放下父母,却放不下孩子!

母爱啊!母爱能让女人抛开一切!这是母性的伟大,也是生命生生不息的根源!

桂柱来到县城一中,把小妹妹桂叶从教室里叫出来,来到一个僻静地方。他拿出一张存款单递给桂叶说:"这是用你的名字存的钱,你拿着。这些钱你上高中、上大学勉强够了。要是遇到难处,就去找你二嫂,她会帮助你的。"

桂叶流着泪说:"大哥,我不要!你比我更需要这钱!"

桂柱说:"傻妹妹,别说了。哥哥什么也不需要。"

桂叶说:"大哥,你别走,你带着这钱去治病,治好病再给我找个嫂嫂吧!"

桂柱说:"给你找个嫂嫂,也许我就不是你的好大哥了。"

桂叶说："只要她对你好，就永远是我的好嫂嫂！"

桂柱说："好妹妹，别说了，你对人不要有奢望。好好读书，踏实做事。大哥对你是放心的。你不要挂念哥哥，把哥哥忘掉就行了。"

"大哥！"桂叶哭出了声。桂柱见状，把存款单塞到桂叶手里转身就走。桂叶看着哥哥弯着腰，背着包，拄着拐杖离去的背影，瘫软到地上，捂起脸失声痛哭。

桂柱回到家，让爹娘端坐，他跪在他们面前，磕了三个头，说："感谢爹娘把我带到这个世界上，感谢爹娘把我养大。原谅儿子不能给你们尽孝。"

娘哭起来，爹长吁短叹。桂柱刚要站起来，桂花扑通跪下，扶着哥哥哭起来。

桂柱扶着妹妹说："这个家亏欠你，是哥哥对不起你！"他扶着桂花站起来，一看桂仁站在他们背后。

桂仁说："别走了。这个家，有我吃的，就有你吃的。"

桂柱说："我的事情做完了，该走了，唯有放不下的是爹娘。爹娘就托付给你俩，替我给爹娘尽孝，我千恩万谢！"

说完，他背起包，出了门。

黑头追了上去，嗷嗷地叫着：你是畜生，就该早早离开这个家，不应当等到精疲力竭时。你是人，就别走，你需要这里，这里也需要你！

桂柱转过身，蹲下，抱着黑头的脖子说："在我眼里，已没有了人、畜之分，咱都是生命。你见证了我曾经经历过什么，没有对错，没有荣辱。我走了，你就跟着老主人吧！"说完起身，挥动着拐杖向前走去。

黑头看着他的背影狂吠着。没有人听懂它是在嚎啕大哭，还是在仰天长啸。

第三十三章

桂柱离开家，有一种如释重负和一切放心的感觉。

小弟、小妹的事情安排好了；嘱咐二弟两口孝敬父母；委托桂花收好秀英给他的鞋，这是他唯一动过真情的女人，鞋是他们之间的信物；告诉桂仁，力所能及的前提下，照顾一下秀英母女；还告诉桂仁，在适当时候收回戥子，别让祖传物件流失。再是竹篾场，竹篾改变了这个家，竹篾的记忆要留在心中，要作为吉祥物传承下去。

分家的场面让他心寒到了极点，铁了心要脱离这嘈杂、为利尽显本性的生活。心想，离开该是一种超脱、一种新生。

可真离开了，心情又极其复杂，有一种空落落的感觉。自己该开始怎样的生活？他一直在想，现在更渺茫了。

他来到象山寺院，小僧见进来一位拄着拐杖，弓腰弯背，又半僧半俗打扮的人，感到奇怪。上前双手合十问道："请问您是哪方师傅？有何贵干？"

桂柱说："我本凡夫俗人，想前来拜师学佛，不知贵寺是否接纳。"

小僧不知该怎样回答他，犹豫一会儿说："这我要通报方丈，您稍等。"

许久，小僧回来了，说："方丈让你在休息室稍等。"说着把桂柱领到院子侧面的一间厢房。

屋内青砖铺地，陈设简单，正面一尊佛像，桌子上摆着香炉，下面放着一个蒲团，靠墙壁放着几把椅子和几个凳子，看出这是供游人歇息或是接待善男信女的地方。

桂柱刚拜完佛，方丈进来了。他把桂柱，从相貌、身材，到姿态、眼神，都细致地端详，似乎要看清桂柱的骨头。特别是对他背上的包和残了的腿，更是看得认真。方丈觉得桂柱虽非凡俗，却也不是个该进入佛门的人，就问："能告诉我你为何要学佛修行？"

桂柱被他看得心里发毛，不知话从何处谈起。自己的心境更不是三言五语就能表达出来的，显得十分局促。方丈见状说："想修行，就不能打诳语。我有耐心听你慢慢道来。"

桂柱无奈，把本想永远不说的话说了出来，特别是分家对他的触动，以及后来想学佛的心情。

方丈听完了后说："佛法不是避世，不是对生活的消极。你觉得功成身退，实际是对生活的惧怕、退缩和不负责任。我这里不接受这样心态的修行人。"桂柱愣住了，又听到方丈接着说："看在你虔诚、身有残疾和离家几百里路的份上，这里暂且收留你，你就在这里面壁思过吧！"

桂柱松了一口气：总算收下自己了。他急于接触佛法，稍一思索说："师傅，面壁需要多长时间？"

方丈说："少则一年半载，多则十年八年，直至你能正确看待世上的一切。"

方丈离开了，小僧为桂柱安排了禅房，桂柱开始面壁。

桂柱把自己经历的是是非非反复理顺。觉得这世上每个人都有自己的寻求，这种寻求是有差异的，这种差异的碰撞，就产生善良和邪恶。这种差异，是由个人所处的环境、位置和观念所产生的，往往由不得自己选择。这就是生活，各种形态共存。也正因这样，生活有时也让人无奈。

自己愤世，是由心胸狭窄、目光短浅导致的。只看到家庭成员阴暗的一面，没有看到光明的一面，更没有提到人性多元化的层面看待。自己付出得不到亲人的理解，就想抛开一切、一走了之，并不能解决任何问题，他甚至对自己的退缩感到羞愧。现在该怎么办？

几个月过去了，他觉得已改变过去的极端看法，能正确面对世事了，就几次找方丈，想通过诵经，再寻求答案。可每次谈话，说不到一半，方丈就说：继续面壁！

一天，桂柱在面壁，觉得身后始终有一个人在站着。这是旅游胜地，时常有游客进入寺院拜佛上香，有人好奇地看他也是常事。他不介意，他们也站不了多长时间。可这位怎么就不走了呢？他好像一直在注视自己，这目光让桂柱后背发凉。桂柱始终心静不下来，忍不住回头看，那人喊道："到底是你！孙桂柱！"

桂柱抬眼一看，是赵明伦。桂柱不知该怎样面对熟人，赵明伦接着说："你怎么沦落到……"然后他停住了，知道在寺院里说这样的话不妥。桂柱也明白他想要说什么。

他们默默地相视一会儿，赵明伦说："弟兄，咱们能不能找个说话方便的地方？"

方丈还没把桂柱正式收为弟子，他可以随便出入。就随赵明伦一块出了寺院大门，来到一个小山顶上。

　　时节正值初春，波澜般的群山正在泛绿，浩瀚的松林散发着清香，蔚蓝的天空一望无际，明媚的阳光下万物彰显着朝气。桂柱好像第一次察觉到这里的美，觉得心旷神怡。看着赵明伦，大有他乡遇故知的感觉。他把几年来自己的经历、自己的伤感和盘托出。其实，这些赵明伦都知道，可他还是耐心听完了桂柱的诉说。最后桂柱说："经过休息和方丈的理疗，我膝关节炎症消失了；但由于没有手术治疗，破碎的膝盖髌骨使我无法正常走路，仍需借助拐杖。"接着又问："弟兄，你还做布料批发生意吗？"

　　赵明伦说："不做了，我在这里赚到了第二桶金，就抽身了。现在办起了服装加工厂。厂子去年建好，今春正式投产了。厂子刚就绪，想出来散散心，没想到在这里碰到你，咱们真有缘啊！"

　　他们谈了许久，赵明伦说："弟兄，你要跟我下山。"

　　桂柱说："不……"

　　赵明伦打断他的话说："我知道你心里有过不去的坎，自己走了又自己回去……这需要时间，但一定要跟我下山，先去治好你的腿。"

　　桂柱说："这需要花很多钱，而我现在……"

　　赵明伦又打断他的话说："弟兄，你不觉得咱们之间谈钱，有点俗了吗？"

　　桂柱一愣，明白他是要帮自己。回想起自己家曾为钱发愁，为钱伤感，为钱发奋，分家又为钱的事争得不可开交，他心中感叹。他看着赵明伦，像是自言自语，又像是对赵明伦说："钱，这东西究竟是什么？"

　　赵明伦说："钱可给人带来自由，也可给人带来束缚。可在咱们眼里，钱应当只是一个符号，一个你拥有财富的符号。咱们曾经为了生计，拼命赚钱。现在富有了，还要努力赚钱，这是为了实现自我。"

　　桂柱说："我现在已经把钱看淡了。"

赵明伦说："是应当看淡钱，可不能看淡自己的人生。有文化的人，可以多渠道体现自己，科学家用科研成果体现，医生用医术体现，做官的用政绩体现……咱们可以用赚钱来体现自己。咱们赚了钱，首先能解决自己的问题，然后可以为社会服务。其实，咱们赚钱的过程，也是为社会服务，也体现了咱们的社会价值。"

桂柱用羡慕的眼光看着赵明伦，觉得他说的话很新颖，让自己眼界大开。自己也曾有着坚定的信念，可这个信念，只是为了小家。没有想到自己的人生价值，更不用说为社会、为他人。人人都为了钱，可为钱的境界大不一样！相比赵明伦，自己的眼界那样狭窄，带来的是思维的狭窄。面壁这么长时间了，怎么就没想到这些呢？这是没有走出自己给自己设置的迷宫。

赵明伦接着说："下山治好腿，咱们振起精神，重打鼓，另调弦。"

桂柱说："我一个残疾人……"

"怎么？你是残疾人？"赵明伦惊讶。

"怎么？我不是残疾人？"桂柱也惊讶。

赵明伦说："我从来没认为你是残疾人，你曾经也没把自己看成是残疾人，现在更不能以为自己是残疾人。而事实也证明了你根本就不是残疾人！"

桂柱的脑海在激烈地振荡着：方丈说我对生活惧怕、退缩和不负责任，赵明伦又说我不是个残疾人，应当实现自己的价值。说的都对啊！这不应当是我，我应当是一个拿得起，放得下，敢于正视现实、融入生活的我！

桂柱犹豫着说："我又能干什么？"

赵明伦说："这不急，也不重要。腿好了你找不到合适的事做，咱们可以合伙干。我的服装厂还缺少三个独当一面的人，一个服装设计，一个生产组织，另一个是市场营销，你可以任选一项。"

桂柱说："我外行啊！"

赵明伦说："没有外行，只有信念、执着和责任感，而且这些你都具备。"

桂柱突然醒悟，治好腿非常重要，身体是人生的本钱！至于用朋友的钱，这是挚友真情，不应拒绝，应当接受。当然自己也该用更好的方式报答！自己要甩掉过去的包袱，轻装上阵。桂柱说："好，我跟你下山。可方丈那里怎么交代？"

赵明伦说："这好办，由我去交代。家里的事你也不要为难，也由我去处理。"

他们一块回了寺院，桂柱回去收拾东西，赵明伦去了方丈处。半个小时后赵明伦回来了，他轻松愉悦地告诉桂柱："咱现在就走，先去做手术，手术后回来疗养，养好了身体再做事。"

几天后，桂仁接到赵明伦的一封信。信中说，他找到了大哥，并由他照应，家中不要担心。为了照顾大哥的自尊，你们也暂时不要找他，让他想通回家还需要时间。

第三十四章

　　日月不歇息，岁月不等人。转眼分家已过了十个年头。这十年，兄弟姐妹们奔着自己的前程，路上的坎坷，有的跨过了，有的被绊倒。桂柱的离开，一直是一家人不愿触碰的话题。

　　桂仁从一九八三年开始做竹器，后来又上了木制家具。他制作的家具做工精致，款式新颖，生产满足不了市场需求，就一再招收工人，生意红火，几年后竟胜过镇办家具厂。原黄村公社的李主任，现任黄村镇镇长找桂仁谈话，协商请他与镇办家具厂合营，并让桂仁出任副厂长，桂仁答应了。尽管镇办家具厂经营不善，但那里有全套机械加工设备，合伙经营优势互补，有更大的发展空间。又过了几年，企业改制，他承包下了这个厂。

　　去年，家具厂销售收入突破百万元。今春他参加省里家具订货会，接下的订单已过百万元，意向协议还有一百多万元。他筹划着怎样扩大生产。

　　自从桂仁承包了企业，就想让秀芹参与进来，当个会计或是办公室主任。秀芹有能力，她不参与，是人才的浪费。

秀芹坚持不干，说，既然你有了权，就给我恢复我的老本行——去厂里当个炊事员吧！在"战山河"时，我就是个做饭的。那时，守着一大筐箩窝头却无法让你吃饱，心里难受。现在要让你吃饱吃好，有劲跑，跑得更快。她还说，你做你的大男人，我就做个相夫教子的小女人。

是的，十年来，她把家事料理得井井有条。照顾儿子，照顾公婆，照顾丈夫。把兄弟姐妹、亲戚朋友、邻里关系处理得和和睦睦，没让桂仁分一点心。她到厂里后，为桂仁，为工人把饭菜做得味美可口，从不多言厂里的生产和经营。可谁都明白，她在厂里的作用无人可取代。这个"压寨夫人"，把厂压得稳稳的。她的威，来自她的诚，来自她的德。

分家前，大哥递交的再盖两栋新房申请，批了下来。由于分家和大哥出走，当年没盖成，第二年盖起来，并装修一新。房子是桂仁主持建起的，他本想承担全部费用，爹爹不同意，一定把桂田叫行竹箔场的钱拿出来。桂仁照顾爹娘的感受，收了一部分。房子建好后，让爹娘搬了进去，另一栋给大哥留着。

爹娘住到新房里感到高兴，可思念桂柱的心日益加重。每当刮风、下雨、下雪天，娘都会念叨：不知他吃得饱不饱，穿得暖不暖。爹也跟着叹息。家人不知该怎样安慰他们，也不由得叹息。老迈失聪的黑头，也时常跑到和桂柱告别的路口叫几声。倒是桂枝会"安慰"爹娘：他一人饱了，全家不饿，过得闲适着呐！你们操那闲心干什么？

桂仁一直和赵明伦保持着联系，几次说要见见大哥，他都是回答还不到时候。问他大哥住在什么地方，他也避而不答，问急了他才说在象山寺。赵明伦想，离着五六百里路，家人也找不到他。

桂田的竹箔场红火了一年，赚了钱，把叫行钱给了爹娘。接下来生意步步下滑。经营能力不足是个原因，同时也是时代要淘汰这个产品。自古庄稼秸秆是牲畜饲料，人们拾草烧饭，家家户户需要竹箅。随着实行责任制及机械化普及，养牲畜的人逐渐减少，农家改由庄稼秸秆烧饭。后来由煤炭代替，再后来由石油液化气代替。竹箅逐渐退出了农家生活，桂田的竹箅场也就关停了。

后来他们做了几年服装生意，终不得要领。桂仁承包家具厂后，桂田提出想到家具厂上班。桂仁说：你可以来，不过话要说在前面，你来厂就是一个普通职工，不能以厂长弟弟自居，更不能因为是厂长弟弟多拿工资。弟弟有事需要帮忙，哥哥义不容辞，但公私是两码事，必须分清。

几年相处，桂田和秀珍对二哥、二嫂没二话，很认可。岁月告诉他们，二哥二嫂值得信赖，且值得依赖。

他们接受了二哥的条件，到家具厂上班了。

桂花结婚后，在她建议下，家里承包了村里的果园。后又支持丈夫去省农科所学习栽培技术，并引来新品种，对原有果树实行高截换头，取得了好效果，收入颇丰。他们还帮助邻居对果树更新换代。这事受到李镇长重视，他要招收李明军为合同制干部，聘请他当果业站站长。李明军犹豫，他怕自己忙于外面工作，桂花要担当的家务太重。桂花打消了丈夫的顾虑，说：家里的事自己能担起来。一个大男人，理应有所志向，为乡亲们做些事。就这样，李明军做了镇里果业站站长，且工作成绩显著，受到领导及全镇果农好评。

他们结婚后生下一男一女，李明军的爷爷、奶奶还健在。四世同堂，尽管家事繁重，可一家人其乐融融；虽说生活平淡，却不乏天伦之乐。

邻居们都说，这家婆了个旺夫媳妇，自从媳妇进了家，日子一天比一天红火。

桂枝和刘平海经营着百货小店，十年如一日。潇洒自在不假，可一直没多大起色。桂枝本性没有变，一种被认可的观念一旦印到脑子里，不是谁能打磨掉的，甚至还向下一代传递。她生了个女孩，时常特别是年节，抱着孩子串亲戚、见客人，教孩子跟人要压岁钱或吃食。

桂生中专毕业后，在县城一家企业上班，成了"国家人"。他在厂里找了对象，是桂仁为他们操办了婚事。后来单位集资建住宅楼，回家找爹娘筹钱。桂仁实在看不下去，对他说：你不要再向爹娘索求了，他们老了，到了咱们抚养他们的时候了，有事找我。桂仁借给他一万元，说是借，其实给他就没打算能还。

后来他成了下岗职工，"国家人"的身份飘走了。他再次回来找桂仁，想到家具厂上班。桂仁对他说，你是飞出去的鸟——尽管是别人辅佐你飞出去的。既然飞出去了，就别惦记着飞回来。翅膀不硬，就在风雨中摔打。不过你记着，先长志气，才能长能力。你还记着，家中还有爹娘、哥哥，有过不去的坎，就回来说声。

桂叶高中毕业考上了省城重点大学，毕业后读研。读研前，二哥曾和她发生过激烈争执。她考研录取了，可想放弃，并为自己找好了工作。桂仁得知后，和秀芹急忙赶到学校，问她为什么放弃。她说自己不想读。桂仁又问她，那为什么要考？她说，只是为了检验一下自己。秀芹说，既然有这个能力，就绝不能放弃！追求知识永无止境。她说自己长大了，应当自立了，不应再……桂仁打断了她的话：你千万别跟我提钱的事，否则就别认你这个二哥！看二哥真火了，桂叶答应了读研，硕士毕业后又考取了博士。

大哥圆成她读高中和大学的梦，二哥、二嫂让她更上一层。每当想起两个哥哥和二嫂，她就满含泪水，说不知该怎样报答。二嫂说，你已经报答了。因为，每每想到你时，我们都倍感自豪。

桂叶考上大学那年夏天，和二哥去过象山寺，没有见到大哥。方丈告诉他们，桂柱腿治好了，每年能来这里读一两个月的书，但来去时间不定。他没有出家，好像还在做着什么大事，身体和心境都很好。

听了方丈的话，桂仁、桂叶和家人感到了一丝安慰。

姜秀英一直没改嫁，母女俩相依为命，过着艰辛的生活。桂仁承包家具厂后，和秀芹去找到姜秀英。秀芹对她说，家里有事需要帮忙，不知大姐是否愿意。姜秀英吃惊地看着她：我能帮什么忙？秀芹说，只要你肯。姜秀英说，只要我能。秀芹说，桂仁承包了家具厂，我在那里做饭，忙不过来，想请大姐过去帮把手。姜秀英听了，眼擎泪水，当着二人面，差点哭出声来。她艰难地说出了"我去"。就这样，姜秀英来到家具厂，和秀芹一块做饭。女儿也转学到了办学条件更好的黄村镇小学。秀芹还告诉她，愿意住村里，就住哥哥的新房子。姜秀英没答应，就给她在厂里安排了两间房子，她们母女住着。秀芹每月到银行给她们母女存一笔钱。

第三十五章

　　一九九三年夏，姜秀英的女儿晓晓小学毕业升初中时，突然向娘提出自己不上学了，姜秀英大惊和不解。

　　晓晓从小聪颖懂事，勤奋好学，且天生有股韧劲。邻居说她是个好孩子，老师夸她是个好学生，活脱脱就是另一个桂叶。女儿争气，给了秀英生活信心，她把全部精力倾注到晓晓身上。听她说要弃学，秀英似遭到晴天霹雳，顿感天旋地转。她若弃学，这十几年含辛茹苦为了什么？自己的未来还有什么？

　　姜秀英问为什么，晓晓不回答。姜秀英苦心劝说，要上学，还要好好学习，要像桂叶姑姑那样有出息。可她就是拗着不答应。秀英气不过，就动了火气，擎起巴掌要打她，她哭着扑向娘说："同学说我没有爹，是桂仁叔叔养活着咱。我想下学，帮助娘，立起家。"

　　秀英一听，手一软，抱着女儿，泪水簌簌地流。

　　这个残缺的家，让一个十二岁的孩子有着成年人的思维，她感到心疼。十几年来，不少人劝她改嫁，她都没答应。能找到一个像亲爹一样对待自己女儿的人吗？有这样一个人，可自己曾对不住人家。当他对生活心灰意冷时，她想，他该能接纳她，可还是碰了壁。她彻底失望了，决定带着女儿度过一生。

她母女生活艰辛，桂仁夫妇见到了，把她们接过来，她打心眼里感激他们，自己拼命地干活，并告诉女儿要知恩图报。

在伙房里做饭，与接送女儿上学、放学的时间是冲突的，秀英从没因接送女儿而耽误工作。秀芹时常提醒她，要体贴女儿，多接送她上学。她总是说离学校近，晓晓大了，也懂事，自己会上学、回家的。其实，她心里疼女儿，心情极其矛盾。

几天来，秀英恍恍惚惚地上着班，秀芹见状问："大姐，家里有什么事吗？"

秀英说："没什么事，就是晓晓这孩子不听话，这几天闹着不上中学了。"

秀芹说："这怎么行？这孩子聪明又用功，将来不仅要上大学，还要读博士。"

秀英叹息着说："她哪有那福气？"

秀芹说："你放心，她会的。"

秀英道："没爹的孩子，难哪！"

秀芹一怔，似乎一下明白了晓晓不上学的缘由。晚上，她把这事说给桂仁听。桂仁说："她们母女有心结，解开这个结，晓晓才能安心上学，才能生活愉快。要解这结，还是得大哥回来。你旁敲侧击问问她，有没有找回大哥的心思。这话我不好说，只能你去，要是你觉得没把握，就去找桂花。"

秀芹说："好。"

第二天她把桂花叫来了。

桂花支走了晓晓，和秀英两人坐在屋里。桂花试探着问："大姐，你该再找个人儿安个家，对你，对孩子都好。"

秀英叹气说："我目光短浅，一步错，一生输，让我走到这个地步，也是老天对我的报应。"

桂花明白，秀英是责备自己当年放弃了对大哥的执着，出嫁到了店集。就说："大姐不要自责，那时的境况，你做出的选择没人怪你。而且我知道，是我大哥对你拒绝，是你爹娘对你施压，实属无奈，你才做出了这样的选择。大哥拒绝你，表明他对你是负责任的，体现了他的真爱，你也别怨他。现在，咱就说现今的话，你该考虑一下自己的事情。"

秀英说："我考虑过，能帮我拉扯孩子的，除了他，再没人了。"

桂花说："你说我大哥？"

秀英捂着脸，点点头，伤心地说："自我出嫁后，就觉得再没脸见他了。他临走时，我厚着脸皮找过他，他不答应，他心里已经没有我了。"

桂花说："不，他心里一直有你，甚至现在还牵挂着你和晓晓，只要你愿意接纳他，只要你敢于追求。"

秀英说："你也不要估摸着说话，我最后见他时，觉得他已铁了心，那就让他全心修行吧，我不想再难为他了。"

桂花说："不！大哥没有出家修行，还在做着自己的事，尽管他时常出入象山寺。他心中始终惦记着你们母女，当初家里要盖两栋房子，那是他打算的，一栋给爹娘，一栋留给你。"

秀英说："房子我不敢接，那是你二哥盖的。"

桂花说："是二哥盖的，可大哥对家里的付出，远不是一栋房子的事。尽管是二哥盖起的，可那一栋还是你的。这事全家人都明白，都等着他回来，和你一起住这房子。"

桂花说着又拿出一双胶鞋继续说："那年他走之前找到我，把这双鞋交给了我，让我替他收藏好。这说明他的心没放下你们母女。"

秀英接过，认真地看了看，确定这就是她给他的那双鞋，说："他穿过了。"她看出有穿过、洗过的痕迹。

"他没有穿，也舍不得穿。那时家里穷，让桂生穿了这双鞋，后来大哥特意买了一双更好的，从他那里换回来，洗净包好，收藏起来。这事你不要介意。"

秀英抱着鞋，回想着十几年前给他鞋的情景，流下了眼泪，说："还给我吧，也算了了这段缘。"

桂花说："不能给你，我答应替他收好。等他回来，让他穿上这双鞋，和你共同生活。"

秀英仰天长叹："天意啊！"

桂花说："我二哥去找过他，一直没有找到，写信劝过他，也没消息。他长时间不回来，是因为他有心结。这么长的时间，他的心结也该解开了。我想，要是你见到他，一定能把他劝回来，尤其是现在。"

"我能行？"秀英看着桂花问。

桂花说："你一定行！你先考虑一下，再和我二哥、二嫂和李明军一块商量一下，咱一起想办法找他。咱妇道人家，别自作主张。"

秀英答应了。

桂花找到二哥二嫂，把秀英的心思说了。桂仁说："只要她有这想法就好办。不过还不知道大哥现在在哪，我抓紧联系。咱也都好好想想，过两天一块议一下该怎样做。"

桂花点点头离开了。

桂仁抓紧与赵明伦联系，打他厂里的电话，说他外出了。几次打他的手机，又总是接不通。无奈，他急忙写了一封信寄了出去。信的大意是：大哥少时的恋

人要找大哥，这是让大哥回家的好时机。望你能协助，并告知大哥现在在哪。

四天后的傍晚，晓晓找到秀芹和桂仁说："婶娘，我娘不见了。"

秀芹吃了一惊问："怎么回事？什么时候不见的？"

晓晓说："早上我上学时她在家，中午回来她不在家，我寻思着她在伙房，没去打扰她。下午放学回来，她还不在家，我找到伙房，也没有。"

桂仁问秀芹："她今天没去伙房？"

秀芹说："没有，我见她这几天心情不好，总在沉思，还以为在家照顾晓晓，也就没去打扰她。"

他们一块到了晓晓家，见桌子上放着一封信。晓晓打开看了又递给秀芹。秀芹接过一看，上面写着："晓晓，娘回来，就给你带回爹。回不来，你就跟着婶娘！宝贝晓晓，你要听话。"

桂仁也拿过来看了说："她这是已去象山寺了！"秀芹点了点头。

桂仁又说："不知大哥在不在那儿，咱也要尽快往那儿赶。"

秀芹看着桂仁焦急的样子，说："今天来不及了，明天再去吧。"

桂仁想了想说："是该明天去，有些事情要准备一下。再说她今天也不一定能赶到。"

秀芹安慰着晓晓："你娘没事，她去给你找爹了。你别着急，今晚跟着婶娘，明天咱一块去找你娘。"晓晓懂事地答应着。

刚出门，桂仁手机响了，是赵明伦打来的。他说：自己这几天外出，手机总是处在盲区，很抱歉！今天回来才见到你的来信，得知此事。桂仁说：大哥少时的恋人姜秀英大姐今天早上独自去象山寺了，我也是刚知道。我明天尽快赶去。赵明伦"哦"了一声，迟疑片刻又说：你大哥现在就在象山寺，你们明天去能找到他。

桂仁稍稍松了一口气。

晚上，桂仁去了桂花家，又回家见了爹娘，把事情原委和自己的安排说了一下。桂枝也在，爹娘很焦虑，桂枝倒是一副事不关己、看热闹不怕事大的模样。桂仁要走，黑头从地上爬起来，紧随着。桂仁犹豫一会儿说："黑头，我明天去，你在家等着，明早我来拉你。"黑头又乖乖地趴下了。

第二天一早，桂仁开车带着桂花、晓晓还有黑头上了路。秀芹也要去，桂仁说："你就别去了，在家照看下厂子。"

上路不久，桂仁的手机响了，他按下接听键，传来桂叶急促的声音："二哥，二姐说秀英大姐不见了，怎么回事？"

桂仁说："估计她是去象山寺找大哥了，我们也正在赶去的路上。"

桂叶稍停说："好吧，我也去。"

桂仁本不想打扰桂叶，可这多事的桂枝，唯恐别人不知道她知道点儿事。不过细一想，既然大哥在，桂叶去也好，多个有学问的人，或许更容易说服哥哥，就说："节约时间，你就打个出租车吧。你离象山比我们近，你在象山镇汽车站等我们，我开车到那接着你一块去。一路注意安全。"

桂叶说："好。"

桂叶接了二姐的电话，感到事情急迫，就拨通了二哥的手机。通话后迅速请了假，打车上了路。

桂叶一路思索着，大哥曾是这个家的顶梁柱，为这个家倾注了自己的心血。甚至不怕别人误解，为秀英大姐，为弟弟妹妹和父母，放弃了自己的幸福。用自己的才智和毅力担起了家庭重担。给弟弟、妹妹们做出了表率，赢得了社会的尊敬。

分家，是家中的一道坎。在这道坎上，大哥，你看到了什么？你只看到人性的丑陋，没有看到人性的光辉。大姐，二嫂还有二哥，他们是生活的强者，在困难面前是英雄！或许身体原因，你有自卑的一面；或许你还会把他们的正义看成是对你的怜悯、施舍。你彷徨了，你错判生活，错判咱们家，走出了不该走的一步。

随着年龄的增长，知识的增加，对人情世故的理解，桂叶越发感觉大哥对平凡生活还是留恋的。他临走时对家事的安排，对弟妹们的告诫，都证明了这一点。

她更坚信，大哥没有尘缘尽断。他放不下对生活的执着，对生活的热爱。要于情于理地把他劝回来，家中需要他，他也需要家。

她要告诉大哥，你的离去，推掉了应当承担的责任，不顾爹娘对你的日夜思念，抛弃了秀英大姐和晓晓孤儿寡母对你的依赖，丢掉了秀英大姐、晓晓和你自己的幸福！

她要告诉大哥，我们家，曾经受贫穷的折磨，现在富有了，不能再经受精神折磨！

接到电话，知道这次是晓晓引起的，秀英大姐又出面了，觉得正是劝回大哥的好时机。她心急如焚向象山寺赶。

晓晓闹着辍学，秀英的心受到冲击，平静的生活被打破了。以前，秀英带着晓晓逛街，看到其他父母带着孩子玩闹，晓晓会盯着看，却不愿融入他们。每每看到这样的场面，她心都碎了。晓晓缺少父爱啊，她也渴望一个完整的家！还能继续这样生活吗？这样会深深影响晓晓的成长，甚至会毁了她的前程。自己也一辈子报答不完桂仁夫妇的恩情。

桂花的一席话，又燃起了她和心心相印的人一起生活的渴望。她忽又觉得这不是件耻辱事，自己应该主动追求幸福，甚至是自己的使命——为家中的老人，为晓晓，为桂柱，也为自己。一定要把桂柱找回来，建立个完整的家。

这事还要依赖桂仁夫妇吗？麻烦人家的事够多的了，这事要靠自己。她听桂仁、秀芹议论过，桂柱时常出入象山寺。那就到那里去找他，他不在就在那里等，直至他回来。他若不肯跟自己回家，那就陪他老死象山寺。

怀着这样的决心，她做了准备。这天早上，送走了晓晓，就去了黄村车站，直奔象山。

五百里路，要倒两次车，她当天没有赶到。第二天上午来到象山脚下，下车后快步向象山寺跑去。

桂柱怎么也弄不明白，赵总经理为什么要连夜把他送进象山寺。恭敬不如从命，近来不忙，来这里调整、学习几天也未尝不可。

桂柱第三次遇到赵明伦，再次受到他的启发，察觉到自己是一个没有格局的人。非要说格局，自己的格局是圈在家庭里。人生的意义，家庭是重要的部分，但绝不是全部。怎样才能改变自己？他想起了列宁的话：书籍是人类进步的阶梯。他感叹自己读书太少，尤其是这几年，几乎忘了读书。该从读书开始。

这样，他下山后，一边协助赵明伦工作，一边开始读书学习。甚至每年抽出一两个月的时间，来寺院这清静的地方集中学习、钻研市场营销学。学用结合，开拓视野，效果很好。

功夫不负有心人，经过几年的努力，他在市场营销上有了自己独特的见解，也使自己的工作业绩有很大起色。

他睡了个早朝，吃完早饭已是晌午了。他准备去寺外转一下，刚到门口见一位老太太在艰难地上门外的台阶，准确地说，是在爬着上。桂柱向前扶起她，引她进了门说："老人家，来上香啊！"

老人说:"不,我来求佛。请问哪尊佛更灵验呢?"

看着她极其认真的表情和语气,桂柱问:"为什么事求佛?"

老人说:"我那傻儿子,为家庭琐碎事吵闹几句,就离家出走了。几年都没有音信,我求佛保佑他。"

桂柱把她领到佛像前,她虔诚地点上了香,做了揖,跪下,边叩头边说:"佛祖保佑我儿!佛祖保佑我儿!"说完便匍匐在地,泣不成声。

桂柱一阵心酸,仿佛眼前跪着的是自己的娘。他闭上眼睛,娘的身影一幕幕在心中展现。小时候,夏天的夜晚,娘摇着蒲扇为他扇风驱蚊,冬天外出归来,娘握着他冰凉的双脚给他取暖;长大了,每次外出、赶集卖货,娘总要叮嘱几句……离家时娘满面的泪水,担忧的目光。太多太多难以忘怀的场景,历历在目。

他不愿打扰久久不起的老人,一转身,与站在他身侧后的人撞了个满怀。他后退一步,看着那人,惊讶地喊出:"怎么是你……"

是姜秀英站在他侧后。秀英来到寺院,见到了桂柱扶着老人拜佛的一幕,她没有打扰老人和桂柱,轻轻地站在桂柱身后。见桂柱转过身,她沉静地看着桂柱说:"我来前回了趟家,见了亲娘。她说我如果能把你找回家,就是她的恩人。"

桂柱顿时泪如雨下。

他们相对站了许久,秀英又从贴身的衣兜里拿出了用纸壳包着的一张照片,递到他眼前。

桂柱一看,又紧紧闭上眼睛。

这张照片把他拉回到三十年前。那时,他们手牵着手,在田野、丛林中走过,在蓝天下奔跑,在小河中嬉水……生活艰辛,可从不缺少快乐。他们天真烂漫,在两小无猜中留下太多美好、甜蜜的记忆。他和她一块照相的一幕,在他脑海里和这张照片一样,保存了近三十年,至今清晰完好。

儿时的牵手,草绿色的胶鞋,大红的苹果,自己心中曾经的誓言,告别时的伤感……一幕幕在他脑海里闪现。

又是许久，桂柱睁开眼睛，握着秀英的双手说："我跟你回家。"

两人流着眼泪，笑了。

桂仁赶到象山镇，接了桂叶，来到象山脚下已接近中午。

他们刚进景区大门，眼尖的桂叶快速跑向一栋小房子的侧面，并急忙喊着："大姐、二哥快过来！"

他们不知何因，桂花领着晓晓，桂仁带着黑头，急忙走过来。桂叶指着远处的下山台阶说："你们看，那是谁？"

透过小树枝叶的缝隙，他们看到了。台阶上，桂柱和秀英相互搀扶着向下走。晓晓一看是娘，喊一声"娘"就要跑过去。她声音还没出口，脚还没迈出半步，就被桂花抱住了，并遮住她的嘴，说："好晓晓，你懂事，别打扰娘，咱们回家再见娘好吗？"晓晓流着泪，点了点头。

黑头也要跑过去，看到这一幕，它也停下了。

随着两人向前走，他们向小房子后面走，以避开桂柱和秀英的视线。桂花说："我把他们的信物——那双草绿色胶鞋带来了。"

桂仁说："我把戥子秤也带来了。"

桂叶说："我还准备了一肚子话呢！"

"看来都用不上了。"他们说着都笑了。

桂柱、秀英逐渐走近了。看着他们手牵着手，肩并着肩，脸上愉悦的表情，桂花说："他们又进入了童年时光。"

桂叶说："我就知道，大哥一定会给咱找个好嫂嫂！"

听着桂叶的话，看着桂柱、秀英相携离去的背影，想着他们的曾经，他们泪目。

拾遗补阙

一

　　赵明伦第一次见到桂柱，就感到了这个人的精明和处事的果敢。可自己趁人之危敲了桂柱一竹杠，一直感觉愧对他。县里召开发展个体经济会议，又遇到桂柱，让赵明伦再次感到，桂柱尽管没见过大世面，可不是等闲之辈，就指点了桂柱几句。没想到桂柱还真被引上了路，更没想到的是，桂柱为此而差点赔上一条腿。赵明伦为桂柱家兴起感到高兴的同时，也深深地内疚着。从此，也就更加关注桂柱了，时常打探桂柱及他家的情况。

　　得知桂柱离家出走了，赵明伦觉得桂柱不是个容易被挫败和轻易放弃的人，是分家对桂柱的刺激，再加上身体残疾让桂柱有卑怯的一面，导致一时想不开，走上了避世的路。

　　赵明伦四处打听寻找桂柱，很长时间后才知道桂柱去了象山寺。赵明伦来到寺院，和方丈谈了条件，他每年捐给寺院一万元香火钱，让桂柱可随时住进寺院，且要保证桂柱吃好、住好。当然，桂柱也要遵守寺院规矩。并提出，香火钱的事不能告诉桂柱。方丈答应了。就这样，赵明伦见了桂柱，并把他接下山带他治好腿。后又把他送到山上休养。

桂柱的腿康复以后，赵明伦再次把桂柱接下山，让他在厂里做销售工作。桂柱说自己外行。赵明伦也觉得他外行，但这是缓兵之计，先稳住他再说，就鼓励他大胆地干。没想到，桂柱有如此韧劲和才能，一年后就成了营销高手，三年后扛起了厂里的市场营销工作，还能为设计人员提供市场动态，真正成了自己的左膀右臂，为厂子的产量、收入一翻再翻做出了不可磨灭的贡献。

赵明伦提出，让桂柱做副总经理，并给他厂子三分之一的股份。

长时间接触，桂柱已明白了赵明伦为他做的一切，很是感激。他对赵明伦说：感谢你拯救了我，并给我一个平台，让我开阔了视野，涨了见识，也验证了自己。职务别动，股份更免谈，就给一个销售人员的工资，工作该怎么干还怎么干。赵明伦拗不过他，只好说股份的事以后再谈吧！

桂柱一直关注着自己的家，看着家里的可喜变化，小妹妹的成长，秀英母女被二弟安置好，感到欣慰，对家更放心了，就全心投入工作。赵明伦时常催促他回家看看。桂柱总是说：家里一切挺好，我很放心。再说，咱们工作太忙。回家的事就一拖再拖。赵明伦理解桂柱，他有心结没解开的一面，或许还有羞怯的一面，也没勉强他。就这样，一拖近十年。

这天，赵明伦外出回来见到了桂仁的信，马上给桂仁回了电话。得知情况后，觉得这是让桂柱与家人见面的好机遇，就不容分说，连夜把桂柱送到了象山寺。

二

九十年代初的一天，街上传来了收古董的吆喝声，桂枝的心又痒了起来。

她的皮匣子和那只戥子值多少钱？她心中无底。见过几次收古董的，都说要看货才能给价，并说，戥子要是完整，至少要上百元，精致的再以质论价，皮匣子不好说。

她把这两件东西拿回家，心里一直忐忑，生怕哪天哥哥找上门来，她甚至在心里预演了多种应对措施。几年过去了，一直没听到家里有什么动静，她安心了。这东西不能卖，可也要知道它价值几何。她心里有愧，或许无愧也不后悔当初"拿"了它，但来路不正，却是事实。她不敢在街坊邻居面前和收购商谈价格，怕传到家人耳朵里招来麻烦。

这天，桂枝出了家门，正好见一个收古董的人在，就向他打了个手势，意思是进院子说话。收古董的人走过来，没直接问有什么东西要卖，倒端详了一下门楼，进了院门又端详起院子和房子。桂枝纳闷问："你在看什么？"

那人说："看来这是经商世家。"

桂枝惊奇地问："你还会看宅、算命？"

那人说："会谈不上，可研了十几年易经，凡事总愿意端详一下。"

桂枝说："那你算算我家的生意怎样？"

那人又端详了一会儿说："平平的，没起没落，没进没退，踏着步，倒也清闲。"

这话说到桂枝的心坎上，买卖做了近十年，收入始终没有大变化。八十年代初，这个收入让她激动，可进入九十年代，物价上涨了，别人的收入都提高了，她家的收入一直原地踏步。和周围人比，实则是倒退了。她的优越感渐渐丢失，时常抱怨刘平海不会做生意。

她望着那人说："你给看一下，买卖没起来的原因是什么？"

那人又端详了一会儿说："从外面看不出，室内有什么管着……这不好说。说正题吧，你有什么古董要卖？"

桂枝说："我有只戥子，值多少钱？"

那人说："要看货，以质论价。"

桂枝不想拿出来，家里只有她在，要是让他抢了怎么办？她犹豫一下说："很精致的戥子，你说个价听听。"

那人说："一般的戥子是一百元左右，再精致也就是……哟、哟！你家陈着戥子？你们家买卖起不来，原因就在这戥子上。"

桂枝惊异地问："这有什么关系？"

那人说："你想，戥子是秤，秤是用来做买卖的，小秤做小买卖，大秤做大买卖。你们有这只宝贝戥子镇宅，压着你们永远做不成大买卖。要是我做买卖，这戥子就是卖不了，也要送出去。"

桂枝懊恼地想：本想拿来块宝，没想到是块祸！以前家里穷，可能就因为它。自己蠢得把它拿来，娘家一年比一年强，自己倒再也没翻过身。赶快把它处理掉，让自家的买卖红火起来。说："就是不适合我收藏，但它总是有价的，你给多少钱？"

那人说："还是看货说价。"

桂枝忘记了自己的忌讳，进家拿出了皮匣子，打开，拿出戥子递过去。那人端详了一下，又打开戥子盒看了一下，说："是只不错的戥子，能值二百元。"

桂枝唬他："上次有个收古董的说，上乘戥子值一千元，你只给二百元？"

那人说："那你就留着卖一千元吧。"说完就要走。

桂枝说："你别走，谈一下价，八百行不行？"

"要不了！"那人肯定地说。

桂枝急于出手，先是一百一百地降，后又十块十块地降，直降到二百三十元时那人才说："既然你真心想卖，我出手卖给别人就别挣了，就二百三吧。"

桂枝说："这个皮匣子呢？"

那人说："皮匣子我不要，你原用它装戥子，以后就用它装钱吧。"

"装钱是不是也越大越好？"桂枝根据戥子秤的说法，受到启发。

"那当然，小了装不下就外流了！"那人调侃着答道。

桂枝说："一块卖给你吧！"

那人说："你非要给我，就给你二十元，多一分也不要。"

桂枝说："好吧！"她想，这个丧门货，赶快卖出去。卖了钱去买个大箱子装钱，让自己家很快富起来。那人付了钱，把戥子装进皮匣子里拿走了。

晚上，桂枝兴奋地把事情说给刘平海听，刘平海听了说："你这个蠢货，那只戥子用料考究，制作精细，年代久远，保存完好，是上乘精品。价值要用大几千说话，甚至上万！"

桂枝顾不上刘平海对她的谩骂，惊讶地说："我让人给骗了？"

人的痛苦，莫过于得到而又失去，桂枝追悔莫及。此后，她总是留意街上收古董的人，可再也没有见到那个人。

一年后，桂枝听街坊议论，是二哥托人设下计策买走了戥子。她哑巴吃黄连，有口说不出。见了二哥，又气愤又羞愧，一种让人说不出的感觉。很快，阿Q精神又附体，管那些呢，反正赚了二百五十元钱。

后 记

我的创作是从退休以后开始的。二〇二一年七月，出版了第一部长篇小说《成林》。出版后，在读者中引起较大反响，使我产生了继续写下去的信心，也便有了这部《黑头·竹笆》。

我的创作之意是想通过艺术手段，浓缩生活，记录我们曾经经历过什么，让这个经历启迪心灵。

愿望是好的，效果由读者评说。这本书，或是书中的一个情节，一段话，哪怕是一句话，能让读者受到启发，我会感到欣慰。

谢谢读者。